读客知识小说文库

读小说　学知识

暗黑者

周浩晖 著

海南出版社
HAINAN PUBLISHING HOUSE

图书在版编目（CIP）数据

暗黑者 / 周浩晖著. -- 海口：海南出版社，
2018. 3（2024. 10重印）.
（刑警罗飞系列）
ISBN 978-7-5443-8036-2

Ⅰ. ①暗… Ⅱ. ①周… Ⅲ. ①侦探小说 - 中国 - 当代
Ⅳ. ①I247.5

中国版本图书馆CIP数据核字（2018）第033890号

暗黑者
ANHEIZHE

作　　者　周浩晖
责任编辑　白　多　徐雁晖
特约编辑　汪林玲
封面设计　陈　昭　肖　雯
印刷装订　河北中科印刷科技发展有限公司
策　　划　读客文化
版　　权　读客文化
出版发行　海南出版社有限公司
地　　址　海口市金盘开发区建设三横路2号
邮　　编　570216
编辑电话　0898-66817036
网　　址　http://www.hncbs.cn
开　　本　700毫米 x 990毫米 1/16
印　　张　20.25
字　　数　255千
版　　次　2018年3月第1版
印　　次　2024年10月第4次印刷
书　　号　ISBN 978-7-5443-8036-2（暗黑者合集 ISBN 978-7-5443-8040-9）
定　　价　49.90元

如有印刷、装订质量问题，请致电010-87681002（免费更换，邮寄到付）

目录

引子

序曲结束之后，正章应该开始。这相隔的时间确实是太长了一些……不过，这一天总算还是到来了。

想想那即将展开的华丽乐章，我难以抑制心中的兴奋，你不想加入进来吗，我的老朋友？

我知道你也早已期盼了太久了。

我能想象你看到这封信笺时的表情——你会激动得颤抖起来，是吗？热血在燃烧，无穷的力量正在躯体中聚集！——正和我此刻的感觉一样。

我已经嗅到了你的渴望，你的愤怒，甚至是你的恐惧……

快来吧，我在这里等你。

那个人不像是在写信，倒像在描绘一幅精美的画卷一般，落笔又重又慢，一笔一画都是那么仔细，甚至连每个标点符号也工整得一丝不苟。当信笺的最后一笔完成之后，写信者长长地吁了口气，将身体靠向椅背，陷入了沉思中。

十八年的漫长等待，终于要开始了……他一定会来的，多么刺激啊。这一次我能够赢他吗?

我的身体在颤抖?我太兴奋了……当然，我也不会否认，我有些压抑不住心中的那种恐惧。正视它！一个真正可怕的对手才能带来这样的美妙感觉。

他的怒火足以将我烧成灰烬，再过一百年，也仍然是如此。

一切已无法回头，这是十八年前便已决定的宿命。

…………

第一章 风雨欲来

二〇〇二年十月十九日下午，十五点四十分。

A市是典型的温带季风性气候。一过中秋，寒意就浓了起来。这两天更是连绵阴雨，气温陡降。大街上，呼呼的风儿夹着细密的雨点往来肆虐，弥漫起一股阴冷的气氛。虽然是省城，虽然是周末，这样的气氛也足以大挫人们外出的热情，街面上人影稀寥，难觅平日的热闹与喧嚣。

郑郝明从出租车上下来后，顾不上打伞，他快跑了几步，然后一头扎进了街口拐角处的极天网吧。在做这一连串动作的时候，他那略显臃肿的身体已远不如年轻时那般矫健和灵活——岁月在每个人身上都会刻上应有的痕迹，毫不留情。

与街面上相比，网吧内人头攒动，倒是热闹了许多。由于周围有不少高校，所以极天网吧从来就不用为客源担心。那个胖胖的老板此时正站在收银台后面，守着丰厚的营业款，满面红光。看到郑郝明急匆匆地走过来，他略感诧异——这种场所是很少有年近半百的中年男子来光顾的。

郑郝明的衣服湿漉漉的，头发也一绺一绺地纠结在了一起，这使他看起来多少有些落魄。

多半是个来找孩子的家长吧？胖老板猜测道，同时暗自在心里盘算着该如何应付对方。他经常会遇到这样的家长，自己徒劳奔波了半生却无所成就，只能把所有的希望都寄托在下一辈的身上，可是连自己的人生都把握不好，又怎么去把握其他人的呢？所以他们在家庭教育方面往往也是失败者。

不理他就好了。胖老板很快打定了主意。从对方的年龄来判断，这个人的孩子应该已经成年了，这样便不会有什么大麻烦。

那个中年男人却显得很心急，来不及喘上一口气，他已经把一个手包放在柜台上，然后从口袋里掏出一张纸条递过来："查一下这个地址，告诉我是哪台机器。"他的声音沙哑且疲惫。

纸条上的网络地址确实是落在极天网吧的IP段内。胖老板淡淡地瞟了一眼，然后爱搭不理地翻了翻眼皮："你要干什么？"

"少废话，快帮我去查！"中年男子忽然瞪起了眼睛，那目光竟如火灼一般烧人。这番神态变化来得过于强烈，也过于突然，不仅胖老板被吓了一跳，不远处年轻的女网管也被惊动了，一双水汪汪的大眼睛向这边看了过来。

胖老板略回过了味儿，立刻感到尊严受到深深的伤害，正要发作反击时，那男子却又掏出一本证件拍在台子上，压低了声音喝道："我是警察！"

警察！这个其貌不扬的男子居然是个警察……胖老板一下子瘪了，他悻悻地咽了口唾沫，把那张纸条传给身旁的女孩："小琳，帮他查一下。"

女孩不敢怠慢，她右手举着纸条，左手五指翻飞将地址输入了搜索栏。很快显示器上便显出了结果。

"第二排左边起第六台机器。"女孩脆生生地说道。

“嗯。”郑郝明满意地点点头，向着女孩所说的位置张望了几眼，那里坐着一个年轻的小伙子，看起来二十岁左右，头发染成了暗红色。

“他上了多长时间了？”郑郝明又问了一句。

“从中午开始，快五个小时了。”

郑郝明从手包里拿出一个数码相机，对着小伙子按下了快门。他一连拍了好几张照片，网吧内环境嘈杂，小伙子又沉醉在自己的网络世界中，对这一幕丝毫没有察觉。

胖老板的目光在小伙子和郑郝明身上来回打着转，摸不清这里头的玄机。不过毫无疑问那个小伙子引来了警察，这样的麻烦人物以后便不能接待了，虽然他也算是本网吧的常客。

郑郝明似乎感知到了胖老板的所想，他忽然转过头来吩咐了一句：“我马上就走……你不要惊动那个人，就当什么也没有发生过。”

胖老板无奈地点点头——那个警察已把他完全压在了下风。

数码相机忽然“嘀”的一声，发出了提示音。它的主人查看了一下，却是储存器的容量已经满了。

郑郝明轻轻地吁了口气，像是完成了某种任务一般，同时显出凝思般的神色。

近半个月来，他的足迹遍布全城的网吧，已经对数十个目标对象拍了三百余张照片，他自己也不知道这么做会不会有意义。

不管怎么样，去拜访一下那个人吧……十八年了，不知道他还会不会记得我？郑郝明这么想着，迈步走出了网吧。他的离去就像他的到来一样突然。

秋风蹿过，几点冷雨打在了他的脖颈上，冰凉的水滴与他心头的寒意相互呼应，使郑郝明禁不住打了个哆嗦。

这会是一个新的开始吗？或者说，那一切根本就从未结束？

…………

晚八点十七分。

当郑郝明费尽周折找到那个目的地时，天色已经完全黑了。这里是一片低矮破旧的平房区，巷道狭窄，残缺不全的路灯闪着昏惨惨的幽光，空气中则弥漫着一股令人很不舒服的霉湿气味。

而仅仅百米之外就是省城繁华的商业街区。那里霓虹闪烁，人们聚集在各式酒楼、商场和夜店中，享受着灯红酒绿的夜生活。相比之下，郑郝明所处的位置完全成了被现代社会所遗忘的角落。

阴雨仍未止歇，巷路上到处淌着肮脏的污水。中年警察却对此浑然不顾，他蹚着水径直走到一间矮屋的前面，核对了门牌号码之后，伸手在木门上轻轻地敲了两下。

“谁呀？”干涩嘶哑的声音从屋中传了出来。说话者虽然用尽了全身的力气，但发出的音量却有限得很。不过这声音偏偏又如此的刺耳，似乎直接磨在了郑郝明的耳膜上，令他的头皮一阵阵地发麻。略经思忖之后，他回答了一句：“我是警察。”

一阵轻微的响动伴随着令人心悸的等待，随后小屋的木门往内打开了。借着屋中昏黄的灯光，郑郝明看到一个如鬼魅般的身影出现在自己的面前。

虽然做好了充足的思想准备，但郑郝明脸部的肌肉还是不自觉地抽动了两下。在这样的夜晚，这样的凄荒之地，眼前出现一个这样的“怪物”，不管是谁都会有些心惊肉跳的感觉吧？

是的，这活脱脱便是一个“怪物”，他弓着背，光秃秃的脑袋上没有头发，只有一片片黑褐色的陈年伤疤。他的脸上也是坑坑洼洼的，像一团被踩烂的泥巴，从中找不出半块完好的肌肤；而他的五官则更加令人不敢卒睹：一双眼睛斜吊着，眼睑旁布着伤痕，鼻翼缺了大半个，暴露出黑黝黝的孔洞来，上嘴唇如兔子一般裂开了一道豁口，显出残缺不全的黑黄色牙齿。

郑郝明深深地吸了口气，调整好自己的情绪，然后他叫出了那个“怪物”的名字：“黄少平。”

名叫黄少平的恐怖怪人目光倏地一凛，他紧盯着对面的来客看了半晌，然后颤着声音说道：“你是……郑警官？”他的声带应该是受到过极严重的损害，说话时带着残破的气音。

郑郝明的眉头跳了一下，颇感意外：“没想到你还能认出我……这么多年了，你还记得。”

“我怎么能忘记？”黄少平咬着牙挤出了这句话语。那嘶哑的声音似乎长出了锯齿，一下下地落在郑郝明的心头上。

“我也没有忘记，从来没有！”郑郝明的情绪受到了对方感染，他的声音也变得颤抖起来，“所以我今天才来找你。”

两个人，一个警察，一个怪物，他们在潇潇的雨夜中对视着。两个人的目光似乎比风雨更加寒冷，足以把夜色都冻住了一般。

良久之后，那怪物的声音打破了沉默。

“进来吧。”黄少平一边说着，一边转身向屋子深处走去，他艰难地拄着一副拐杖——原来他的双腿也是残疾不全的。

郑郝明默默地跟在主人身后。在昏暗的灯光下，他开始打量周围的环境。屋子不大，约有十个平方米的面积。靠门口处隔出了一个小间，摆着炉灶和锅碗，想必便是厨房吧。再往里则是起居室，条件简陋得很：一张床，一张桌子，几把椅子，唯一有点儿价值的就是一台21英寸的老式电视机。

郑郝明感到一阵心酸，他可以想象黄少平是在怎样的一种艰难境地中熬过了这么多年。那种苦痛和寂寞该如何承受?

他本不该如此的，他也该有美好的生活，一切都源于十八年前的那场罪孽，而作为一名警察，我却至今无法将那罪孽终结……伴着这想法，郑郝明颇为自责地叹息了一声。他的眉头因此锁起，在双眼眼侧拉出了大片的鱼尾纹。

黄少平挪动到床边坐下，然后他翻着怪眼，直接便切入正题："郑警官，你突然来找我，是不是有了新的线索？"

"是有些线索，不过……也不知道有没有价值。"郑郝明坐到对方身边，他拿出一台数码相机，调到浏览照片的模式后送到黄少平眼前，"你看看这些人吧，会不会有什么发现？"

黄少平把身体倾了过来，凝目看着相机的显示屏，不过他很快就显出了失望的表情，摇头道："不对，这些人都太年轻了，十八年前……他们根本不可能。"

"我知道……"郑郝明沮丧地舔了下嘴唇，"可我等了这么多年，终于等到这么一条线索，任何环节我都不想错过。你还是仔细看看吧，或许即便不是当年的本人，也会和那个人有些什么联系呢？你用心看，不要放过任何可疑的感觉！"

"什么感觉？"黄少平有些茫然地扫了郑郝明一眼。

郑郝明一时语塞，不知该如何回答。是啊，什么感觉呢？如果根本不是同一个人，那自己要对方去找一种什么样的感觉呢？这个要求确实是强人所难，甚至是有些荒谬的。

好在黄少平并没有太拘泥于这个问题，他还是一张一张地，非常仔细地看完了相机上储存的所有照片，最后他摇了摇头，显然是一无所获。

郑郝明无奈地叹息一声，将相机收了起来。

"这些都是什么人呢？"也许是不忍心让对方过于扫兴，黄少平有些找话茬似的提了个问题。

郑郝明没有回答，他并不想解释太多——跟对方说那么多干什么呢？这个人根本毫不知情，多年前的那桩惨案，他只是个无辜的受害者罢了。

黄少平似乎看出了郑郝明的想法，他忽然“哧”地笑了一声，不知道是在嘲笑自己，还是在嘲笑对方。伴着笑声，他那豁开的嘴唇向上掀了起来，露出大片参差恶心的牙床。

郑郝明皱起眉头道:“你……你该去做个整容。”这句话多少有些失礼，一说出口，他立刻就有些后悔了。

“整容？”黄少平从喉口艰难地挤出几声冷笑，“我哪儿来的钱？靠着几个救济金，上街捡些破烂卖卖，我能活到今天已经不错了。”

“也是……”郑郝明显出尴尬、同情且又爱莫能助的神色。这已经是一个残酷的社会，而残疾者在其中无疑会更加举步维艰。黄少平的窘迫境遇使郑郝明想到了自己的女儿，他的心中不免又如针扎般地刺痛了一下。

郑郝明抬腕看看手表，夜里九点多了，他必须去接女儿了——不管多么忙碌，这件事情总是不能忘记。

“这个……照片你都看了，如果回头想到些什么，及时跟我联系吧……我也可能还会来找你的。”

黄少平不再说什么，他拄着拐杖站起来，表明了自己送客的态度。

…………

两天之后。

十月二十一日上午，十点四十五分。

A市公安局刑警大队的队长办公室里，凝重的气氛几乎让人窒息。队长韩灏拍案而起，他的眼睛瞪得溜圆，用近乎怒吼般的声音喝问:“什么，你再说一遍？”

对面的刑警队员尹剑比这个身材高大的队长要矮了整整一头，他有些畏畏缩缩地咬了会儿嘴唇，这才用夹杂着悲伤和惶恐的语气说道:“南城派出所刚刚打来电话，郑郝明郑老师……被害了。”

韩灏确信自己没有听错，他脸部的肌肉扭曲着，追问道："什么情况？"虽然他刻意压低了声音，但那话语中正在积蓄的愤怒和悲痛还是令人不寒而栗。

尹剑也稳了稳情绪："据南城派出所的同志说，他们十分钟前接到报警，说辖区发生了凶杀案。五分钟后首批警力到达现场，结果发现死者是我们队里的郑老师，于是他们立刻打电话过来通报了案情……更具体的情况还在进一步跟进中。"

"马上出发，去现场！"韩灏披上外衣，大踏步地往办公室外走去。尹剑紧着小跑了两步，跟在他身后又说道："韩队，还有个比较特殊的情况——报案的人本身也是个警察。"

"哦？"韩灏脚下丝毫不停，"是南城所的？"

"不，他自称是龙州市刑警队的队长。"

"龙州？"韩灏蹙起眉头。这个不属于省城的管辖了，这个家伙怎么会突然出现在我的地盘上？

不过这疑问只是一晃而过，他现在实在没有闲暇去思考这些毫无头绪的问题，他必须尽快布置好案件的启动工作。在从办公室通往汽车的这段路上，韩灏用电话调集了局里最好的法医、最好的刑侦勘查专家以及刑警队中最精干的搜捕力量，所有的人都将在最短的时间内赶往案发的第一现场。

郑郝明的死讯犹如引爆了一颗炸弹，立刻在整个A市公安系统内掀起了轩然大波，这不光是因为他的刑警身份，更缘于其从警近三十年来积累的荣誉和口碑。

郑郝明今年四十八岁，二十三岁时进入A市公安局刑警队，从此崭露锋芒，连破大案奇案，亲手捕获的悍匪顽徒数以十计，虽然因学历上的限制，升迁的机会较少，但在公安内部，他却早已成了赫赫有名的传奇人物。这两年因为年龄的原因，他渐渐退离了一线，可队里的那些毛头小伙子哪个不是他一手带出来的？不夸张地说，郑郝明就是A市刑警大队的标志，即便脾气火暴的大队长韩灏到了他的面前，也得恭恭敬敬地叫上一声“郑老师”。

这样一个人物居然遇害身亡了，这简直就是在所有警察的心口上捅了一刀。而对于韩灏来说，这一刀捅得无疑尤为深重。偏偏这个刑警队长素来脾气火暴，眼中容不得一粒沙子。他因此暗暗咬牙发誓，不管凶手是谁，他一定要让对方承受最严厉的惩罚。

上了警车之后，韩灏便不断地催促司机：“快！快！”蓝白相间的小车开着警报灯，一路呼啸疾驰，以接近一百迈的速度穿行在环城公路上，沿途的车辆纷纷避让，而过往行人则交头接耳，不知是发生了什么骇人的案子。

郑郝明两年前在市里买了一套商品房，把家人都搬入新房之后，原来公安局分给他的住宿楼便空了下来。不过这老屋子也没有完全闲置，有时候办案晚了，郑郝明便会回到这里休息过夜，一是周围的同事多，联络啊、行动啊都方便；同时也免得打搅到早已熟睡的妻女。后来久而久之，这老屋子就有点儿成为他的“第二办公室”了。

根据城南派出所的通报，郑郝明遇害的地点正是在此。这个地方离公安局本来就不远，韩灏他们警车飙得又快，十分钟不到便已抵达了目的地。

这一片的住宅区都是老式砖混结构的矮楼。郑郝明的住所在7号楼的三层。韩灏不待警车完全停稳，打开门便跳了下来，向着楼洞内快步而去。出事的单元门口正守着一个派出所的年轻干警，见到市局刑警队的同志到来，他立刻让开道路，同时行了一个警礼。

韩灏带人上到了三层楼梯口，却见郑郝明的宿舍外又守着两个干警。这两人也是认识韩灏的，他们很尊敬地打了招呼：“韩队，您来了。”

“你们干吗都在外面站着？”韩灏板着面孔，急切地喝问，“情况怎么样？”

两个小伙子面露难色，其中一个挠了挠头：“这个……不太清楚，那个人不准我们进去，只让我们在外面守着。”

小伙子说的确是实情。接到110指挥中心的命令后，他们立刻赶到了这里。可是屋里的报案者却不让他们接近现场，而且对方亮了身份，竟是个刑警队长。他们便有些蒙了，也搞不清对方是不是专门过来查案的。无奈之下，他们只好一边守在门口，一边打电话通报了市局的刑警队。

韩灏当然不清楚其中的细节。虽然心中疑窦丛生，但他也没有必要再问什么，而是直接大步踏进了屋内，亲眼去看个究竟。

这是一套两居室的房屋，进门后左手是个客厅，右手方向则是厨房。郑郝明仰面躺在客厅的地板上，从脖颈处往下汪了大片的血迹，看起来已死去多时。另有一名男子正背对屋门单膝跪地伏在死者的身边，盯着地板上一柄散落的菜刀仔细端详。由于是老式建筑，房屋通风并不是很好，厅内弥漫着一股浓重的血腥味。

韩灏在门边不远处收住脚步，蹙起眉头问道：“你是谁？”此时尹剑也走进屋来，站在他的身后。

在韩灏问话的同时，那陌生男子已回过了头，只见他三四十岁的年纪，身形消瘦，浓眉直发，一双眼睛虽然不算大，但目光却敏锐至极。

男子见到韩灏二人，左手做了个手势，示意他们不要靠近。同时右手到怀中掏出本证件扔了过来，自我介绍道：“龙州市刑警队，罗飞。”

韩灏伸手往空中一抓，将证件稳稳地接住。略略看了看之后，他将证件交给尹剑，同时低声吩咐道：“让信息科查一查他的资料。”

罗飞的耳朵微微一动，似乎是听到了韩灏的话语。他一边打量着二人，一边问道：“你们是刑警队的？”

尹剑指了指韩灏：“这是我们的韩队长。”

罗飞点了点头："很好。那你们应该很清楚案件现场勘查的常识，如果你们要接近死者，请注意不要破坏掉任何可能存在的现场痕迹。"

韩灏面沉似水，他冲尹剑挥了挥手，示意后者先退出去。尹剑暗暗摇了摇头，他深知这个队长素来自视甚高，罗飞的这几句话虽属无心，但已经犯了很大的忌讳。再加上郑郝明遇害，他本来就已经悲愤交加，这下肯定是不会有好脸色给对方看的。

果然，尹剑刚刚走到门外，便听见韩灏的声音在屋内响起："罗队长，你怎么会在这里？"他说话的语气极为生硬，充满了质问的意味。

罗飞愣了一下，显然也感觉到了不好的苗头。想想自己刚才的言行确实有些失礼，他连忙站起身解释道："哦，我是……有一些私事来找郑警官，没想到郑警官……"

"好了，既然你是私事过来的，就请你先离开现场。"没等罗飞说完，韩灏已经冷冷地打断了对方的话语，"至于事情的前后经过，请你到门口去找刚才的尹警官，由他负责对你进行询问。"

罗飞凝起目光看着不远处那个人高马大的汉子，而对方亦针锋相对地看着自己，丝毫没有退让的意思。就在此时，随着一阵小小的喧哗，又有两三名男子来到了屋内，从他们的衣着和携带的装备来看，应该是法医和勘查人员。

"你快点儿离开这里，不要影响我们的工作。"韩灏再次冷言催促。

罗飞无奈地轻叹一声，踮着脚，迈大步跨出案件现场，来到了韩灏等人面前。

"我已经有了一些发现，也许我们应该先交流一下。"罗飞向着韩灏诚恳地说道。

"不用了。这并不是你的工作。现在你的身份是报案人，必须首先配合我们的询问。你也是刑警，应该很清楚这些办案时的基本常识。"很明显，韩灏这是找机会把罗飞刚才的冒犯之辞硬邦邦地抛了回去。

罗飞尴尬地咧了咧嘴，想要找些说辞缓和下气氛，可一时却又难以开口。就在窘迫之时，尹剑从门外探进半个身子招呼了一声："罗警官，请你到这边来。"他的态度比韩灏要友好多了，也算是给罗飞垫了个下坡的台阶。后者颇领情地点了点头，然后无奈地向门外走去。

韩灏冷眼看着罗飞走出屋子后，这才带领众人开始了对案犯现场的勘查工作。

在屋外，尹剑把罗飞引到楼梯拐角处，略带歉意地打着招呼："这是我们的工作程序，希望你不要见怪——现在请你陈述一下到达案发现场的前后经过。"他一边说着话，一边拿出了笔和记录本。罗飞则趁机上下打量着对方：这个小伙子面相友善，话语随和，应该是个易于沟通的家伙。

而此时楼下又响起了"呜呜呜"的警笛声，罗飞把脑袋探出楼道窗往外看了一眼，原来是刑警队调集的增援警力到了。

"好了。事发的经过我们会有充足的时间去说，而现在有更重要的事情——"罗飞冲着尹剑招招手，目光仍然看着楼下那些刚刚赶到的警察，"你能不能调动这些警力？"

尹剑立刻摇摇头："我们队长在这里，我怎么能擅自做主？"

"那就去告诉你们的队长，赶快布置下去，在全市范围内搜捕一个嫌疑男子。此人体格很瘦，身高在一米六五左右，手部很可能有刀伤。他于昨夜十一点至今天凌晨两点之间曾在案发地点附近活动过。"罗飞目光炯炯地看着尹剑，他说话的语速虽然很快，但表达出来的内容却是清晰有致、一丝不紊。

尹剑却只是再次摇头："不行的，我们队长肯定不会听你的话。"

罗飞禁不住皱起了眉头："你们应该相信我。"他坚定有力地加重了语气，透出一股不容置疑的自信。他的态度显然感染到了尹剑，后者愣了片刻，似乎在犹豫动摇，不过最终他还是苦笑着说道："不好意思啊……你不太了解情况。现在不是我相信不相信你，不是这个问题……问题在于——在这座城市里，你必须按照我们队长说的去做，而不是让他听你的。”

罗飞无奈地沉默着，很显然，省城的那位刑警队韩队长早已在部下心中确立起了无可动摇的强势地位。这样的地位使得自己这个“外来者”很难有发表意见的机会。而此前无意中的冒犯则更给双方的交流设置了难逾的障碍。

片刻之后，罗飞只好叹了口气，按照对方的要求行事。

“好吧，那你做好记录——”他开始描述发现案情的过程，“我因为一些私事，需要拜访郑警官。上午九点五十二分，我把电话打到了郑警官的办公室，但他不在。你们同事——一个姓孙的小伙子告诉了我郑警官的其他联系方式。我又打郑警官的手机，但无人接听，后来我从他的家人口中得知了他可能会在这个地方。于是我在十点三十七分的时候找到了这里。门是虚掩着的，我敲门无人回应，但屋内却有血腥味。我进屋发现了案发现场，然后我立刻打110报警，同时就地展开相关的勘查。十点四十四分，派出所的干警到达，为了保护现场，我没让他们进屋。十点五十五分，你们到达。”

罗飞的话语简洁，但事情的前后经过却陈述得非常清楚，相关时间更是极为准确。尹剑一条条地记录下来，觉得对事情本身几乎没有什么可问的了。他想了一会儿，提出了另一个相关的问题：“你认识郑老师？”

罗飞摇了摇头：“不。”

这个回答完全出乎尹剑的意料，他诧异地眯起了眼睛追问：“那你怎么会有私事找他呢？”

罗飞沉吟了片刻：“是关于一桩案子的事情，郑警官负责的案子。”

“案子？”尹剑挠了挠鼻头，“哦”了一声道，“那应该算公事吧？”

“私事。”

“私事？”尹剑有些弄不明白了，一个警察为了案子去找另一个警察，这怎么会是私事呢？

与先前的利落风格迥然不同，对这个疑问罗飞沉默了许久，然后才悠悠地说道：“那是一桩十八年前的案子了。当年我还不是警察……我是那案子的当事人之一……所以这算不上公事，我来找郑警官，是以私人身份前来……”

十八年前的案子？尹剑没兴趣牵扯太多，他撇了撇嘴：“那是哪辈子的老皇历了，怎么现在又来搞？算了，不说这些无关的了……嗯，你描述一下你看到的现场情况吧。”

“无关？”罗飞的目光一凛，“那可未必……”他的语气陡然间阴冷了许多，竟森森地透满了寒意。现场的气氛一下子变得异常凝重起来。

尹剑被罗飞冰冷的目光戳中，竟不自觉地往后缩了一下。被凝重的气氛压抑了片刻之后，他才犹疑着问道：“你是说郑老师的死和那个案子有关系？那是个什么案子？”

罗飞看出了对方的紧张情绪——这种情绪势必会妨碍双方的沟通。对于气氛的失控，他颇自责地慨然轻叹：十八年过去了，不知已经历过多少大风大浪，但一想到那件事情，自己仍然如负着泰山重荷，难以解脱。

罗飞做了几个深呼吸，首先让自己轻松下来，然后他很随意地反问了一句：“你来刑警队多久了？”

“还不到两年。”小伙子如实地答道。

“警校毕业？”

“是的……省警校刑侦专业。”

“那我算是你的师兄。”罗飞微笑地看着小伙子，眼神明亮，“我也是在这里上的学，省警校刑侦专业。嗯……黄伟现在是系里的老师吧？”

“对！”小伙子连连点头，“他教过我们痕迹勘查的课程。”

“他是我的同学。”罗飞轻轻拍了拍小伙子的肩头，“还有系里的那些老教授们，如果你去打听一下，他们应该都还记得我。”

“啊，真没想到，那你可真是我的老学长了！”尹剑毫不掩饰惊喜的情绪，语言和神态都友好了许多。

“好了，现在你应该完全地信任我，有没有问题？”罗飞的表情重新严肃起来，“因为我需要你的帮助。”

尹剑立刻便点了点头，虽然只是初次见面，但对面这个男子却有着一种奇妙的魅力，他可以轻而易举地消除别人的戒心，如兄长般令人感到亲切和尊敬。

“很好。”交谈的氛围重新回到了自己的掌控之内，罗飞满意地摸着下巴，嘴角现出两道浅沟，然后他又将话题切往了关键之处，“关于十八年前的那桩案子，你暂时没必要问那么多。现在我有些问题要问你——嗯，最近几天，郑警官有没有什么反常的举动，或者说，他有没有一些特殊的言行？”

“反常？”尹剑低着头想了片刻，“这两天他倒是经常外出，不过这也不算反常吧？我们做刑警的，出外勤再正常不过了。”

“哦？那他手上正盯着什么案子？”

尹剑摇摇头：“那倒没有。郑老师毕竟年纪不小了，已经不会再具体负责一线的案子。他只是较多地做一些分析和指导的工作。不过他这个人闲不住，即使什么活也没有也会经常往外跑，摸查摸查社会情况什么的。哦，对了，他这两天出去多半是在搞前期的盯查。”

“你怎么知道？”罗飞对尹剑的最后一句话很感兴趣，“他和你聊起过吗？”

“那倒没有。郑老师一向独来独往的，好像不太喜欢跟人交流。我是看到他最近外出的时候总是带着数码相机，所以才作出的判断。”

“数码相机？”罗飞的眉头一挑，“银色的尼康吗？”

“没错，我们队里统一买的，都是这个品牌。你也知道？”

“那个相机就在客厅里的桌子上！”罗飞一边说，一边转头向案发的屋子看了一眼。显然是对那个相机有所窥伺。

两个后来的省城刑警奉了韩灏的命令守在案发地门口，神色威严。罗飞略一思忖：自己现在想再进那个屋子，已然没有太大的把握，倒不如还是求助于身边这个刚刚结识的校友。

“我要看那个相机，现在就要！”罗飞压低声音说道，“你帮我去把相机拿出来，能不能做到？”

尹剑犹豫了片刻：“好吧……我去试一下，主要还得看我们队长同不同意。”

罗飞点了点头，也只能如此了。小伙子毕竟是别人的下属，那个韩队长不好通融，而刑警队本身又是一个纪律严明的地方，他也不能太强人所难了。

不过尹剑倒没有让罗飞失望，当他再次从屋里出来的时候，手上正拿着那个银灰色的尼康相机。

“我可以把里面的照片调出来给你看，但是你不能用手接触相机——这是韩队长吩咐的。”尹剑自己已经戴上了白纱手套，他一边说着，一边把相机的显示屏展示在罗飞的面前。

随着尹剑的操作，一幅幅的照片依次呈现了出来。罗飞非常认真地观看着，有的时候他会让对方停下来，自己则凝眉思考片刻；有的时候他又拿出随身携带的纸笔，记录着一些什么。这样足足过了半个小时，他才把相机中储存的那三百来张照片全部看完。

“好了。”罗飞长长地吁了口气，然后若有所思地说道，“这么多的照片……规律是很明显的，其中有些疑点很值得关注……更重要的，我们至少已经获得了一条有价值的线索。”

尹剑也附和着：“嗯，所有的照片都是在网吧里拍摄的，这一点非常明显。拍摄的状态是隐蔽的，对象毫不知情。一共有五十七名被拍摄者，以年轻人为主，但是并没有更多的共性。郑老师应该是想从这些人中寻找什么吧？我所想到的暂时就这么多，有什么遗漏吗？”小伙子一边说着自己的分析，一边用期待的目光看着罗飞，希望能得到对方的肯定。原本该是罗飞接受他的调查，可现在他的思路却完全被对方所引导了。

“不是五十七名被拍摄者——”罗飞转动着手中的水笔，“应该是五十八名。”

“不会啊，我一个个数过来的……难道是我数错了？”尹剑耸耸肩膀，同时有些困惑地看着罗飞——对这个数字要求得如此精细能有什么意义呢？

“你没有数错，现在相机上确实是五十七名被拍摄者。但是——你注意到每张照片都有一个文件名吧？”

尹剑把相机调到相关的界面又看了一下：“嗯，是一些数字的编号。”从001开始，002，003，004……这样依次往下排列着。

“这些编号是按照片拍摄时的先后顺序自动生成的。”罗飞进一步提醒尹剑，“你注意一下，从280到285，这六个编号的照片在相机里是没有的。”

快速复看之后，果然如此！尹剑略一思索，心中已然明了，脱口道：“我明白了——这六张照片是后来被删掉的……既然是连着号，那么这些照片应该是拍的同一个人——也就是第五十八个被拍摄者。”

而罗飞的思路已经在思考这个现象背后隐藏的意义：“是被谁删掉了那些照片？为什么要删掉？”他喃喃地似在自言自语，“这里面也许大有文章……”

“你是怀疑这会和郑老师的遇害有关联？”尹剑体会到罗飞的潜台词，他将相机在手中翻了翻，颇有些懊恼地叹道，“难道这个人就是郑老师要寻找的目标？如果真是这样，那我们岂不是来晚了一步，罪犯已经把最重要的线索抹掉了。现在留在相机上的这些人，多半对案件本身是没有意义的。”

罗飞凝目看着尹剑：“但我们还有其他的线索，至少可以试着去追查一下，好弄明白郑警官到底在寻找什么。”

尹剑迫不及待地追问道：“怎么找？”

罗飞展示了一下自己看照片时做的记录，只见那上面写着：极天网吧，十月十九日十五点四十七分。

“这个有什么说法？”尹剑跟不上对方的节奏，他挠了挠自己的脑门，尴尬地问了一句。

“你的观察力还有待提高。”罗飞咧了咧嘴，多少有些失望，“在最后的几张照片里，被拍摄者身后带出了网吧的窗户，而窗户上的贴纸显出了‘极天网吧’的名称。另外，照片的右下角显示了拍摄的时间。”

罗飞一边说着，一边用笔在那个时间记录上画了一道：“这是两天前的下午。”

尹剑把最后几张照片又翻出来看了看，果然如罗飞所说。不过那些都是些很微小的细节，不经提醒很难发现。

“嗯，没错，这的确是重要的线索。”尹剑不得不向对方投去佩服的目光。

“好了，你待会儿把我的分析转告给韩队长吧——如果他愿意接受的话。现在我要按照我自己的思路去行事了。”罗飞撕下一张纸，写上自己的手机号码，“有任何事情，请及时和我联系。”

“你要走了？”尹剑瞪大眼睛，这告别似乎来得太突然了一些。

“是的。这里有韩队长接手，我再留着也只是浪费时间而已。”罗飞的话语中带出些抱怨的意味。说完这些之后，他友好地在尹剑肩头拍了一下，然后便自行下楼而去了。

…………

十三点二十四分，省城公安局刑警大队会议室内。

郑郝明遇害案的案情通报会正在进行，会议由市属公安局刑警大队队长韩灏主持，各分局刑警队以及派出所的相关负责人均列席参加了会议。

会场上的气氛极为凝重，大家看着脸色铁青的韩大队长，每个人的心头都像闷着块大石头似的，压抑至极。

韩灏说话的声音有些沙哑，似乎仍在竭力克制着心中的愤怒和悲痛："……想必大家都已经知道，今天上午我市发生了一起恶性杀人案——关于被害人的身份不用多说了……我们直接来看下现场的情况吧。"

得到韩灏的示意，一旁的助手尹剑打开幻灯，把案发现场的照片投射到了前方的大屏幕上。

"死者身中三处刀伤，分别是腹部的刺伤、右上臂的划伤以及颈部的切割伤。其中致命伤在颈部，这一刀割断了死者的颈动脉，致死者失血过量而死。根据法医的鉴定，死亡时间应该是在夜里十二点至凌晨两点之间。"

伴随着韩灏的讲解，一幅幅特写画面出现在屏幕上。在场众人对于这种血肉模糊的场景本已司空见惯，可这次照片上的主角却是和他们并肩多年的同事，那鲜血也因此变得格外殷红，冷艳冷艳地扎得人心慌。当最后出现郑郝明头面部的特写时，个别同志甚至已偷偷地别过脸去，不忍卒睹。

照片上的郑郝明双目紧闭，嘴却是半张着，似乎尚有一声呐喊未及发出。在他的脖颈上，一道可怕的伤口横拉过去，旁边的标尺显示出它的长度足足有七厘米。从伤口处流淌出来的血液在尸体下方汪成了一大片，占满了整个相机的屏幕。

韩灏低沉的声音仍在继续："从伤口的情况来看，罪犯所用的是匕首一类的凶器。现场同时遗留了一柄菜刀，根据技术人员的勘查，菜刀上的指纹为死者所留，所以这应该是死者用以自卫的武器。由此我们相信，死者在被害前曾与凶犯有过激烈的搏斗，另有很多其他证据也可以支持这个判断。"

说到这里，韩灏冲尹剑做了个手势，屏幕上开始一张张地切换现场的环境照片。

"这是客厅台面上留下的刀痕；这是装饰柜上留下的刀痕，柜中物品散乱，应该是受到过撞击；这里有大量的喷溅状血迹，显然死者就是在附近遭受了致命的一刀……"

众人沉默聆听着，在韩灏的引导下，郑郝明与凶犯搏斗时的场景似乎正一幕幕地重现在他们面前。

屏幕上的画面切换了一轮之后，变成了现场木质地板的特写，而韩灏看到这张照片时，精神似乎为之一振。

"这张照片拍摄于死者的脚边。我们可以看到，地板上有一些圆形血点，这应该是血液从高处滴落时造成的。由于死者身穿整套的长袖睡衣，他上臂和腹部的伤口都隐藏在衣物内，不会有血液滴落，同时其颈部创口巨大，也不会形成孤立的滴落血迹，所以我们在现场判断，这里的血迹极有可能是凶犯留下的……切回到刚才菜刀的特写——"

按照韩灏的吩咐，屏幕上出现了郑郝明用来自卫的那把菜刀。

"好的，你们看，菜刀刀刃上也有血迹，这和刚才的推测可以互相印证。"

"这么说的话，凶手受伤了？"会场上起了一阵小小的骚动，众人均微有喜色，要知道，凶犯如果受伤，不仅会在现场留下血液等不可辩驳的罪证，而且对于侦查和抓捕来说，也多了一条极易分辨的特征。

“现在我可以肯定地告诉你们，确实如此！”韩灏拿起一份报告在手中挥了挥，“这是刚刚拿到的化验结果，死者的血型是AB型，而菜刀和地板上的滴落血迹都是B型。毫无疑问，那正是凶手的血迹！”

这线索太有价值了！众人忍不住交头接耳，议论纷纷。而韩灏犀利的目光在会场上扫过之后，现场才又恢复了平静。

“好了。”韩灏满意地点点头，“现在看一下厨房里的照片。”

屏幕上画面切换，显示出老式厨房中的那种木格小窗户。韩灏继续就着照片讲解：“这扇窗户外面是小区的绿化带。现场窗户向外敞开，且最下格的玻璃已被打碎——好，换一张……这是厨房里的碗柜，在上面也同样提取到了刀痕。”说到这里，他略微顿了一下，然后又道，“由此我们判断，凶犯是从楼房背面，沿着雨水管道和下层住户的防盗窗爬上了三楼，然后击碎了厨房窗户上的玻璃，打开窗户进入了屋内。在这个过程中，本已睡下的被害人听见响动，起身查看。两人在厨房中遭遇并进行搏斗。被害人拿起菜刀反抗，边打边退，但终于还是被杀害在客厅中。”

“现场有没有提取到凶犯的脚印和指纹？”此时有人插话问了一句。

韩灏摇了摇头：“没有。此人很可能戴着手套和鞋套，具有一定的反侦查意识。”

“嗯。这就有些麻烦了……”刚才问话的人多少显得有些沮丧。通常来说，从脚印可以推算出案犯的身高体重，而指纹则可输入电脑进行数据检索，如果他是有前科的人，其身份便可查出。现场没有留下这些痕迹，无疑给侦破工作增大了难度。

韩灏的目光却突然凝了一下，正色说道：“即便如此，我们仍掌握了相当的线索，现在大家记一下凶犯的模拟特征——此人应该是青壮年的男子，体格偏瘦，身高在一米六四至一米六七之间，手部有新鲜的刀伤。”

与会众人纷纷拿出纸笔，记下韩灏的话语。有一人听到最后时，禁不住轻轻地“咦”了一声，似乎颇多惊讶。在静默的气氛中，这一声显得尤为突出，大家立刻都把目光投了过去。只见此人是个二十来岁的年轻小伙子，长得白白净净的，颇有几分书生气质。正是负责播放幻灯的尹剑。

韩灏皱起眉头看着自己的副手：“你有什么问题？”

“没有问题。”尹剑连忙摇了摇头，迟疑了片刻后，他又加了一句，“只是，上午那个人……他的分析好准！”

“哪个人？”韩灏一时有些摸不着头脑。

“那个外地的刑警——罗飞。他上午就说过，要我们去找一个体型很瘦、身高一米六五左右、手部负伤的男子。”

“什么？”韩灏惊讶地睁大了眼睛。那个家伙怎么能作出如此精准的判断？要知道，关于凶犯的这些特征听起来简单，却是诸多技术人员缜密分析后才得出的结果——

能够悄无声息地攀爬到三楼，并且从狭小的厨房窗户中钻进去，此人多半身形瘦小，动作轻灵——这一点倒不难想到，可想要确定具体的身高范围，那可就难多了。

由于双方经过激烈的搏斗，所以在厨房和客厅的木质橱柜上留下了许多刀痕。凶犯手执锋利的匕首，每一刀都是全力挥出，因此他必然会将身体展开到最易发力的姿势。依此原理进行综合归纳，便可通过那些刀痕的高度、角度和轨迹反推出用刀者的身高范围。这里面牵涉到极为细致的计算过程，还需要进行数学模型的带入，很难想象一个人仅凭肉眼和脑力便能完成类似的工作。

现场的地板上留有凶犯的血迹，这些血迹是从半空中滴落形成的。这里面也有讲究，滴落的起始点越高，血液最后在地板上溅开形成的圆形斑点面积便越大，根据这个原理，通过在现场的模拟实验进行对比，便可大致估计出血液的落点高度——最后得出的结果是距离地面七十至九十厘米。这个季节人的穿着相对来说厚实严密，能够造成血液滴落的伤口只可能出现在裸露在外的双手或者是脸部，再结合刚才的推断，才可得出凶犯手部负伤的结论。

以上种种居然都被罗飞在那么短的时间内便琢磨了出来，韩灏对此觉得简直有些不可思议。不过惊讶的神态只是在他的脸上一闪而过，他很快便用一层寒霜把自己的情绪遮挡了起来，然后冷冷地说道："这个人的身份和来意目前都还不明朗，就这起案件来说，他本身就是一个重点调查对象。尹剑，我要你派人盯着他的，现在情况怎么样了？"

"我让二中队的金有峰负责这件事的，我现在就和他联系一下，看看情况怎么样。"尹剑一边说着，一边掏出手机拨了号码。振铃响了好几声之后，对面才终于有人接听。

"喂，是大金吧？"尹剑开口打了招呼，然后电话那头的人不知说了些什么，尹剑的神情一下子僵住了，他呆呆地听了片刻，偶尔才"嗯"一声，语调则极为尴尬，片刻后他站起来走到韩灏面前，将手机递了过去，"队长，你来接吧。"

韩灏纳闷地瞥了自己的助手一眼，然后他接过电话："喂？我是韩灏。"

"韩队长，对不起，我是罗飞。"听筒里传来一个略显低沉的男子声音。

"罗飞？"韩灏也一下子愣住了，完全不明白到底发生了什么事情：自己派出去盯梢的下属怎么会把电话落在了被盯对象的手中呢？

"我想我和你的队员之间可能有一些误会。"电话那头的罗飞已经主动开始解释了，"我正在调查一些东西，后来我发现有人在跟踪我。于是我找机会想制伏他，他在反抗的时候我们动了手——这一切都是刚刚发生的事情。现在他暂时失去了知觉，不过很快便会醒过来。你们打电话过来的时候，我正好翻到了他的证件，这件事纯属意外，我真的非常抱歉。”

韩灏愣在原地，脸上的神色如死灰般难看。自己的手下被盯梢的对象制伏，连手机、证件都被人缴了去，这是多么让人颜面扫地的事情！而罗飞致歉的态度虽然诚恳，但显然不足以驱散他心头的恶气。韩灏竭力控制住情绪才使得自己没有当场发作出来，在接连喘了几口粗气之后，他极为不满地指责道：“罗飞，罗队长，这里可不是你的龙州！你不觉得你的举动实在是有些太过分了吗？”

“我能够理解你的心情。我刚才的反应确实是过于紧张了。不过——”罗飞的语调突然间变得凝重起来，“如果你知道那个隐藏的对手有多么可怕时，你也会反过来理解我的。”

韩灏眉头皱了皱，他已敏锐地捕捉到了罗飞话中的隐义：“嗯？你有了什么新发现？”

“是的。”罗飞正色道，“希望这次你能够认真地听我讲一讲。”

韩灏沉默着，看来自己有必要亲自会一会这个神秘出现的同行了。片刻后，他终于回答：“半个小时之后，我在刑警大队的办公室等你。”

“好的。嗯……我现在有个好消息要告诉你——”罗飞缓和自己的语气，“你的队员已经清醒过来了。”

果然没过多久，听筒里传来了金有峰的声音：“队长，我……”

“废物。”韩灏没好气地骂了一句，然后狠狠地掐断了电话。

…………

下午两点零七分，省城公安局刑警大队长办公室内。

当罗飞来到的时候，韩灏如约正在等待着他。

“你们这边的进展怎么样？”还没顾得上把屁股坐稳，罗飞已经急匆匆地问道。

“我并没有义务向你汇报工作。”韩灏不软不硬地顶了罗飞一句。罗飞苦笑了一下，显得颇为无奈。然后他坐在韩灏对面，闭口不言，摆出一副等待对方来引导的谦卑姿态。

见对方认了软，韩灏的心情稍微好了一些。这时他又觉得自己或许该说出些什么，不能让这个家伙小看了省城警方的实力。沉吟了片刻，他便斟酌着措辞说道：“疑犯的体貌特征我们已经掌握。现在市郊各交通网点都已设下了关卡，各级警力也在进行专向排查，重点对象是那些与死者生前所处理的案件有牵连的相关人员。”

罗飞很快接口道：“我明白你的思路，你认为这是一起针对公安干警的报复杀人案？”

“现场没有劫财的迹象。凶犯持刀闯入，蓄意杀人的目的非常明显——”韩灏针锋相对地反问，“不知道你以为还会有其他什么情况呢？”

罗飞摇摇头，忽然话锋一转：“你知道我为什么会出现在这里吗？”他的目光凛凛地看着韩灏，似乎隐藏着很多下文。

“这正是我要关心的问题。”韩灏凝目和罗飞对视着，然后又补充追问，“还有，你和郑郝明警官是什么关系？”

罗飞没有直接回答，他掏出一张折好的信笺递了过来：“你看看吧。”

韩灏带着迷惑的表情打开信笺，只见上面写着——

8102号学员，你该还记得我吧？

序曲结束之后，正章应该开始。这相隔的时间确实是太长了一些……不过，这一天总算还是到来了。

想想那即将展开的华丽乐章，我难以抑制心中的兴奋，你不想加入进来吗，我的老朋友？

我知道你也早已期盼了太久了。

我能想象你看到这封信笺时的表情——你会激动得颤抖起来，是吗？热血在燃烧，无穷的力量正在躯体中聚集！——正和我此刻的感觉一样。

我已经嗅到了你的渴望，你的愤怒，甚至是你的恐惧……

快来吧，我在这里等你。

韩灏越看越是茫然，眉头皱成了两团疙瘩。却听罗飞在一旁解释道:“两天之前，我收到了这封信笺。信是从本市发出的。8102，这是我以前在警校读书时候的学号。”

“是的，你是省警校八一级的学员，当年的各项成绩极为出色，被誉为警校‘有史以来最出色的学员’。只是你毕业前却犯了一个错误，最后仅被分配到龙州这个二线城市，在郊区某派出所当了一名普通干警。不过你升得很快，八年后就当上了所长，后来又调到龙州市刑警队任职——”韩灏用手指敲了敲桌面上的一份报告，脸上的表情喜怒莫测，“这是你的相关资料，关于你的履历，我们已经调查得清清楚楚。”

罗飞一愣，在血案突发的紧张时刻，韩灏还特地分出精力详细调查了自己的档案，以这样一种方式为人所重视给他带来怪怪的感觉。

“那应该是一次大错误吧？”韩灏却还不愿罢休，又揶揄着说道，“否则警校的天才又怎么会沦为一个小小的片儿警？”

对方这番话语显然是触动了罗飞的许多心事，他双目迷离，神情竟变得有些恍然，半晌之后才喃喃地说道:“错误？嘿，也许叫失败更准确一些，惨痛的失败……”

韩灏陡然间看到罗飞这副模样，不禁颇为意外。从收集到的资料中，他知道罗飞此前在龙州曾破获过许多大案奇案，出众的能力是毋庸置疑的，但由于某些经历，以至于人生坎坷，倒也令人感怀。经过这次面对面的交锋，他心中原先积攒的郁闷也发泄得差不多了，此刻忍不住倒要劝解对方两句："错误也好，失败也罢，都已是过去的事情了，你也不用总是放在心上。而且……现在再说这些又有什么意义呢？"

"不……"罗飞痛苦地摇着头，他的眼睛瞪得老大，迸现出眼角的根根血丝，"还没有结束，他回来了，他还在这里！"

"你说谁？"罗飞没头没脑的话语让韩灏满头雾水。

"那个恶魔！写信的人！杀害郑郝明警官的凶手！"罗飞一口气说出的三个角色显然是在指同一个人，他的双眼燃烧着愤怒的火焰，而语调又如寒冰般彻人心骨，屋内的空气似乎都要因那寒意而冻结起来。

韩灏愕然间明白了什么，他又拿起那封信笺看了一遍，然后如连珠炮般问道："是这封信？这是谁写的？这和郑郝明被害又有什么关系？"

罗飞用双手揉着自己的太阳穴，努力去调整自己的情绪。虽然已过去十八年，但每当那段回忆重现的时候，他还是会有忽然就要失控的感觉。渐渐平息了下来之后，他抬头向韩灏反问："你是什么时候来到省城刑警队的？"

"十年前，中国人民公安大学刑侦专业硕士毕业后。"这次韩灏很爽快，也很自豪地回答了对方的问题。

"所以你什么都不知道……"罗飞叹息一声，对于对方那显赫的专业背景毫不为意。略一停顿之后，他似乎在展开一个新的话题："上午我离开现场之后，根据郑警官相机上的线索去了极天网吧——前天下午三点四十七分，郑警官在这里密拍了一个上网者的照片。我让网管调出了此人在当天的上网记录，从中我找到了这个网页。"

在分析案情的时候，罗飞便重新找回了他特有的那种冷静和缜密。说话的同时，他递上了一张复印好的网页资料。

韩灏接过那张纸，他对网络方面的东西并不是很熟悉，不过他还是能看出纸上出现的应该是某个论坛上的帖子。发帖的账号是一串字母：Eumenides，帖子的标题则是四个赫然醒目的黑体字——**死刑征集**，正文的内容如下。

每当我睁开眼睛，我会看到这个世界上仍有许多肮脏的灵魂。

法律是净化这个世界的工具，可是法律的作用却总是受到太大的局限。

有人做了坏事，可这些坏事却不受法律的管辖；又或者有人做了坏事，可法律却找不到将他定罪的证据；还有的时候，做坏事的人有着各种各样的资本，使他们能够凌驾于法律之上。

法律是不完美的，社会需要法律之外的刑罚。

我就是这个刑罚的执行者。

我施加的刑罚只有一条，最直接的一条——死刑。

将有一批恶徒被我清理。不过他们的名单现在还没有完全确定。

因为你有机会在这个名单上加一个名字。

你希望某个人去死吗？你觉得他根本不配活在这个世界上，可是你制裁不了他，正义在他的面前显得无比孱弱。

那么请你把他的名字写下来，告诉我他做过什么，我会对他进行判决。

你们有两周的时间。然后我将公布最终的执行名单。

韩灏很难想到这个帖子会和郑郝明的死有什么联系，他费解地摇了摇头：“这能代表什么？一个恶作剧吧？网络上会有很多这样乱七八糟的东西。”

“恶作剧？嘿……”罗飞冷笑了一声，他突然往前探过身子，语气变得激烈起来，“这是实实在在的罪恶！可怕的罪恶！郑警官就是因为这个送的命，但他并不是第一个牺牲者，十八年前，这罪恶就已经施虐过一次了。”

罗飞的神态让韩灏意识到事态的严重，他立刻追问道：“十八年前发生过什么？”

罗飞却把身体缩了回去，他摇摇头：“我现在不能说。”

韩灏有种被人戏弄的感觉，他极为不满地瞪了对方一眼：“你到底什么意思？”

罗飞神情严肃：“这是机密。”

“什么机密？”

“十八年前，在这个城市里发生了一起案件。因为案件的性质极为恶劣，为了控制影响，这起案件被定为一级机密，所有的侦破工作也是由专案组秘密进行的——”说到这里，罗飞停顿了一下，然后他做了个无奈的表情，“对不起，我暂时就只能说这么多了。”

韩灏皱着眉头，将信将疑的同时也有些恼火，他冷冷地诘问道：“既然是一级机密，那你怎么会知道？”

罗飞的眼角抽动了两下，似乎被触到了某根敏感的神经，然后他郑重其事地与韩灏对视着：“我也是那起案子的当事人……你还不明白吗？当年正是这桩案子让我跌入了谷底！而案发后对我进行询问的专案组警员，就是郑郝明郑警官。”

原来是这样……韩灏的脑子飞速地旋转了片刻，总算把一些前因后果串联了起来：十八年前的密案，至今未破……郑郝明是专案组成员，发现了新的线索……当事人罗飞接到神秘信笺，回到省城……郑郝明遇害，罪恶正在拉开新的一幕！

一张大幕正缓缓浮现在韩灏的眼前。虽然幕布仍然遮蔽住了所有的秘密，但那掩盖不住的凝重气氛还是让韩灏既兴奋又紧张。

甚至，还有一丝莫名的恐惧。

这到底是一起什么样的案子?

答案就在对面那个家伙口中，可他却又偏偏不说出来。

韩灏用一种复杂的表情看着罗飞，缓缓地说道:“既然你不能告诉我详情，那你又何必来找我呢?”

“我希望你立刻向上级领导打报告，要求解密当年的案卷，重建专案组!”罗飞毫不回避地迎向韩灏的目光，同时一字一句地回答道。

第二章 十八年前的惨案

十月二十一日下午，十六点三十分。

刑警大队会议中心。

韩灏脸色阴沉，双手压着桌上一堆厚厚的资料。两个小时前，他从档案室解密了这些已封存了十八年的案卷。当看过这些案卷之后，他终于知道十八年前发生了什么样的案子，也知道自己要面对的会是一个多么可怕且具有野心的对手。

好在他并不是一个人——在他的身边，在十八年之后，由警界精英们组成的专案组正在重建。

罗飞坐在桌子的对面，他的视线已经在那堆资料上停留了很久。不过他的目光零散，思绪显然已经飘到了另外一个时空中。

那些资料在别人眼里可能就是一些文字、一些图片，记载了一些事情。可是对罗飞来说，那感觉却完全不同。他已置身于一幕幕如此真实的场景中，虽然已事隔多年，但那场景中的声音、画面，甚至所有气息都是如此的清晰，纤微可辨。

当然，与那场景同在的所有情感亦没有减轻分毫。

悲伤、沮丧、凄凉、愤怒，甚至还有恐惧……

罗飞知道自己永远也忘不了这些。而获得解脱的唯一方法，就是找到那个可憎而又可怕的家伙，做个彻底的了结。

这也正是他特地请假从龙州赶到省城的原因。

尹剑坐在韩灏身边，目光却在好奇地看着罗飞，似乎很想知道对方在想些什么。虽然只有一面之缘，但这个突兀出现的男子身上似乎带着一种神秘的气质，这种气质无疑对尹剑产生了很大的吸引力。

他到底是个怎样的人？十八年前他经历了什么？现在又为什么回来？一个个疑团在尹剑的脑子里旋转着，他恨不能一下子洞悉所有的答案。

在座的另外一个小伙子神情却和尹剑迥然不同。这个小伙子看起来二十来岁，似乎比尹剑还要年轻一些。他戴着眼镜，身形瘦弱，用左手斜支着自己的脑袋，一副有气无力的懒散样子。虽然也穿着一身警服，但小伙子的仪态形容却与那肃穆庄严的气质极不相称。此时他正百无聊赖地转动着右手中的一支水笔，似乎对周围的人和事都毫无兴趣，只是偶尔会抬起头来，目光极其快速地瞥出去，神态在一瞬间变得灵动至极。

紧挨着小伙子的是一个黑黝黝的健壮男子。他大约三十出头的年纪，坐姿威严，身板挺得笔直，显得极为精干有力。在他的身边似乎能产生某种气场，肃穆而又充满了安全感。此刻他正抬起左手看了看腕间的手表，然后正色说道：“韩队长，时间已经到了，我们开始吧。”

韩灏的手指在那叠案卷上轻轻敲了敲，踌躇片刻，答道：“嗯……还有一个人没来，这样，我们再等三分钟！”

确实，在罗飞和转水笔的小伙子之间还空着一个座位，这会是一个怎样的列席者，又为什么会迟到呢？

“这么重要的场合，纪律应该是第一位的。”健壮男子多少有些不满，他看着韩灏，拔高了声调，“如果连内部都无法协同，那还怎么去和对手作战？”

“等三分钟。”韩灏又简短地回了一遍，他说话的声音不大，但却透着一股不容辩驳的坚定与威严。健壮男子收回目光，不再多说什么了。

而门外却有一个声音接着响了起来：“你们不用等——因为我早就已经在这里了。”

伴着这声音，一个身影走进了会议室内。所有人的目光立刻都被这个身影吸引了过去，就连罗飞也从沉思中抬起头来，眼中闪过一丝诧异的神色。

因为这实在不像是应该在此时此刻出现的身影。

在刑警大队的会议室里，在这个充满了男性阳刚和威严气息的地方，居然会出现这样一个女人。

毫无疑问，这是一个标准的南方美女。她身形纤弱，面容俊俏，大大的眼睛，口鼻却生得灵巧秀气；一头柔软顺滑的长发黑得耀眼，衬得细嫩的肌肤愈发白皙。你很难从外观上判断出她的准确年龄，因为在她的双颊上洋溢着充满青春气息的红润光泽，可她的眉宇之间又透出一种只有成熟女人才具备的干练和睿达。

即便是会议的召集者韩灏此时也显得有些意外，他微微眯起眼睛，用很不确定的语调问了一句：“你……是慕老师？”

“是的。”那女子点头答道，脸上挂着若有若无的笑容，“省警校犯罪心理学专业，慕剑云讲师。”她一边自我介绍，一边在罗飞身边的空位上坐了下来。

韩灏释然地笑了一下。慕剑云，当省厅领导向他推荐这个犯罪心理学专家的时候，他实在没有想到对方居然会是个风姿绰约的女子。

但他并没有因此对此人的实力产生怀疑。能得到省厅的推荐那可不是一般人能享受的待遇，而且从另一个角度来说，线条细腻的女人在心理研究方面本来就比男人更具优势。

“既然你早就来了——那为什么不进来？”那健壮男子还没有抛却先前的不满，他直愣愣地看着慕剑云，毫不客气地问道。

“我从那里看着你们。”慕剑云用手指了指会议室高处的一个气窗，“面对同伴的迟到，每个人会展现出不同的反应，我可以借此对你们有个初步的了解。”

那气窗确实是个观察屋内的好地点，居高临下，视野开阔，又不易被屋中人察觉。

健壮男子皱起眉头，从鼻孔里沉沉地闷出一口气来。想到刚刚被人像看动物表演一样窥伺着，他心里产生一种很不爽的感觉，但是男人的自尊又使他无法把这种不爽冲着一个柔弱的女子发泄出来。

慕剑云的右手边坐着那个戴眼镜的年轻人。自从女讲师进屋之后，他的目光就一直紧紧地追随在对方的身上。此刻他接过话茬问道：“那么请问这位女士，你现在了解我们了吗？”他的脸上满是嬉笑的表情，语气也多少有些轻佻。

慕剑云瞥了年轻人一眼：“在场的所有人中，你的工作热情是最差的。当然，如果一个人成年累月地面对电脑，整天与那些枯燥的二进制数字打交道，他的心里难免会产生厌烦。过度孤独带来的压抑感，甚至会使他的性格产生一些扭曲。比如面对一个陌生女人的出现，你会产生一种莫名的新鲜感——我很希望这种感觉能够激发起你工作的状态。不过有一件事我也得讲清楚，我对你是不可能产生任何兴趣的，即便你是警界赫赫有名的电脑高手，曾日华先生。”

被对方半开玩笑半认真地调侃了一番，年轻人只好露出些尴尬的神色，他伸手挠了挠自己的后脑勺，又厚着脸皮自我解嘲：“美女能够知道我的大名，已经让我很荣幸了呢。”

慕剑云笑了笑，不再和他多说什么，转而把目光投向了对面的那个健壮男子。她的眼神中虽然毫无敌意，但却看得那男子颇不自在，后者拘谨地低下了脑袋。

“你是特警中队的熊原队长吧？”慕剑云停顿片刻，见对方没有异议，便又接着说道，“你是一个很好的命令执行者，而且你也显示出了很好的专业气质。和你进行合作，很多事情都会让人非常放心的。”

熊原抬起头来，神色愉悦了很多。很显然，对方这句简单的评价让他颇为满意。

“至于你，韩队长——”慕剑云又看着韩灏斟酌了一会儿措辞，“你有很好的决断力，这是一个领导者所必须具备的素质。当你订下计划后，别人的想法很难对你产生影响，这一点有利也有弊。不过你的助手倒是充满了好奇心，他会帮你接受和分析更广泛的信息，你们在某种意义上可以形成一种良性的互补。”

韩灏不置可否地“呵”了一声，似乎并不在意慕剑云对自己和尹剑的分析。他倒是凝起目光看着罗飞，然后提醒道：“慕老师，你好像还漏了一个人呢。”

“你说的是罗警官？”慕剑云微微一笑，“他似乎有很多心事，而那些心事正和你手中的材料有着密切的关系。我从他眼中看到很伤心的感觉，夹杂着愤怒……还有，恕我直言——还有一些压抑不住的恐惧。”

众人全都随着慕剑云的话语好奇地打量着罗飞，而罗飞心中更是遽然一惊——这个女子此前对其他人的分析固然精彩，但无非是根据言行来推断人的性格，并无过分奥妙的地方。可她居然能从别人的眼神中如此准确地读出对方心底的情感，这番本领可不是常人所能了。讶然之余，他连忙凝住心神，看向慕剑云的目光也变得犀利起来。

可慕剑云却轻轻地避了过去，并不与这目光接触。

“好了。我们还是赶紧进入正题吧。”熊原瓮声瓮气的话语打断了这两人之间短暂的交锋。

韩灏点点头，神情肃穆："现在会议正式开始。诸位都是接到上级命令来到这里的，所以客气话我也不多说了。'四一八专案组'已经重建，在座的就是专案组的成员，而我则是专案组的组长。对这一点还有什么疑问吗？"

曾日华用铅笔根在自己乱蓬蓬的头发里蹭了两下，略有些奇怪地问道："'四一八专案组'？我还以为是'一零二一专案组'呢。"

熊原和慕剑云蹙眉看着韩灏，显然也带着相同的困惑。

"你们都听说了郑郝明警官遇害的消息，这也是你们被紧急调往刑警队的原因。不过你们并不知道，类似的恶性袭警案件在本市并不是第一次发生。"韩灏语气低沉，然后他看了尹剑一眼，后者会意，打开了会议桌上的投影设备，一幅照片随之被投射到白色的墙壁上。

这是一幅陈旧的彩色照片，色泽已经有些灰暗，但照片上那一团团殷红的血迹还是令人触目惊心。遍地的血泊中卧着一具男尸，因为尸体呈俯趴的状态，所以看不清男子的面容。

"这是发生在一九八四年四月十八日的一起凶杀案。"韩灏配合照片解释道，"被害人薛大林，男，四十一岁，时任本市公安局副局长。"

除了罗飞之外，与会众人全都因为被害人的身份而吃了一惊。公安局长遇难！这样的案件在任何时候都足以造成轰动性的效果。

"大家现在看到的就是案发现场。被害人死于自家的客厅，周身有多处利刃造成的伤口，其中致命伤在脖颈处，因大动脉被切断、失血过多而死。案发当日，死者的妻子出差，独女则住校，所以只有死者一人在家。现场没有发现凶手的指纹和脚印，此案目前留下的唯一线索，便是这张纸条。"

在切换了几张现场照片之后，幻灯的内容随着韩灏的话语转到了一张纸条上，纸条上几行清晰的字迹展示在了众人面前——

死亡通知单

受刑人：薛大林

罪行：渎职、受贿、涉黑

执行日期：四月十八日

执行人：Eumenides

漂亮的钢笔字，极其标准的仿宋字体，乍看之下几乎与印刷体无甚区别。

“这是……凶手留下的？”慕剑云敏锐地感觉到了什么，抢先问道。

韩灏没有直接回答对方的问题，而是继续讲述从案卷中看到的信息：“警方在死者的书桌上发现了这张纸条，其他相关线索表明，这张纸条是在案发前两天随一封匿名信寄到死者家中的。”

“‘四一八专案组’……原来是这么回事。不过这么一起大案子，我怎么从来没听说过？”曾日华一边说着，一边转头看着身边诸人。除了罗飞苦笑着摇了摇头，其他人也都是一脸困惑。

“我也是刚刚知道。”韩灏解释道，“因为消息被封锁了，尤其在公安系统内部——担心会造成恐慌。专案组在暗中调查这件案子，郑郝明警官就是当年的成员之一。”

会场上多人都情不自禁地轻轻“哦”了一声，略微品出了些十八年前后两桩袭警血案间的联系。随后曾日华又“哧”地笑了笑，带着调侃的语气说道：“现在看来，这案子是一直没破了？嘿，秘密查案，效果上总是有折扣的。其实就算死了个公安局长，也不用那么紧张吧？”

熊原皱眉瞪了曾日华一眼，显然对小伙子的态度不太满意。后者却泰然自若，脸上仍挂着一副无所谓的不羁表情。

韩灏也看着曾日华，他虽然没有说话，但目光中却透出无形的压力来，然后他深深地吸了口气，沉着声音说道："并不是一个公安局长这么简单，还有其他的遇害者。尹剑，你把幻灯切过去。"

墙上的照片又翻到了新的一张。照片所显示的地点是一间破旧空旷的大房子，现场似乎刚刚经历过大火的焚毁，遍地狼藉，焦煳不堪。一直沉默寡言的罗飞如同被电击了一样，忽然间身体一颤，他紧紧地咬住了嘴唇，竭力控制着心中翻腾起伏的情绪。

"这是什么地方？"说话的仍然是那个饶舌的曾日华，"韩队长，你说的遇害者在哪里呢？"

"遇害者……这里，这里——"韩灏用激光笔在图像上指点着，他的声音变得有些阴森可怖，"还有这里，到处都是……"

到处都是？这话似乎有些不合逻辑，而一种不祥的预感则在会议室内弥漫开来。

罗飞握紧了拳头，手腕上青筋凸现。其他人则瞪大眼睛在照片上搜寻着，但他们还是很难从一片黑糊糊的景象中分辨出什么特别的东西。

韩灏瞥了眼尹剑："切到下面的特写吧。"

尹剑点了点头，随着他鼠标的点动，刚才韩灏所指部位的场景特写一幅幅地展现在了大家的面前。会场在瞬间沉默了，就连曾日华此时也屏住了呼吸，似乎有一块沉甸甸的石头突然压在了众人的心头，压得人喘不过气来。

他们终于看清楚了遇害者，支离破碎的遇害者。

也许那已经不能称之为尸体，叫肉块更加准确一些。焦黑的肉块，只从基本的外观形状依稀能够分辨出哪一块是人的肢体，哪一块是残缺不全的头颅。

这些残躯散布在现场，构成一幅如同人间地狱般的可怕图卷。

到处都是——众人终于明白这句话背后的可怕含义。

任何人在这样的场景面前都难免产生头皮发麻的感觉，即使他们是有着赫赫威名的警察。而对于会场上的另外一个人来说，这些画面更如带血的冰锥一样深深地扎在了他的心头。

看到这样惨不忍睹的尸体残躯已让人难以接受，如果这些残躯又是来自于你最亲近的人呢?

比如说，那曾是你最知己的朋友，甚至是你最亲密的爱人? 此时你会有怎样的感觉? 你怎堪将那冰冷的尸块和曾经活生生的音容笑貌联系起来?

罗飞正在这样一种感觉中遭受着煎熬。

不过他并没有避开目光。相反，他的眼神如剑一样死死地钉在那些照片上。如寒冰一样的悲伤渐渐燃烧成了灼人的烈火。

愤怒的烈火!

而在不远处，一双明亮的眼睛转了过来，偷偷打量着罗飞，似乎想从那团烈火中探出些隐藏的秘密。

令人窒息的沉寂最终被韩灏的声音所打破:“大家现在看到的同样是发生在一九八四年一起凶案的现场。当年此处是城郊的一处化工厂的废弃仓库，四月十八日，也就是薛大林遇害的当天下午，该仓库发生了一起爆炸，随后引起了现场化工原料的燃烧，造成两人死亡、一人重伤的后果。经调查，两名死者均是省警校的在读学员。”

尹剑操控着投影仪，墙壁上出现了一名年轻男子的半身照片。这是一个非常帅气的小伙子，阳光洒脱，嘴角带着自信的微笑，身上则穿着老式的警校制服。

“这就是其中的一名死者，袁志邦。省警校刑侦专业八一级学员。”韩灏一边说，一边有目的地看着罗飞，众人的目光也纷纷跟着转了过来，因为他们也多少知道些罗飞的背景——后者正是警校刑侦专业的同级学员，这会意味着什么呢?

在众人的注视下，罗飞深深地吸了口气，嘶哑着嗓音说道:“他是我同屋的舍友，也曾是我最要好的朋友。”

“嗯，我所掌握的资料也是如此。”韩灏给了尹剑一个示意，后者再次切换了照片。其他人则跟随着韩灏的引导，疑问暂且被他们埋在心底。

图像上显示的仍然是一个身着警校制服的年轻人。不过这次却是一个秀丽的女子，她把长发高高绾在脑后，透出一股飒爽的英姿，双目更是炯炯有神，即使是一张多年之前的照片，也仍然难以藏住其目光中的敏锐之气。

罗飞的喉结蠕动了一下，似乎有什么东西被堵在了那里。他与照片上的女子对视着，神情竟变得有些恍惚。

“这是另一名死者，孟芸，省警校犯罪心理学专业八一级学员。根据资料显示，孟芸在生前与罗飞罗警官有着不一般的关系——”韩灏顿了一顿，又补充道，“或者我们可以说得直接一点儿，死者当年正是罗警官的女友。”

罗飞显然被刺中了心中的痛处，他终于闭上了眼睛，似乎这样能有助于屏蔽那些纠缠不去的痛苦。

会场上其他人则起了一阵小小的骚动，他们没想到这尘封多年的惨案竟和身边这个外地警察有着如此深的瓜葛。熊原暗自悲叹；曾日华则好奇地打量着罗飞，脑子里不知在想些什么；慕剑云看了罗飞几眼后，目光长时间地停留在了那张照片上，似乎对这个香逝多年的师姐产生了浓厚的兴趣。

“好了，那么这起爆炸案又是怎么发生的呢？”曾日华总是最先沉不住气，他转向韩灏问道。

“我这里是有资料的。不过这些资料很多都是罗警官当年的笔录。倒不如请罗警官直接再讲述一遍，总比我辗转复述要说得明白。你们觉得呢？”韩灏说起来是在征求大家的意见，但言辞间的引导性却非常明显，同时他紧盯着罗飞，目光根本不容对方去拒绝。

罗飞交叉双手遮在了自己眼前，同时把两个拇指按在太阳穴上揉动起来。他的动作很慢，但是非常用力，像是想要把某些回忆，或者是某些情感硬生生地从自己的大脑中给挤出去。片刻之后，当他把双手撤开的时候，他原本暗淡悲伤的目光又恢复了些许亮色。

往事虽然痛苦，但他必须振作起来。他重新回到了专案组，成为现场警官中的一员，而不单单是十八年前那场惨剧的经历者。

然后他开始讲述。虽然时间已相隔久远，但当年的事情却如同被镌刻在他的脑海中一样，所有的回忆都丝毫未曾磨灭。

“一九八四年的时候，我是省警校刑侦专业的学员。当时已经是毕业前夕，我们八一级的学生都已进入各个局所实习。不过四月十八号那天是一个星期日，大家都回到了学校，各自安排自己的活动。

“那天下午，我要加班出一个外勤，袁志邦则一个人外出，据他说是去和一个笔友约会。同时我还和孟芸——我的女友，我们约好了一块吃晚饭，我把钥匙留给了她，她会提前到我的宿舍去等我。

“大约三点半，我下班回到了学校宿舍，发现宿舍的门是虚掩的，而孟芸却不在屋里。在门口醒目的位置上，我看到了她留给我的字条。”

“是这张字条吗？”韩灏打断了罗飞的话语，他拿起一只装证物的小塑料袋，展示了封存在里面的一张纸条。在得到罗飞肯定的示意后，他大声读出了纸条上的内容：“速与我用电台联系！”

“当年电话还没有普及，更别说什么呼机、手机了。不过我学过无线电的知识，自己动手建了一个电台，配了两个对讲机。我和孟芸经常通过对讲机互相联系，信号大概可以覆盖十公里。”罗飞就字条上的信息向大家解释道，“不过那天上班的时候我并没有携带对讲机。所以我一看到孟芸的留言，立刻便想到，她一定是突然遇到什么紧急情况离开了，同时她希望能尽快与我取得联系。于是我立刻打开对讲机，调到了相关频率进行呼叫，但当时并没有立即呼通。”

韩灏马上问道：“为什么没有呼通？”

罗飞无奈地摇摇头：“那只是一个土电台，信号并不稳定……信号丢失，或者信号被干扰，频率被占用的情况本来就时有发生。我当时也没有其他办法，只能在屋里等着。就在这个过程中，我在桌上发现了一封被拆开的匿名信。”

韩灏又拿起一只装有信笺的塑料袋，罗飞点点头：“是的，就是这封。”

由于这封信是极重要的证物，同时还具备了影像资料，尹剑此刻也把照片投影在了众人面前。

信上的内容似曾相识，仍然是几行标准的仿宋体字迹——

死亡通知单

受刑人：袁志邦

罪行：玩弄女性，在受害人怀孕后抛弃，致其自杀

执行日期：四月十八日

执行人：Eumenides

又是一份“死亡通知单”？与会众人均各自沉吟起来，几桩惨案间的内在联系正在慢慢地凸现。

韩灏又问罗飞：“你看到这封信的时候有什么感受？薛大林是在当天上午遇害的，你是否已经知道相关的消息呢？”

“当时我对上午发生的凶案毫不知情。”罗飞踌躇了片刻，又说道，“不过当我看到信上的奇怪内容，再加上孟芸突然失踪，还是立刻产生了一种非常不祥的预感。”

韩灏翻看着面前的档案材料，然后简短总结自己看到的内容：“但是

你什么也没有做，只是在屋里继续等待，直到和孟芸取得联系——那已经是半小时之后了。”

罗飞默然地点点头。

“你为什么不报警？——既然你产生了‘非常不祥’的预感。”

“我并不认为当时的情况值得报警。”罗飞很直接地回答。他身边的慕剑云微微点了点头——的确，从心理学的角度分析，如果罗飞并不知道上午的凶案，那区区一封匿名信根本不值得大惊小怪。这更像是一次恐吓，甚至可能仅是一个恶作剧而已。

“好吧。”韩灏看似也认可了罗飞的解释，“你继续给大家说说后来发生的事情。”

“我一直开着电台等待，大概过了半个小时，信号终于恢复了，我听到了孟芸的声音。”

“她说了什么？”

罗飞闭上眼睛，紧锁着眉头回想了一会儿，然后答道：“她说她正和袁志邦在一起。她的语气非常焦急，因为袁志邦被锁在了一个废弃的仓库里，而且他的身上带着一枚即将引爆的定时炸弹。”

“等等……”慕剑云发现了奇怪的地方，插话问道，“孟芸和袁志邦，他们俩怎么会在一起的？”

“应该是孟芸来到我的宿舍之后，在桌上看到了那封寄给袁志邦的匿名信，所以她出去找到了袁志邦。”

“应该？”慕剑云并不满意对方这种含糊的回答，“这是孟芸告诉你的，还是你自己的推测？”

“是我自己的推测。”

“孟芸和袁志邦的关系如何？”

罗飞微微皱起眉头，不太理解女讲师这句话到底想问什么。

慕剑云看出对方的迷惑，于是又补充道：“我的意思是，孟芸和袁志邦关系亲近，还是你和袁志邦关系亲近？”

“当然是我和袁志邦的关系要近一些——他曾经是我最好的朋友。孟芸和袁志邦——他们只是通过我认识而已。”

“那为什么孟芸会去找袁志邦呢？面对同样的一封匿名信，关系更加亲近的你却只是在屋里等待，这让我觉得有些奇怪。”慕剑云直视罗飞，等待着对方的解释。

罗飞对这个问题似乎没什么准备，他愣了一下：“这个……我也讲不清楚，或许是……女人的直觉——她更强烈地感觉到了某些危险。又或许是，她知道袁志邦在哪里，而我却并不知道……”

“她为什么不报警？”

罗飞避开慕剑云的目光：“我不知道。”

“那她是怎么知道袁志邦在哪里的？”慕剑云几乎是毫不停顿地继续发问。

罗飞摇摇头，无奈地苦笑着，仍然是同样的回答：“我不知道。”

“你没有问她吗？”慕剑云显得很不理解，“这些都是最基本的疑点。”

“罗警官当时可能是没有时间去问这些问题。”韩灏冷眼旁观了罗飞和慕剑云之间的这番交锋，此时他开口把话题又引了回来，“因为根据我掌握的资料，在孟芸与罗飞接通信号的时候，距离定时炸弹的设置引爆时间已经不足三分钟了，是这样吗？”

“是的。”罗飞黯然说道，“在那段有限的时间里，我们一直在讨论如何拆除炸弹。”

“那是一颗什么样的炸弹？”熊原颇有兴趣地问了一句，作为特警队长，他对爆破知识当然是非常了解的。

“我没有见到那颗炸弹。”罗飞看看韩灏，“不过我估计韩队长的资料里会有爆炸现场的详细鉴定资料。”

韩灏略略翻找了一下，从资料里抽出一个文件袋递给熊原。后者从中取出相关资料细细查看。罗飞则继续说道：“当时我只能从孟芸的描述中大概了解炸弹的情形——据说袁志邦被锁铐在仓库的铁架上，炸弹则和手铐连接在一起，想要砸开手铐，或者移除炸弹，都有触发爆炸的危险。”

“嗯。”熊原点点头，结合文件资料以及罗飞的回忆，他从专业的角度做出些注解，“这颗炸弹只能拆除，不能移除。对了，罗警官，你懂拆弹的知识吗？”

“算是了解一点儿吧——警校设有排弹的选修课，我学过。其实袁志邦也是学过这门课的，据孟芸说，当对话接通之前，袁志邦已经指导她打开了炸弹的外壳，所以只要再剪断计时触发线就可以排除危险了。”

“剪断计时线本身并不困难，不过——”熊原微微皱起眉头，“从资料上来看，炸弹的制作者设置了伪线？”

罗飞苦笑：“是的。孟芸当时的确告诉我有两条线，一条红色，一条蓝色。两条线纠缠在一起，除了颜色不同之外，看不出其他分别。而线头则藏在密封的控制盒内。”

“这样的话就很麻烦了，伪线和计时线根本无从分辨。”熊原虽然没有身临其境，此刻也露出了为难的表情，“时间如此紧迫，要拆弹必须剪断计时线，可是如果剪到了伪线上，那就等于提前引爆了炸弹。”

曾日华晃了晃脑袋：“我听明白了。那就是要剪断红蓝两根线中的一根，而成功和失败的可能性各有百分之五十。嘿嘿，有点儿意思，这就像计算机世界的二进制，0与1代表了是与非，两者只能选其一，而结果则分别要走向生存和死亡两个截然相反的终点。真是令人难以抉择……”在发表了一番哲学分析之后，他又故意挤着眼睛说道，“如果是我，我更喜欢红色，你们呢？”

曾日华的调笑显得极不合时宜，在场众人均露出了不悦的神色，而罗飞则被他的话语触到了某些痛处，他的神情恍惚，耳边似乎又响起了那段刻骨难忘的电波声。

“嗞嗞嗞”的电波杂音嘈杂刺耳，像锉刀一样折磨着罗飞的耳膜，一个女声在那片杂音中慌乱地跳动着，那个女声即使在多年之后听起来仍然熟悉。

不过也有陌生的感觉——那声音由于过度的紧张而扭曲了，听起来有些沙哑，甚至带着哭腔。

那是孟芸的声音。罗飞曾以为她是一个无比坚强的女孩，在那一刻，女孩终于展示了自己软弱的一面。

“你快告诉我，哪根线？红色还是蓝色？快告诉我！”孟芸几乎是在哭喊。

罗飞的回答却茫然而无力：“我不知道……”

“不，你告诉我！求求你……没时间了！”

“你问他也没有用！这两根线谁也看不出来。”袁志邦的声音也夹杂在电波里，焦急而无奈。

“罗飞！哪根线？快告诉我，只剩一分钟了！”

“我怎么会知道，我连炸弹都没有看到……”

“……你别管我了，孟芸，你先走吧！”袁志邦已经绝望了，虽然还有一半求生的机会，但是男子汉的尊严似乎不允许他拉着孟芸一同来冒这个险。

“不，我不走。”孟芸的态度却是如此坚决，然后她的声音大了起来，显然是将对讲机凑到了嘴边。

“罗飞，我必须剪了！你告诉我，红色还是蓝色？”孟芸的语气既像是哀求，又像是通牒。

罗飞自己的声音也变得嘶哑了：“我真的不知道。”

“呵……”孟芸似乎在那边惨笑了一下，“那你该为我祈祷了，我只好随便选一根……”

在罗飞焦急又无助的等待中，孟芸开始剪线前的倒数："三……二……"她的呼吸变得急促而沉重，通过电波一下下撞击着罗飞的心口。

"不，不要，再等一等！"罗飞无法承受地大喊出来。

"红色还是蓝色，快说！没时间了！"孟芸像是抓到了最后一根救命稻草般，嘶哑着嗓音乞求着。

罗飞的脑袋里如同塞满了铅块，沉痛欲裂，然后他终于开口道："红色，你剪红色的！"

"红色的……我知道了。"孟芸在电波那头轻轻呢喃着，如释重负。

红色。谁也说不清为什么罗飞会做这样的选择，包括他自己。

然后罗飞便像白痴一样手足无措地等待着。他的思维能力已经完全停滞，脑袋里一片空白。

几秒钟等待，却如几个世纪般漫长。

最终他从对讲机中等来了震耳欲聋的爆炸声。

回忆令罗飞的思绪飘离，完全与会场隔绝了开来。周围的人仍在说些什么，可他却完全没有听见。很快，其他人都发现了罗飞的异样。

"罗警官？罗警官？"韩灏连叫了好几声，嗓门越来越大，终于将罗飞从恍惚的状态中唤醒，后者连忙凝了凝神，勉强挤出一丝笑容："对不起……韩队长，你继续吧。"

对于罗飞的失措举止，韩灏用眼神表达了些许不满，然后他看向手中的资料："好了，接下来的情况就让我来说吧——根据档案记载，当时你通过电台遥控孟芸进行拆弹。按照你的指点，孟芸剪断了红色的引线，并因此提前触发了炸弹。是这样吗？"

罗飞闭上眼睛，非常痛苦地点了点头："是的，是我的判断错了……"

韩灏却并没有因为罗飞的痛苦而回避这个问题，他仍在追问："你根据什么认为红色的那根是真的计时线？"

罗飞无言以对，愣了片刻才喃喃说道："没有什么根据，就是……直觉……”

特警队长熊原立刻摇了摇头——如此生死攸关的大事，仅凭直觉判断多少有些儿戏。可是转念想想，在当时那种紧迫的情况下，确实又没有其他办法。而坐在他身边的曾日华则仍是一副不羁的模样，他同情地看着罗飞，然后又自嘲地笑了笑：“嘿嘿，事实一再证明，男人的直觉总是那么扯淡。”

“既然你没有任何根据，那你为什么要指点孟芸？如果让她自己判断，或许会有更大的正确概率。”韩灏看着罗飞继续问道。

“她怎么判断？”罗飞苦笑，“她对拆弹根本一无所知。”

“那她也有一半的正确概率，至少不会低于你。你为什么要用你的想法去影响她？她处于现场，而你只不过是听了她的描述，即便从直觉上来说，也应该是听从她的判断，你为什么要指点她？”韩灏用驳斥的口吻追问着，而他的目光则更是咄咄逼人。

罗飞的脑子一片混乱。他狼狈地躲避着对方的目光，知道自己根本无力与其交锋。因为对方已经击中了自己心底最柔弱的部分。

如果让孟芸自己判断，那她会剪哪一根线？为什么要用毫无把握的指点去影响她？这些问题已经在罗飞心中痛苦纠缠了十八年。

更加痛苦的是，罗飞自己也不知道其中的答案。

慕剑云许久没有说话，她一直在留意观察着罗飞。此时她开口帮对方解围：“我们也许没有必要纠缠于这样的问题。从心理学的角度分析，罗警官当年的选择属于一种应急反应。对于这样的反应，往往当事者本人在事后也无法作出解释。为什么要这么做？没有原因——因为他当时根本没有时间去考虑。所有的选择都是缘于本能——由性格决定的本能。”

罗飞心头一敞，压力减轻了许多。他感激地看了慕剑云一眼，而对方也正在看着他，那目光犀利明亮，似乎想要挖出自己心底更多的东西。

“好吧。”看在女讲师的面子上，韩灏总算放过罗飞，把话题又引回到案件本身，“让我们看看爆炸现场的情况。爆炸的震感波及方圆二百米的区域，而爆炸声则传出了五公里左右。由于爆炸地点存放着大量化学药品，爆炸还引起了现场大火。孟芸和袁志邦当场丧生。另有一名无辜者被大火波及，重伤垂危。”

无辜者？罗飞不禁一愣，愕然问道：“爆炸现场当时还有其他人？”这个情况他以前可从不知道。

“档案里是这么记载的。不过他只是一个偶然到达爆炸现场的拾荒者，虽然幸存下来，却没能提供什么有价值的信息。嗯，十八年前的案子我们暂时回顾到这里。相关的资料我让尹剑复印好，大家会后再详细研究研究。好了，”韩灏转过头看了曾日华一眼，“小曾，你给大家讲讲你了解的情况吧。”

众人的目光亦随之聚焦到了曾日华身上，后者笑嘻嘻地推了推眼镜说道：“大家可能还不认识我，我先自我介绍一下吧——我叫曾日华，是省公安厅网监总队的技术指导。”

罗飞暗暗一惊：这个小伙子看似没个正经，没想到却有着如此硬实的省厅背景。这个小小的会议室里已隐隐有藏龙卧虎之势。

而曾日华所说的事情正和网络有关：“大约一周前，也就是十月十四日，郑郝明警官找到了我，请我帮他进行一些网络监控。当时在网络上出现了一篇奇怪的文章——大家请看投影——郑警官希望我能够通过技术手段查出这篇文章的发布者。”

尹剑配合着操控投影，屏幕上出现一幅网络截图，上面显示的正是罗飞在网吧找到的那篇署名为“Eumenides”的文章：死刑征集。无论从文章的标题和署名都显而易见，这篇文章和十八年前凶案中出现的“死亡通知单”有着极为密切的联系。

其他人还在聚精会神地阅读文章的内容，罗飞已迫不及待地问道：

“那你查出什么线索了吗？”

“文章发布的时间是在十月五日下午两点十一分，发文者当时使用的是市区强辉网吧里的一台机器。文章发布于本市最大的公共论坛上，截止到郑警官找我的时候，这篇热门文章已经被点击了四千五百二十二次，并有一百三十三名网友跟了一百五十二篇回帖。”曾日华条条陈述着，逻辑清晰，数据精确。

尹剑则配合着拖动鼠标，投影屏上开始显示那些五花八门的回帖。有人在骂发帖者是“神经病”，有人在质疑这是一个恶作剧，但是也确实有人在回帖中写下了希望被“执刑”的人的名字，所列的罪状种种，各有不同。

“发帖者选择在网吧发文，显然是想隐藏住自己的身份。”在众人浏览回帖的时候，曾日华继续说道，“本市的网吧管理漏洞很多，要想查出近十天前某台机器的使用者是谁，那根本是不可能的。后来在郑警官的要求下，我开启了一套网络监控程序，只要有人浏览这篇文章最新的回帖，监控系统就会自动检测并记录下浏览者的网络地址。如果这个地址来自于市区的网吧，我就即时通知郑警官，而郑警官则会带着相机前往拍照取证。”

“嗯，这个思路很好。”罗飞略一沉吟，已想通了其中原委，“发帖者既然写了这篇文章，他就必然会时常关注跟帖者的最新回复。此人行事谨慎，一定还是找个网吧去看帖。郑警官这么做，很有可能把他从茫茫人海中捞出来。”

“确实就是这个思路——只是郑警官当时没有告诉我案件的详情，对于十八年前的那些事，我更是一无所知。”曾日华咧咧嘴，做出无奈的表情，“我也没有料到，这个行动最后竟导致了如此严重的后果。”

谁都明白，所谓“严重的后果”即是上午刚刚发生的那起血案。在场者都是思路敏捷之人，疏通极快。慕剑云已脱口叫了出来：“难道郑警官就是因此遇害的？这么说的话——他极有可能已经拍到了发帖者的照片，所以才被灭口？”

韩灏微微点着头，看似在附和慕剑云的推测，然后他进一步解释道：“在案发现场，我们找到了郑警官的相机。其中有几张照片已经被人删除了——我们有理由相信，这正是行凶者最主要的目的。”

罗飞凝目看向韩灏，韩灏感受到对方的目光，神情有些复杂。他知道罗飞早在上午就对照片的情况有过准确的分析，自己此刻未免有些棋滞一招了。

其他人并未留意韩罗二人间的微妙反应。熊原正皱着眉头，很不甘心地说道：“照片被删了？那么郑警官找到的线索就完全断了吗？”

曾日华“哧”地冷笑一声，讥讽中带有自得的神色：“这个家伙，他或许精通于杀人，精通于爆破，但他却并不精通数字技术。对于数码相机来说，仅仅删除照片并不能抹去内部存储器上的影像信息。只要没有新的照片去覆盖存储空间，那些被删除的照片仍然可以恢复。当然，这需要用到一些复杂的技术手段。”

罗飞的眼睛一亮：“你们掌握的技术可以做到吗？”

“我手下的技术人员已经开始工作了，到明天早上便可以恢复全部的数据。”曾日华惬意地揉揉鼻子，似乎一切尽在他的掌控之中，“那时候我们就能够看到他的真面目了。”

“非常好！”罗飞兴奋地大叫一声。不过他很快用指节敲着桌面，努力让自己的情绪冷静下来。然后他郑重地说道：“我们要早作准备，调集充足的人手进行查访和搜捕工作。这绝不是个普通的对手，我们必须严阵以待！”

“这个倒不需要你操心过多。”韩灏觉得罗飞的话有些多了，不冷不热地抛出一句后便转目看向熊原，“前线的工作，由我和熊队长配合完成。我的人负责排查和抓捕，熊队长，你们特警主要是准备应付一些特殊情况。”

熊原心领神会地点点头。十八年前已经有过爆炸案，前车之鉴，不可不防。

“那需要我完成什么呢？”罗飞显出强烈的求战欲望。他与Eumenides之间的仇怨比在座任何人都要浓重得多。

韩灏沉默了片刻，不知在想些什么，然后他斟酌着说道：“罗警官，原则上说来，本市发生的案件本不需要你来插手。这次请你加入专案组，主要是考虑到你对当年的情况比较了解。基于这一点，我还是希望你就十八年前的案子做些外围的调查，看看是否会有新的发现。”

罗飞的脸上出现明显的失望神色，不过转念想想，对方作为本地的刑警队长，不愿别人过多地插手自己的工作，这倒也情有可原。所以罗飞没有再说什么，只是无奈地点头道：“好吧。”同时他心中暗自苦笑了一下，希望上午的诸多不快不要在两人间继续留有芥蒂。

而现场另有人此刻也按捺不住了。

“韩队长，你似乎还忘了一个人啊。我可是你特意请来的，不会什么都不让我插手吧？”说这番话的正是慕剑云，她微微挑着嘴角，话语中带着些半开玩笑的意味。

“你可以先配合下罗警官的工作——”韩灏与慕剑云对视着，“对于你来说，以后还会有更重要的任务。”

慕剑云轻轻一笑：“哦？”

韩灏似在给对方一些提示：“其实就这起案件来说，犯罪嫌疑人的心理状态本身便值得好好地研究一下呢。”

“这倒是。研究别人的内心世界其实是一件非常有意思的事情。”慕剑云搭着韩灏的话茬，目光却又幽幽地看向了罗飞。而后者神色怅然，思绪不知道又已飞向了何处。

第三章 初次交锋

十月二十一日傍晚，十八时二十五分。

省城公安局刑警大队招待所内。

秋分之后，日头便越来越短。当罗飞在招待所房间里安顿下来的时候，天色已经接近全黑了。

韩灏等人仍在紧张地工作着，而罗飞则被排除了出来。不过后者却并不在意，他自己也有很多事情要做——此刻有一个独立的、清静的环境反而会更好一些。

略略洗了把脸，罗飞在书桌前坐下，开始翻看与“四一八血案”有关的复印资料。

十八年前，罗飞也算是血案的当事人之一，案件进入侦查阶段之后，他曾被专案组反复调查过，但他自己对案件的具体情况却知之甚少。

在某些时刻，罗飞甚至是被当成一个嫌疑者来对待的，这一点他自己也有所感觉。

即便后来的调查洗脱了嫌疑，但罗飞还是受到了这起案件的极大牵连。作为一名警校学员，他在此事上至少犯了两个严重的错误：第一，在发现异常情况后，他没有及时报警；第二，在不了解现场状况的情况下，他贸然给出了错误的建议，造成拆弹失败、两名警校学员当场死亡的严重后果。基于这些原因，原本前程光明的罗飞被打回了原籍龙州，在南明山派出所一窝就是十年。

不过与袁志邦和孟芸的死亡相比，事业的坎坷对罗飞来说根本就算不上什么。

他所背负的痛苦是令人窒息的。他永远忘不了那声爆炸，更忘不了爆炸前孟芸喃喃的自语声。他能感受到女孩在绝境中对自己的信任，可正是这份信任在瞬间夺去了两个人的生命，一个是他的恋人，一个是他的挚友。

罗飞一直生活在自责中，不管后来的从警经历多么辉煌，他知道自己终究是个失败者，曾铸成滔天大错的失败者。更可悲的是，对于那个将自己打击得体无完肤的敌人，他却连与其过招的机会都没有。

罗飞不会料到，故事在十八年之后竟又拉开了新的序幕。

这是老天要给他一次自我救赎的机会吗?

或者这只是Eumenides为他打开的又一扇地狱之门?

但无论如何，十八年前的隐秘案卷终于在罗飞面前解开了尘封，现在他正随着郑郝明警官的探案日志回到血案发生的那些时刻。

一九八四年四月十八日 晴

…………

这是新中国成立以来罕见的连环凶案。

上午，市局薛大林局长被杀害在家中；下午，东郊一家化工厂发生爆炸，两名警校学员当场死亡。由于案件性质过于恶劣，具体案情已经向外界封锁，一支调集了精兵强将的专案组秘密建立，我有幸成为其中的一员。

显然，凶犯具有极高的反侦查技能。在他寄来的匿名信上找不到任何指纹，标准的仿宋体书信也让笔迹鉴定失去了功效。在薛大林遇害现场，专案组同样未能采集到任何指纹和脚印。由此推断，凶犯在作案后对现场做了仔细的清理，其必然具有冷静且谨慎的心理特性。

在下午的爆炸现场，大火焚毁了一切有价值的证据。技术人员花了两个小时才将两名死者的遗体搜集完全。由于尸体毁坏得过于严重，对于某些尸块，我们甚至无法分辨它是属于哪一名死者的。

唯一令人兴奋的发现是现场发现了一名幸存者，只是他浑身多处骨折，皮肤亦大面积烧伤，虽然已送往省人医急救，但能否活下来仍是个未知数。

…………

一九八四年四月十九日 多云

…………

上午我再次对那个姓罗的警校学员进行了询问。他的情绪非常差，不可否认，对炸弹的提前爆炸他是要负一定责任的，不过我并不认为他会是策划本案的凶手。

下午我来到省人医，那个垂危的男子仍在昏迷之中，他的状况看起来非常危险。为了案件的进展，我当然希望他早日醒来。可是从人道的角度来说，这个人活下来还真的不如就这样死了。他现在的模样……我真是无法形容。太惨了！

…………

一九八四年四月二十日 多云

…………

专案组正从多个战线展开案件的侦破工作，而我的任务便是对那个爆炸现场的幸存男子进行调查。

男子仍然没有醒来，也许我首先应该确认他的身份，可是他的脸……就算是他的母亲也不可能再认识他了。

医生给我提供了一些线索。他们给男子手术时，从此人身上残留的衣物里找到了一坨缠绕的铜丝，或许这有助于确认那男子的身份。

铜丝很杂乱地绕在一起，展开后约两米长，看起来那像是一根被剥了皮的电线。

…………

一九八四年四月二十一日 阴

今天有了一些重要的发现。

在爆炸现场南方两百米的地方，有一段废弃的建筑水泥楼管。楼管直径有两米多，里面堆放着一些生活杂物和捡来的破烂，看起来曾经有人在里面住过。

在那堆破烂里，我找到了一条被剥开的电线皮。从长度上看，和男子口袋里的铜线正好吻合。

难道那个男子是个捡破烂的流浪者？这个问题只有等他醒来后才能求证了。

另有一个好消息：医生说男子已经度过了危险期。

…………

一九八四年四月二十五日 小雨

前几天的调查一直没有什么收获，今天终于有了转机。

下午，爆炸现场的那名男子终于苏醒了。可是我对他进行询问时，他却什么也想不起来了，他甚至说不出自己的名字。医生说这是重伤病人正常的失忆现象，我必须采取一些积极的办法去加速唤醒他的记忆。

我去水泥管里拍了一些照片，最快也要等到明天才能冲洗出来。希望这些照片能对他有所帮助。

…………

一九八四年四月二十六日 多云

…………

我把水泥管的照片给男子看了，他开始仍有些茫然。后来我又向他展示了那些铜线，告诉他那是他口袋里的东西。我鼓励他努力去回忆，想想昏迷前的事情。

他愣了片刻，就在我快要失望的时候，他的表情却有了变化。他显然想起了些什么，很费力地要说出来。我把耳朵贴在他嘴边，他说的第一句话是："那些……水泥管，我……我住在里面。"

我当时真是高兴坏了。后来他又陆续告诉我，他叫黄少平，来自安徽农村；家里父母都去世了，一个人来省城谋生；因为找不到工作，只能暂住在水泥管里，靠捡卖破烂过日子。

我又问他案发当天发生了什么。可他的记忆似乎又出了问题，只摇头不说话。也许明天我得带些爆炸现场的照片过来。

…………

一九八四年四月二十七日 晴

…………

我向黄少平出示了爆炸现场的照片，他显得很惊恐。我告诉他，有两个人，一男一女，在这个工厂里被炸死了。他当时也在现场，被炸烧到重伤。在我的提示下，黄少平终于慢慢回忆起了那天的情况。

案发当天下午，黄少平看到有三个人（两男一女）先后进入了那个废弃的工厂，他便觉得有些奇怪。最后当那个女子进入工厂后，他终于按捺不住好奇心，于是悄悄地进去窥视。他看到了后来的那一男一女，也听到了一些对话（对话过程与罗飞的描述基本吻合），但还没等他弄明白是怎么回事，爆炸便突然发生了。

据黄少平描述，最先进入工厂的那名男子在女子到来前半小时便离开了。照此推断，此人极有可能便是案件的元凶。黄少平在水泥管中远远看到了这名男子的身形面容。据他自己说，如果再见到这名男子（或者是照片），他是有可能认出对方来的。

…………

看到此处，罗飞停下来思考了一会儿——既然这个黄少平见到了疑犯，为什么没有做模拟画像呢？不过这个问题似乎也不难解释，当时还没有电脑模拟的技术，而手工绘图则需要叙述者对目标人物的印象非常深刻才行，黄少平只是远远见到那名男子，很难做出准确的描述。

再接着往下看那些日志，在很长的一个阶段内，专案组的工作没有什么实质性的进展。郑郝明记录日志的间隔时间越来越久，文字中也透出一种失望和挫败的情绪来。在两年之后，因为没有再出现新的案件，专案组暂时解散，相关的侦破也就此告一段落。

不过郑郝明的日志却在不久之前又写下了新的篇章，以下日志是郑警官遇害之后刑侦人员在他的办公室里发现的。

二〇〇二年十月十三日 阴

我以为那件事早已结束，所有的回忆都会像那些档案一样被永远封存。也许我错了。

上午我收到了匿名信，信的内容便只有一行短短的网址。但我一看到那封信，心脏便不由自主地狂跳起来。

我太熟悉那个字体了。标准的仿宋体硬笔书法，相似的匿名信我在十八年前曾研究过何止百遍。

我打开了那个网址，网页上的内容令我震惊。是“他”又回来了吗？我简直不敢相信。或者，这只是当年知情人的一个恶作剧？

专案组早已解散，那些组员也许只有我还在第一线工作吧？我该怎么办？向省厅报告，重新启动侦查程序？这似乎有点儿太冒失了……可这起案子到现在还没有解密，还不能让韩灏他们插手，还是我自己先想些办法吧。

…………

原来如此！罗飞终于知道郑郝明为什么在十八年之后又关注起这桩案子，原来是Eumenides给郑郝明也发了匿名信，引导后者浏览了网络上的“死刑征集帖”！联想到自己收到的那封匿名信函，罗飞禁不住感到深深的耻辱和羞愧。很显然，在Eumenides眼中，自己和郑郝明一样都只是被戏耍了十八年的玩偶而已，当他准备再次启动这“游戏”的时候，首先要做的就是召回当年的那些玩偶。

我会让你见识到“玩偶”们的反击！罗飞咬咬牙，继续往下看。

二〇〇二年十月十四日 晴

今天我通过私人关系找到了省厅的曾日华。这个小伙子答应帮我进行网络监控。在他的帮助下，我已经拍到了一些照片。我借了队里的数码相机，这个东西用起来还挺麻烦的，我学了好久。因为事关机密，我也不能叫别人帮我，唉，只希望不是白用功才好。

…………

二〇〇二年十月十九日 雨

今天又拍了不少照片。晚上我去找了黄少平，不过他的辨认并没有什么成果……

网上的那篇文章，看帖回帖的人都不少。可是发帖者却没有什么动静了，也许这真的只是一个恶作剧？

那些上网的人，多半是些毛头孩子，很难把他们与十八年前的案子联系起来。也许我该查查这些孩子，听说前一阵省厅的电脑数据库受到过黑客攻击，没准“四一八血案”的资料也因此泄露了呢。

郑郝明的日志到此终结。第二天的十月二十日深夜，他在家中遇害。

“你如果早些向省厅报告就好了。”罗飞暗暗叹息一声，迷离起目光，似乎想与另一个世界中的郑警官有所交流，“在与凶手搏斗的时候，你一定知道这不是哪个孩子的恶作剧了，只是一切已然太晚。”

“笃笃笃”——突然响起的敲门声打断了罗飞的思绪。他迅速将案卷理整齐，然后起身去打开了房门。

出现在他眼前的却是慕剑云。

“罗警官，你好！”对方抢先打了个招呼。

“你好！”罗飞打量着对方，目光里带出些询问的意味。见对方不像是临时串门的样子，他便猜测着问道，“谈案子吗？”

慕剑云立刻点点头。

“那进来说吧。”

罗飞把慕剑云让进屋，两人在沙发上对坐了。慕剑云往书桌方向瞟了一眼——那里正堆放着案件的卷宗。

“我也是刚看了案件资料，有一些问题，需要请教罗警官。”女讲师开门见山地说道。

罗飞笑笑：“慕老师太客气了。请教谈不上，我们一起讨论吧。”

“嗯。你知道，我是学心理学的，所以我考虑案件的角度可能和你们不太一样。我会对案犯的犯罪动机和心理状态进行分析，从而推断出他的社会背景、人生经历、性格特征等东西。具体到这个案子吧，不管是以前的匿名信，还是最近的网络文章，犯罪嫌疑人的署名都是这个——”慕剑云一边说，一边拿起笔在便笺上写下一串字母“Eumenides”，然后问道，“你知道这个单词的意思吗？”

罗飞愣了片刻，似乎有些尴尬，然后他摇头道：“我的英语水平并不是很高……”

慕剑云却像是做好功课来的，很详细地解释道：“你可以把它翻译成‘欧墨尼得斯’，这是希腊神话中复仇女神的名字。传说中，欧墨尼得斯会追捕那些犯下严重罪行的人，无论罪人在哪里她都会跟着对方，使罪人们的良心受到痛悔的煎熬，并最终为自己犯下的罪行付出代价。”

“复仇女神？”罗飞品味着这个神话中的角色，与那些匿名信的内容结合起来，这显然会让人产生某些有趣的联想。

而慕剑云正是要就这个话题继续深入下去：“在‘四一八血案’中，两个被害人都曾接到过匿名信，信的内容则是以欧墨尼得斯之名发出的死亡通知单。从表面上看起来，凶犯似乎是要借复仇女神的名义惩罚那些罪人。”

罗飞“嗯”了一声，等待对方继续往下说。

慕剑云接着说道：“所以现在我最关心的问题是，那两名受害人——薛大林和袁志邦，他们是否真的犯下了信中所列的罪行？这一点会关系到我对凶手行为动机的评价。”

“薛大林是公安局副局长。他是否渎职、受贿、涉黑？这个我不知道，当时我只是一个警校学员而已。至于袁志邦——”罗飞犹豫了一下，“匿名信上的内容，你可以认为是真实的。”

慕剑云对罗飞的回答并不满意，她撇了撇嘴：“什么叫‘可以认为’？罗警官，我知道袁志邦曾是你最好的朋友，但是在涉及案情时，我希望你给出准确的、肯定的回复。”

“好吧。”罗飞无奈地苦笑着，“袁志邦是个非常出色的警校学员，我在很多方面都很佩服他。但是他有一个致命的缺点——女人。他太喜欢招惹女人了。”

慕剑云回想起袁志邦的照片，那的确是个非常帅气的小伙子，女人缘泛滥也算是意料之中。

“袁志邦交过好几个女朋友。在案发前半年，他刚刚换的女友是本校学行政管理的一个女孩。那个女孩非常漂亮，袁志邦也确实很喜欢她，那女孩甚至还为他打过胎。当时我还想，也许这小子这回能定下心来了吧。可是——”罗飞尴尬地摇摇头，“几个月之后，袁志邦还是和对方分手了。”

“为什么？”慕剑云蹙起秀眉问道。

“也许这就是他的天性？总之是他甩了那个女孩。女孩哭红了眼睛来找他，他还让我帮他挡过。没想到那女孩一时想不开，后来竟投河自杀了。”说这些事的时候，罗飞眼前又浮现出那个女孩纤弱悲伤的身影，他的语气也因此有些内疚和不安。

“哼，男人真是没一个好东西。”慕剑云瞪了罗飞一眼，“那袁志邦自己呢？他就一点儿都不触动吗？”

罗飞摇摇头：“那时候他已经有了新欢。听说是通过电台聊天认识的笔友。两人书信往来了一阵之后，决定正式开始约会。他们第一次约会的时间，正是案发的当天。”

慕剑云“哼”的一声，表达了对袁志邦的愤慨情绪。同时她也暗自点头，不错，罗飞在开会时就说过，那天袁志邦外出是为了去约见一个笔友。于是她顺理成章地问道：“那这个笔友应该是在案发前最后见到袁志邦的人了？”

罗飞轻轻耸了耸肩膀：“我知道你在想什么，但是结果会让你失望的。专案组当天就来到我们宿舍，提取了袁志邦和那个笔友间往来的书信，并且根据书信地址找到了发信人：本市另外一所大学的某个女孩。可那个女孩根本就没有约袁志邦见面——这一点她的同学可以证明，她当天一直都没有离开学校。”

“那是怎么回事？”

“约袁志邦见面的最后一封书信，虽然也沿用了女孩的地址和姓名，但那封信并不是女孩写的。”

“有人冒充女孩给袁志邦写了信？”

“是的。”罗飞的声音变得低沉，“郑郝明警官后来告诉我，那封信上的字迹也是标准的仿宋体。”

“是Eumenides！”慕剑云露出恍然的表情，“案犯通过这种手段把袁志邦骗了出来。”

“袁志邦住在学校里，在这样集体生活的场合，要想实施凶杀案件几乎是不可能的。所以凶手把袁志邦骗到了偏僻的市郊，而一枚炸弹又可以把现场所有的证据毁得干干净净。”罗飞从刑侦学的角度进一步解释着。

“的确是个心思缜密的家伙。”慕剑云沉吟了片刻，忽然她抬头看着罗飞，目光闪动，“不过就这一起案件来说，他还真是做了一件让人痛快的事情呢。”

罗飞明白对方的意思，他撇着嘴低下了头——自己的至交好友以这样的角色出现在案件中，这的确是一件令人尴尬的事情。

慕剑云却不罢休：“玩弄女性，致人怀孕后又抛弃，最终把人逼死。罗警官，难道你不觉得这是犯罪吗？”

片刻的沉默之后，罗飞迎向女讲师的目光。

“罪不至死。”他郑重地说道，“袁志邦是我的朋友，如果你像我一样了解他，你会知道，他虽然有时行事荒唐，但他本质上并不是一个坏人。”

“好吧。”慕剑云似乎也觉得这样去追究死者有些过了，她微笑着缓和气氛，“罗警官，很感谢你帮我解决了心中的某些疑问。现在我对案犯的心理轮廓有了更清晰的认识。嗯，不知道你下一步准备做些什么？”

“我打算去见见黄少平。”罗飞从资料堆中抽出一张写着地址的纸条，“郑警官给我们留下了这个人的联系方式。”

“太好了，我也想见见他。明天我们一起去怎么样？反正韩灏那边的工作也不需要我们插手。”慕剑云提议道。

在探访案件相关者的时候，有心理学专家相伴无疑是多了一个极为得力的助手。罗飞没有理由去拒绝对方，他很干脆地点了点头。

…………

十月二十二日早晨，七点十二分。

小巷陋屋。

本已到了艳阳高照的时分，但是秋雨淅淅，阴沉的天气给人造成一种暮霭昏昏的错觉。

黄少平从疼痛中醒来。遍布他全身的那些伤口表面上已经愈合，但一到阴雨天气，便阵阵如刀割火燎一般。他咬牙倒吸了一口冷气，让痛感把自己的思绪又带回到十八年前。

他清楚地记得那个瞬间：女人扯断了炸弹的引线，然后一团火光便从那一男一女身上翻腾燃起，他几乎来不及有任何的思考，一股灼热和巨大的冲击已扑面而来。

“完了！”在思维丧失之前，他感受到了那种彻骨的恐惧和绝望。

不过他还是活了下来，在全身百分之七十五重度烧伤、另有七处骨折的情况下，这绝对可以称得上是一个奇迹了。

即便如此，那个瞬间已足够改变他的命运。当他从地狱挣扎而回的时候，出现在人们眼前的是一个可怕的怪物。

同时，也是一个可怜的废物。

他的人生似乎已在那个瞬间被击得粉碎。从此他只能躲藏在阴暗的角落里，别人害怕见到他，他也害怕见到别人。他孤独得像一个影子，没有人真正了解这十八年他是怎么熬过来的。

十八年，却比很多人的一生还要漫长。

每当新的一天到来的时候，他都想知道自己最后将走向一个怎样的终点。答案有时如此清晰，有时却又如此迷茫。

今天似乎也没什么不同。

黄少平在阴冷的晨光中挣扎着，他把身体蜷到床角，竭力忍受着疼痛的折磨。忽然，他的耳朵轻微地抽动了一下，然后他屏住呼吸，似乎在等待着什么。

他听见有人正走向自己的小屋——多年来的孤独生活使得他的听力比正常人要灵敏了许多。

果然，几秒钟之后，敲门声响了起来。

“谁呀？”黄少平声音嘶哑，像是从牙缝里挤出来的一样。

门外有人答道：“我是警察。”

警察，又是警察。这个小屋，除了警察，还会有其他人来吗?

黄少平艰难地起身，拄着双拐挪过去打开了屋门。

一对便装男女站在门口，当他们看到屋子主人时，脸上立刻挂满了惊愕的神色。

黄少平早已习惯了这种神色，任何人见到自己，不被吓得转头就跑已经算不错了。

“你们是警察？郑警官呢？”怪物斜眼打量着门前的访客，似乎对他们的身份有所疑虑。

“我是龙州市警官，罗飞。这位是省警校的讲师，慕剑云。”门外的男子一边自我介绍，一边出示了警官证。那个俊俏的女子则勉强挤出一丝笑容，显然还没能摆脱黄少平的外表给她造成的心理阴影。

“罗飞，罗飞……”黄少平照着警官证上的姓名咕哝了几句，然后他抬起眼睛，用浑浊的目光对准了这个不速之客。

因为眼睑也被烧伤，黄少平的眼白大得有些夸张，阴森森地泛着寒意。罗飞被这样一双眼睛盯住，浑身凉凉的极不自在。好在对方很快便转身向屋里走去，同时低低地说道：“你们进来吧。”

罗飞二人跟进了屋子，一股霉湿的气息扑面而来。慕剑云忍不住轻轻地咳嗽了两声。

“把门关一下，外面的风冷得很。”黄少平没有穿外套，他蹩到床边，撩起脏兮兮的被子裹在了身体上。

慕剑云轻轻掩上木门，屋子里的光线陡然阴暗下来，气氛压抑得几乎要让人窒息。

“我们来找你，是想问问关于十八年前的那桩案子，爆炸案。”罗飞也不想在这种环境里待太久，他直接抛明了来意。

“嘿，我这个人活着，似乎也就这么一点儿作用了。”黄少平翻起白牙苦笑了一下，然后他再一次追问，“郑警官呢？他怎么没来？”

“他死了。”罗飞沉着声音答道，“郑警官在前天夜里被歹徒杀害。警方认为他的死会和十八年前的爆炸案有关，所以我们来调查这起案件。”

黄少平愕然一怔，眼球更加苍白：“这……这怎么会？前几天他还来过我这里！”

“他让你辨认过一些照片，是吗？”罗飞深叹一口气，“就是那些照片让郑警官遭到了毒手。”

黄少平呆呆地坐着，片刻后他终于在心中确认了郑郝明的死讯，残缺的脸上浮现出悲凉的神色。

罗飞和慕剑云也都用短暂的沉默表达了对牺牲的老刑警的追思。这种气氛直到罗飞再次开口才被打破。

“当时你辨认照片的时候，就没有任何发现吗？”他抛出了自己最关心的一个问题。

黄少平摇了摇头：“那个人不在那些照片上。”

“你能确定吗？”罗飞认真地看着对方，又补充说道，“凶手正是为了掩盖某些照片，才将郑警官杀害的。”

“我肯定。照片上都是些毛头小伙子，从年龄上看根本不对。”

“嗯，”罗飞略加思索后，决定换个方向，“我们先不谈那些照片了，你详细说说，爆炸案发生的那天，你到底看到了什么？”

黄少平的眉头纠结在了一起，他摇着头呻吟道：“我不想再回忆那天的事情。”

罗飞和慕剑云对视了一眼，传递着怜悯与同情的神色。那场爆炸对黄少平来说无疑是一场巨大的灾难，即便是跨越了十八年时光的回忆也足以产生令人难以承受的痛苦。

“可我们需要你的帮助。”慕剑云此刻柔声说道，“还有那两个在爆炸中死去的人，他们也需要你的帮助。”

“那些事情……”黄少平嘶哑地挣扎着，“我已经说过很多遍了。”

“是的。我看过你的笔录。但是我现在要亲口听你说，从前因到后果，能想起的细节你全都要告诉我——这非常重要！”罗飞紧盯着黄少平的双眼，语气令人无法抗拒。

黄少平木然地与罗飞对视着。已经很久没人敢这样直视自己这个“怪物”了，这让他产生一种奇怪的感觉。终于他舔了舔嘴唇，算是妥协了。

“好吧。”黄少平开始讲述道，“十八年前，我刚刚从农村来到省城，只能以捡破烂为生，平时就住在化工厂门外的那个水泥筒里面。四月十八日那天下午，我懒得出去，就躺在水泥管子里睡觉。后来我陆续看到有人走进那个厂子里，开始我也没有在意，直到我看到一个女人也进了那个厂子，这才想要跟过去看看。”

罗飞的眼神翻了一下：“为什么要跟过去？”

黄少平自嘲地干笑着：“那是个废弃的工厂，一男一女待在里面，要我往哪里想？嘿嘿，就是这么一点儿邪念，却差点儿让我把命搭进去了。”

罗飞的目光忽然变得极为刺人，扎得黄少平下意识地停了口。

“你说话得注意一点儿。”慕剑云在一旁提醒道，“那两个人，一个是罗警官的恋人，另一个则是他最要好的朋友。”

黄少平现出既惊讶又惶恐的神色，他抬起头忐忑不安地看着罗飞。

罗飞摆摆手，自己则控制住情绪：“行了，别说这些没用的——笔录上说，你一共看到三个人进了那个化工厂？”

“是的。”黄少平再次凝起思绪，“是三个人，两男一女。不过第一个男人在女人到来之前就离开了。”

“你能告诉我具体的时间吗？三个人到来和离开的时间。”

“具体的时间我说不出来，我那里没有钟。我只能告诉你，第一个男人进去之后，过了大概半个小时，第二个男人来了，”黄少平放慢语速，似乎在仔细回忆着当年的情形，“然后又过了一会儿，第一个男人离开了；最后那个女的才来。”

罗飞和慕剑云对视了一眼，心中各自明白：黄少平所说的第二个男人便是袁志邦，而那个女人自然就是孟芸了。由此推断，第一个男人极有可能便是凶犯，他冒充笔友给袁志邦写信，把对方骗到这个偏僻的地方。然后采用伏击的方法制伏袁志邦，并在他身上安放了炸弹。在凶犯离开之后，孟芸寻找袁志邦而来。

“笔录上说，你看到了第一个男子的相貌。”罗飞又继续问道。

“只是远远地看到，具体的相貌，并不是很清楚。”

“可是你说过，如果再见到的话，可以认出对方？”慕剑云此时插了一句。

“我只是说可能……”黄少平咧着嘴，露出满口白牙，“也可能认不出来。那么远，我根本没有把握。”

慕剑云摇摇头，显得非常失望。

罗飞本来还想问问那个人大概多高，但转念一想，那么远的距离，即便是专业人员的判断也会有很大误差，对方的回答能有多少参考价值呢？所以他放弃了，直接转向下一个话题：“那你进入工厂之后，又看到了什么？”

“我偷偷地进到厂房里，没敢走得太深，就在门口附近往里看。我看到后来的那个男人坐在地上，女人则蹲在他身边。他们似乎非常紧张，男人一个劲催女人走，好像自己走不了一样……”黄少平絮絮叨叨地说着，这些事情他早在十八年前就被反复地询问过，现在又被提起，连他自己也有些搞不清到底是源于回忆还是源于机械的复述了，“……

我一时搞不清他们在干什么，就好奇地继续偷看。那个女人在对着一个方匣子说话——我听郑警官说那个东西叫作电台？她在说什么红线还是蓝线，电台里传来另一个男人的声音……”

“行了！”罗飞突然打断了对方的话语，他红着眼睛，思绪已完全被黄少平带回到十八年前那令人窒息的瞬间。

黄少平被罗飞的样子吓住了，他忐忑不安地问道：“那……我不用再说了？”

慕剑云伸手在罗飞肩头重重地拍了两下，后者转过头，看到了一对清澈关怀的目光。

罗飞从痛苦的回忆中挣扎出来，他长出一口气道：“这些……我都知道了，你告诉我最后……最后的情形。”

“最后就是电台里的男人说剪红色的线，那个女人应该是听他的话去做了。”黄少平脸上的肌肉抽动了两下，“然后就是爆炸，可怕的爆炸！”

“你还记得她的样子吗？她的表情，她的动作，你一直在看着她，是吗？”罗飞的声音也像黄少平一样变得嘶哑起来。

“你是说那个女人？是的，我一直在看她。说来奇怪，她之前一直很紧张，可是到最后的时候，她却好像一点儿都不怕了。我甚至觉得她在微笑，她安静下来的时候，非常漂亮……”黄少平幽幽地描述着，慕剑云的脑海里此刻似乎也浮现出一幅安详动人的孟芸肖像来。

她完全信任罗飞，慕剑云在心中暗暗说道。这种信任足以战胜一切危险和恐惧。

可这信任却终于导致了无法挽回的错误。

为什么？

仅仅是罗飞判断上的错误，还是另有其他的隐情？慕剑云一边思索着，一边偷眼向罗飞看去。

罗飞正攥紧双拳，他的拇指指甲甚至深深地扎在了食指的指肉中。他的胸口剧烈地起伏着，直到半晌之后，他才从急促的呼吸中调整过来，勉强说道："我想出去喘口气……这屋里实在是太憋闷了。"

慕剑云似乎很理解罗飞的心情，她去打开了屋门，一股清新的冷风进入屋内，罗飞感觉舒适了很多。正当他要迈步往外走时，忽然又听黄少平说道："罗警官，请等一等。"

罗飞转过头："怎么了？"

黄少平咧开残缺的嘴唇："天冷了，我想套件毛裤。你能不能帮我一下？我的手脚，实在残废得很——裤子就在床头的箱子里。"

罗飞无法拒绝一个残疾者的这般请求，他按照对方的指点从箱子里翻出了那条毛裤，黄少平则自己把外面的套裤脱了下来。慕剑云皱了皱眉头，转身避到了屋外。

"罗警官，你们俩都是来调查我的吗？"趁着罗飞近身的工夫，黄少平忽然没头没脑地问了一句。

罗飞有些莫名其妙地看着他："当然，我们现在是专案组的同事。"

黄少平把双腿伸进裤筒，压低了声音："在你问我话的时候，那个女人没有看我，她一直在观察你，她留意着你每一个表情和动作。从那件案子以后，我见了太多的警察，我了解你们的工作方式。那个女人，她不是来调查我的，她要调查的人是你。"

罗飞心头蓦地一紧，但表面却不动声色。帮黄少平把毛裤穿好后，他才淡淡地问了句："你为什么要告诉我这个？"

黄少平"嘿"地干笑了一声："因为你愿意帮我。我知道自己的模样，这个世界上，能够不躲着我的人已经很少了。"

罗飞看着对方那张可怖的面容，忽然感到一阵悲哀。他没有再说什么，转身走出了屋子，同时顺手把屋门关好。

屋外飘着小雨，雨丝纤微，但打在脸上仍有冰凉的感觉。

“你会听从别人的建议吗？”慕剑云已经在屋外酝酿了一会儿，一见罗飞出来，立刻便问道，“如果你是孟芸，在那个时刻，你是相信自己的判断，还是听别人的建议？”

罗飞沉默了片刻，然后回答：“我相信自己的判断。”

“可孟芸为什么听你的？你自己都说根本毫无把握，为什么她得到你的建议之后，却如此地放心？是什么让她产生这种盲目的信任？”慕剑云抛出一连串的问题，见罗飞无言以对，她又开玩笑般地说道，“如果换作我，除非那炸弹是你安的，否则我才不听你的呢。”

罗飞勉强挤出些尴尬的笑容，似乎为了转移话题，他轻轻地叹了口气道：“唉，黄少平……我现在明白，为什么郑警官会说这个人活着，还不如死了的好。”

慕剑云笑了笑：“我倒不同意你的看法——你没看到墙上的日历吗？”

“日历？”罗飞倒是有点印象，在进屋门边的墙上，的确钉着一本日历。

“他每天都在撕日历。所以他还没有在挨日子，他和我们一样在过日子。他的生活里，仍然在追求和期待着什么。”慕剑云分析一番后，给出了自己的结论，“所以他的生活状态并不像你看到的那样绝望。”

罗飞踌躇半晌，最后不得不赞同地点了点头，然后他忽然想起了什么，自言自语道：“不知道韩灏他们那边现在是什么情况？”

十月二十二日早晨，七点五十五分。

刑警大队办公室内。

曾日华把一张便条递到了韩灏面前。也许是用惯了电脑，太久没有动笔的缘故，便条上的那行字写得歪歪扭扭，难看得很。

“东明家园十二号楼404室，孙春丰。”韩灏轻声把便条上的内容念了一遍，然后抬头问道，“这是什么意思？”

“去那个地点抓人吧。”曾日华大咧咧地在韩灏对面坐下，一甩手又将几张照片扔在了桌子上。

照片上的主角是个染着黄头发的小伙子，背景明显是在网吧里。韩灏忽然想到了什么，心中一喜：“这就是那几张被删掉的照片？”

曾日华用手挠着耳朵，懒懒地点了点头：“我说过，只要基础信息不被覆盖，即使照片被操作删除，我仍然有办法恢复这些数据。”

“便条上的信息你是怎么得出来的呢？”韩灏拿起照片一张张地仔细端详着，但是却没有发现任何显示黄发小伙子住址和姓名的信息。

“这些照片的拍摄时间是十月十八日上午十点二十五分至十点三十分。我昨天说过，郑警官是根据我提供的信息找到这些网吧的。所以我只要查一下当天的网络监控，很容易知道照片拍摄的地点是师范学院附近的强辉网吧。我到网吧查了记录，小伙子当天从上午九点十分开始上网，中午十二点九分下线。我提取了那块电脑硬盘，然后恢复了电脑在那个时间段里所有的操作数据。于是我知道了这小子的QQ号码，两个电子邮箱，四个网站的用户资料，嘿嘿，其中包括一个购物网站。”说到这里曾日华故意停了下来，他张开嘴打了一个大大的哈欠，虽有些疲惫，但神情却非常得意。

韩灏对电脑和网络并不了解，听到这里仍没有完全明白过来。对方那种故意卖弄的姿态令他颇为不满，不过此时他也只能强捺住性子，继续追问道：“然后呢？”

曾日华咧嘴笑着：“接下来就简单啦——我查看这小子的购物记录，最近的两个月，他在网上购物五次，送货地点全都是东明家园十二号楼404室。我与当地派出所进行了联系，这个房子的登记房主是个叫作张志刚的中年人，不过他并不是自住，而是用来出租。这个张志刚呢，我也联系过他了，现在的房客是半年前入住的，是个名叫孙春丰的小伙子，这家伙最明显的特征就是染了一头的黄发。”

“嗯，不错。”韩灏很客套地夸赞了一句，然后又笑着说道，“不过你知道那个地址的时候，直接告诉我就可以了。与派出所联系，与房东联系，这些琐碎的工作不用麻烦你去做的。”

曾日华自然听出了对方的言外之意，他“嘿”地一笑，满不在乎地晃了晃脑袋：“那好吧，以后我就不多管这些事——接下来的事我也不管了。哎呀，我可是熬了一个晚上呢，也该好好地睡一觉了。”说完这些，他伸着懒腰站起来，也不过多寒暄，便自顾自地径直离去了。

韩灏看着他的背影暗自摇头——这副散漫不羁的样子实在不像个警察。不过人家那番网络追踪的本领倒是毫不含糊，现在接力棒交到了自己手里，这一仗可得漂漂亮亮地打下去。

带着这样的决心，韩灏迅速拨通了桌上的电话：“喂，尹剑吗？你叫上熊队长，立刻到我办公室来！”

十月二十二日上午，八点三十一分。

东明家园。

这是一处老式的砖混结构的住宅小区，这个小区里的住户除了养老的大爷大妈外，就是那些手头并不宽裕的租房者。

此刻，在十二号楼的楼下多了一些陌生的面孔。他们身着便服，在不同的角落散开，晃晃悠悠地看似随意，但其实已把住了这个区域内的各个大小路口。

这些精壮的中青年男子个个都是刑警队和特警队中顶尖的角色。他们被紧急调集，进行一次秘密的抓捕行动。

而另一路人马则进入了十二号楼的二单元。在沿途布下警卫之后，核心队伍已经来到了404室门口。

韩灏和熊原等人在门边贴墙藏好，把一个矮胖的中年男人让到了大门前。后者正是房主张志刚。按照事前的布置，他一边按门铃，一边以收房租为借口大声往屋内喊话，可是一阵折腾之后，屋子里却毫无反应。

韩灏做了个手势，尹剑把房东带离了现场。随即，一个瘦高的特警队员从熊原身后走出，他蹑手蹑脚地蹲在门口，将一根纤细的铁丝插入了锁孔中。

特警队里有着各种人才，而这个名叫柳松的小伙子就是开门溜锁的高手。片刻后，随着“咔”的一声轻响，小伙子举起左手，做了一个“OK”的手势。

韩灏等人握枪在手，蓄势待发。柳松得到熊原的手语回应之后，两手轻轻一推，屋门无声地打开了。其他人立刻迅捷异常地闪入了屋内。

这是一套一居室的老房子。客厅狭小阴暗，空荡荡地不见一人。卧室内则隐约有窸窸窣窣的声音传来。

韩灏抢先跨了两步，直冲入卧室。一个人影在窗口下蠕动着，他举起枪大喝一声：“别动！”

熊原等人也跟了过来，可看清了眼前的情形之后，他们那原本紧张的表情却立刻转化成了诧异的神色。

一个满头黄发的年轻人斜着身体靠坐在窗下，毫无疑问，他正是众人的缉捕目标：孙春丰。可这个让省城警界如临大敌的家伙却被捆着腿脚，双手则用一副手铐锁在了暖气片上，他的眼睛蒙着黑布，嘴部则被胶带紧紧封住，只能发出若有若无的“呜呜”声。

韩灏心中一沉，知道情况有变。他把手枪收好，上前首先把孙春丰脸上的那块黑布扯了下来。年轻人瞪大了眼睛，惊恐万状地扭动着身体。

“别动！我们是警察！”韩灏低低地喝了一声。孙春丰的眼神由恐惧变成了期待，他看着自己的双手，似乎急切地想说些什么。

韩灏伸手去撕对方封缠的胶带，另一边，在熊原的示意下，刚才开锁的特警队员柳松又走了上来，拿出铁丝准备如法炮制，打开锁住年轻人双手的那副铐子。

“别动！别动那副手铐！”孙春丰的嘴刚刚获得自由，便立刻声嘶力竭地喊了起来，“有炸弹！有炸弹！”

众人刚刚松弛的神经立刻又绷到了极致。熊原按住属下，自己蹲过去细细观察，果然，从手铐的锁眼里引出了两根细细的电线，一直延伸到孙春丰的怀中。

熊原示意韩灏等人后撤，然后他小心翼翼地拉开孙春丰胸口的衣襟，在电线的末端，一个四四方方的塑料盒子绑在了年轻人的腰间。

“这是炸弹！”因为极度的恐惧，孙春丰的声音带着明显的哭腔，“只要有人进屋，炸弹就会启动，十分钟后就会爆炸！”

果然，在那个盒子上有一个电子显示屏，上面跳跃的红色数字分明显示：剩下的时间已经不足八分钟了。

情势危急！但熊原仍然保持着沉稳的气度，他转头看了韩灏一眼，同时用异常冷静的语调说道：“组织疏散。”

在这个瞬间，眼神已交流了一切，韩灏不再多说什么，带着他的人飞速离开了屋子。随即，“有炸弹，快疏散住户”之类的命令声便在楼道内传开了。

“你也走，帮助疏散，这里不需要你。”熊原这是在吩咐跟随自己而来的柳松。他此时已经集中起全部的精神研究着那枚炸弹，说话的声音不大，但语气却不容辩驳。

特警小伙子眼睛里有些荧光在闪动，他知道队长是在保护自己。虽然他并不情愿在此刻离去，但作为一名特警，上级的命令是无法抗拒的。咬了咬嘴唇，柳松最终还是奉命向屋外冲去。而此时外面脚步纷杂，呼喊声、拍门声已然响成了一片。楼内的居民住户正在诸多警员的指挥下匆忙往楼外撤去。

而在屋内，孙春丰的身体已哆嗦成一团，慌乱的眼神不断地在炸弹的显示屏和熊原的脸上来回游移。

“别动。”熊原此刻居然微笑了一下，他拍了拍年轻人的肩膀，平静地说道，“我要开始拆弹了。”他的手宽厚有力，一种奇妙的力量似乎随着这一拍注入了对方的体内。孙春丰停止了哆嗦，眼神中期盼的感觉明显占了上风。

熊原摸出了随身携带的用刀。这种刀是专为特警部队设计的，不仅异常锋利，而且具有多种的附件功能。现在熊原要用它来打开炸弹的外壳——这是拆弹工作中无法跳过的第一步。

用于固定的螺丝很快被一一卸掉，外壳已然可以松动。熊原凝神屏气，轻轻地把那塑料卡摘除下来。就在外壳即将脱离主体的瞬间，熊原忽然觉得手感微微一顿，似乎受到了些阻力。他心中猛地一缩，暗叫一声：不好！

外壳和炸弹内芯之间连着暗线！

熊原连忙收住手势，然而他的反应似乎已经慢了，在“嘀”的一声轻响后，显示屏上的倒计时忽然加速，数字时间极快地流逝，在短短的几秒钟之内，已经逼近了终点。

孙春丰“啊”地长声惨呼，身体徒劳地扭曲挣扎着。即便是熊原也在瞬间渗出了满头的冷汗，急变之下，他索性孤注一掷，手腕发力，把炸弹外壳硬生生地扯了下来。

几乎与此同时，显示屏上的倒计时已经流逝到零。炸弹的内芯也随之膨胀裂开。

熊原绝望地闭上了眼睛——然而预想中的爆炸却没有发生，他的耳边反而响起了一阵轻快的乐曲。在如此紧张的气氛中，本该悦耳的乐曲声却显得诡异无比。

熊原诧异地睁开眼睛，却见裂开的“炸弹”中，一张纸条正伴着音乐缓缓地升起。原来那根本不是什么“炸弹”，只是一个带着机关的音乐盒而已。

难道这只是一个恶作剧吗？熊原不免有些糊涂了，同时他如释重负般深深地吸了口气，却闻到一股异常的味道扑鼻而来。定睛看时，只见孙春丰的裤裆里臊湿一片，竟是被吓得屎尿横流了。

熊原无奈地苦笑了一下，伸手取过了那张从“炸弹”里吐出的纸条。看清纸条上写的内容之后，他脸上的神色重新变得严峻起来。然后他跑出屋子，将尚在楼道里忙碌的韩灏等人叫到了一起。

柳松帮孙春丰打开了手铐。半晌之后，年轻人才从几近崩溃的状态中恢复过来，开始结结巴巴地讲述自己这一天来的遭遇。

事情的经过倒不复杂。前天晚上（郑郝明遇害当晚），孙春丰在网吧玩了一个通宵，清晨时分才回到租住地。因为过于疲倦，他很快便睡死了过去，可是等他醒来的时候，却发现自己已动弹不得，不仅手脚被铐绑，眼睛和嘴巴也被封了起来。

一个陌生的声音告诉他：他被铐在了暖气片上，同时身上被安置了一枚炸弹；炸弹的引线和手铐的锁孔连在一起，如果有人想打开手铐，便会引爆炸弹；另外有个遥控器被安置在屋门上，当门被打开的时候，炸弹的定时装置就会启动，十分钟后爆炸。

说这些话的男人很快就离开了，而孙春丰则在恐惧中苦苦等待，直到韩灏等人到来。

“我们被耍了。”韩灏脸色阴沉，“他杀害了郑老师之后，立刻便来到了这里，给我们设下了这个圈套。”

熊原皱着眉头：“你的意思是，那些被删除的照片也是他刻意留下的线索？”

“还不够清楚吗？他做好了这些等着我们，他知道我们一定会找到这里。”

“可他为什么要这么做？”熊原难以理解地摇着头，“难道就是为了给我们传送那张纸条？”

纸条正被韩灏捏在手里，那上面的内容他已经看了好几遍，现在已经可以背下了。

标准的仿宋体字迹，似曾相识的语句——

死亡通知单

受刑人：韩少虹

罪行：故意杀人

执行日期：十月二十三日

执行人：Eumenides

韩灏的手有些发抖，他明白这张纸条预示着什么。当然，令他颤抖的原因并不是恐惧。

是愤怒在让他颤抖，无法抑制的愤怒！

一个凶犯在作案前，居然把被害人的名字和作案的时间用这样的方式通知给警方，这是一种何等猖狂的侮辱和嘲弄？

此时的韩灏便像是一座危险的火山，他体内的压力已令他随时有可能爆发。

而此刻的某个地方，有一个人却完全是另外的心情。这个人把玩着手中的一个感应器，上面的数字似乎记录了某些时间。

“二十一小时五十分钟到达现场，四分十一秒完成拆弹。”他看着感应器上的时间喃喃地念叨着，然后他的嘴角微微地挑了挑，淡淡说道，“成绩还算不错——终于有那么点儿意思了。”

第四章 罗飞的秘密

十月二十二日上午，十点四十分。

省城刑警大队会议室。

新成立的专案组成员们又聚集在了一堂。

两个小时之前，韩灏和熊原强势出击，直扑东明家园小区，结果却被对手着实戏耍了一番。现在他们又召集起其他成员一同商讨对策。

曾日华被韩灏打发去休息，刚刚躺下不久便又被叫了回来。此刻他双目红肿，头发蓬乱，多少有些狼狈。而韩灏做的案情通报更是让他颇为不爽。左摇右扭地听完之后，他立刻不甘心地问道："这个孙春丰真的和案子一点儿关系都没有？你们确定？"

"确定。"韩灏非常干脆地回答，"我们调查了他的家庭背景、相关履历、交际圈以及近期的活动，他只是一个普通的辍学青年。如果非要说他与这桩案子的联系，那就是十八号的时候，他曾偶然浏览过那个'死亡征集帖'，并因此而出现在郑警官拍摄的照片中。"

曾日华悻悻地咽了几口唾沫，无话可说了。自己颇为得意的工作成果被证明毫无价值，他只能苦笑着摇头道："我看走了眼，这个家伙可不是什么电脑盲……他是个真正的高手。"

在昨天的会议上，曾日华曾嘲笑凶手不懂数码技术，现在的态度却来了个一百八十度的转变。负责会议记录的尹剑不禁露出了诧异的神色，可当他抬头四顾时，却发现在场的其他人都各自点头，似乎明白得很。

"那这里的问题就深了。"韩灏接着曾日华的话题继续深入，"如果凶手只是利用这张无关的照片做了一个局，那我们原先所推测的行凶动机便不成立了。他为什么要杀害郑郝明警官？"

尹剑脑子里一亮：对了，既然凶手和孙春丰没有关联，那他能前往东明家园设局，多半也是通过现场相机里的照片定位了孙春丰的行踪，由此看来，他所具备的网络追踪本领并不逊于曾日华。霍然之间想明了这层道理，尹剑不禁有些自得，能和这帮专家共事还真是受益匪浅。不过这么一分神，他已经没有精力再去思考韩灏后来提出的问题，只好竖起耳朵去听别人的分析。

片刻的沉默之后，熊原首先开口："其实行凶动机倒并不令人困惑。既然郑警官在查这个案子，然后又被凶手杀害，最大的可能仍然是郑警官已经发现了某些线索，而凶手急于掩盖。真正让我不解的是，凶手为什么要利用相机里的照片搞这么一出恶作剧呢？难道就是为了戏耍我们？"

"不仅是令人不解，甚至说，这是完全矛盾的。"现场响起了清脆的女声，毫无疑问，说话的正是慕剑云。

罗飞一直在低头沉思，此刻他抬起目光看向这个年轻的心理学讲师，然后认真地问道："矛盾？什么矛盾？"

"两种心理的矛盾。如果凶手作案的目的是为了掩盖线索，那他的心理状态应该是躲开警方的视线；可他故意删除照片所设下的局，却分明又向警方展示了太多的东西，这两种截然相反的心理状态出现在同一个案发现场，这显然是极不合理的。”

慕剑云的分析获得了众人的认同，现场陷入了短暂的沉思气氛中。

“还有一个情况，也许能打开大家的思路。”片刻后韩灏再次开口，“刚才我讲到了，在东明家园现场，犯罪嫌疑人制作了一个假炸弹。技术人员在做后期勘查的时候，在上面发现了一个信号发射器。”

“信号发射器？”曾日华抓着乱蓬蓬的头发，精神一振，“发射什么信号？”

熊原对现场的相关情况最了解了，说道：“并不是什么特别的东西，只是和计时器相连的一个简单装置，能把计时器的运行状况反馈到信号接收者那里。”

“嗬。”曾日华失望之余，不禁哑然失笑，“那个家伙在干什么？他在帮你们计时？”

“计时？”罗飞的眉头一凛，他用指尖轻轻叩击着桌面，若有所思。

韩灏的目光被他吸引过来：“罗警官，到现在也没有听到你的高见，这可不合你的风格啊——请说两句吧。”

罗飞亦不推托，说道：“我们有一个思路上的错误，不，还不准确，应该说是态度上的错误。”

众人面面相觑，似乎对罗飞这没头没脑的话语有些不解。而后者沉吟了片刻，又继续说道：“我们都在想，现在我们发现了什么？对手留下了什么漏洞？其实错了，我们必须正视，我们没有发现任何东西，到目前为止，都是他在展示，是他的独角戏。他给我、给郑警官寄来匿名信；他在网上公开发出死亡征集帖；他故意在郑警官遇害现场留下供警方追踪的线索；他甚至告诉我们下一次作案的对象和时间……现在不是我们在找他，而是他在引着我们转圈。”

韩灏等人的脸色都有些不太好看了，如果认同罗飞的分析，那警方无疑正处在一个极为难堪的境地。只有曾日华满不在乎地“嘿嘿”笑起来，调侃道：“那我们现在该怎么办呢？先开个内部检讨会吗？”

慕剑云瞪了曾日华一眼：“罗警官说得没错，认识到这一点本身是有价值的。杀害郑警官的凶手，他的目的已经不仅仅是案件本身，他有一种狂妄的游戏心态，他在向警方挑战。”

“这个我知道。”韩灏扫了扫慕罗二人，“可这对案件的侦破有什么意义吗？”

慕剑云不再说话，她也把目光投向罗飞，等待对方的下文。

“游戏？没错，凶手精心设计了一场游戏，他为此甚至可能准备了十八年的时间。现在一切都准备好了，有计划，有猎物……可是还不完整，对于游戏来说，他还缺少一样东西，少了这个东西，再好的游戏也不够刺激。”说到这里，罗飞停下来供众人去思考，而大家沉吟了片刻却仍不得要领，曾日华先忍不住问道：“还少什么？”

“对手。好游戏需要出色的对手。”罗飞苦笑着说道，“我们也许把郑警官的死因想复杂了。凶手杀害郑警官，或许只是因为后者十八年的秘密调查毫无进展，所以他要在游戏开始之前重建专案组，换上真正够格的对手。”

众人听着罗飞的话语，心里都产生了一种极不舒服的感觉。即便是一贯嘻哈的曾日华此刻也拧着身体，勉强挤出笑容道：“那照你的意思，我们都是被他换上、陪他玩游戏的角色？”

罗飞没有正面回答，他的神色也很难看：“顺着这个思路，我们就可以解释东明家园的那个局了。他是在测试我们——故意留下线索，让我们去寻找孙春丰，而他则在帮我们计时——听起来多么荒唐、可笑，而又可怕。嘿，不知道我们的成绩是否能让他满意呢？”

罗飞说完这些之后，会场上一片沉寂，良久才听熊原喃喃地说道：“难以置信……难以置信！”

“确实难以置信……”慕剑云咬了咬嘴唇，“可我不得不承认，如果这样去分析，犯罪嫌疑人到目前为止所有的行为，在心理学上是统一的……构成了一个非常清晰的目标主体。”

尹剑惊讶地张着嘴，他不知道是否应该把这一段也如实地写到会议记录之中。

“好啊，不错……”韩灏脸色阴沉，不知是在赞同罗飞的分析，还是在向狂妄的对手撂着狠话。他的拳头随即狠狠地砸在桌面上，众人的情绪也因此而蓦地一凛。

“既然有人想玩这样的游戏——那我们就奉陪好了！”韩灏铿锵有力地说道，他的目光随之扫过众人，在会场上酿出一股同仇敌忾的气势来。

曾日华“嘿嘿”地笑了起来：“好啊。这的确是个有趣的游戏，而且，这游戏很快就要开始了，对吗？”

是的，游戏就要开始了。在座者都明白这句话的意思。

Eumenides已经发出了最新的死亡通知单，那无异于是抛给警方的一纸战书。

韩灏的目光此刻停留在尹剑身上：“你把那张死亡通知单给大家看看。”

尹剑早已做好准备，他打开投影开关，在东明家园现场留下的纸条呈现在众人的面前。

标准的仿宋体，熟悉的内容——

死亡通知单

受刑人：韩少虹

罪行：故意杀人

执行日期：十月二十三日

执行人：Eumenides

十月二十三日——明天，便是这场惊心动魄的游戏拉开正章帷幕的时候。

“好了，关于这张纸条不需要再多解释了。”韩灏很快又挥了挥手，“尹剑，你把这个‘韩少虹’的情况向大家介绍一下吧。”

尹剑操控投影，屏幕上出现了一个女子的半身相片。这是一个风韵十足的少妇，容颜俊俏，皮肤白皙，穿着打扮亦充满了时尚的美感。

“韩少虹，女，三十岁，已婚，尚未生育，本市户口。现居住在南城金鼎中心别墅区72号。经商，任都华进出口贸易有限公司总经理……”

曾日华忽然打断尹剑的话语：“我刚刚在资料库里查过，全市叫韩少虹的人一共有十七个，怎么确定就是她呢？”

“因为这个韩少虹本人也收到了死亡通知单。”尹剑一边回答，一边又切过一张投影，显出一幅网络截屏，“这是网络上死亡征集帖下面的回复文章，在第三篇回帖里有人提到这个韩少虹，后来又有二十多人跟帖表示响应，我们可以认为，这个人是被网民选出来的受害者。”

“为什么会有这么多人选她？”慕剑云提出了大家心中的困惑。从照片来看，这个叫韩少虹的女人风姿绰约，是个难得的美女，这样的人在网络上应该很受欢迎才对，怎么会如此招人忌恨呢？

“韩少虹在半年前卷入一桩交通肇事案，撞死了一个卖菜的农民。”尹剑解释道，“后来此事在网络上传开，很多人认为她实际上是故意杀人，因此激起了民愤。”

曾日华“啊”的一声，露出恍然的表情，他竖起一根指头晃了晃，说道：“这事我知道，原来就是她呀，听说这个人的背景深得很呢。”

慕剑云和熊原对这件事也早有耳闻。在座中只有罗飞既不是本地人，平时也很少上网，不明白此事的原委，便由尹剑向他简略地介绍了相关情况。

半年前的四月五日，韩少虹驾驶一辆红色宝马车剐翻了农民熊光宗的路边摊点，两人因此而发生争执。熊光宗要求韩少虹赔偿损失，韩少虹认为对方占道经营，拒不理睬。在激烈的口角之后，韩少虹欲驾车离去，熊光宗则不依不饶地拦在车头。双方相持不下之际，韩少虹的宝马车忽然发动，竟开足马力撞向了熊光宗，后者在送往医院后不治身亡。当时围观者众多，因此此事迅速在市井及网络上传开，并且激起了极大的民愤。韩少虹虽然被捕，但她解释说，当时她是想倒车绕过熊光宗，但因情绪激动而挂错了挡位，因此酿成悲剧。司法调查采信了韩少虹的说法，在一个月前以交通肇事罪判处她有期徒刑三年，缓刑两年。这个判罚引起了极大的争议，网络上的讨伐与指责声响成了一片。大部分人都相信，韩少虹当时就是想撞死熊光宗，她理应按故意杀人罪接受严厉的惩罚。

“我也认为她就是故意杀人。”尹剑最后发表了一下自己的观点，“据现场目击者描述，韩少虹在开动汽车前，曾对受害人有过言语威胁，什么‘你不让开我就撞死你’之类，她接下来的行为用挂错挡位来解释，实在是难以令人信服。”

韩灏沉吟着说道：“现行的法律适用疑罪从无的原则。要定故意杀人罪，必须有确实的证据才行，争吵时的过激言论并不足以为证。所以法院最后这么判，也是情有可原吧。”

“什么‘疑罪从无’？那我开着车是不是可以到街上随便撞人了？”曾日华斜着眼反驳道，“咱们都是警界内的人，还遮遮掩掩地干吗？说白了，这么轻的判罚，还不是因为韩少虹家产雄厚，靠山又足够硬！”

韩灏无奈地摇摇头，并不否认。而罗飞看了曾日华一眼，对这个小伙子倒颇增了几分好感。

熊原此时干咳了一声，神情严肃地说道："我们还是回到案件本身吧——下一步该怎么办？"

的确，这才是专案组目前亟须面对的议题。

众人的目光又聚集到组长韩灏的身上。而后者已经准备好一套思路，开口道："明天就是二十三号，也就是嫌疑人宣布对韩少虹执行'死刑'的日子。既然他如此猖狂地挑战警方，那我们就张开大网等着他好了。"

作为助手，尹剑紧接着就韩灏的计划作进一步的解释："一般来说，凶杀案多发生于人流量稀少的隐秘地点，但本案情况却比较特殊。因为嫌疑人已经把杀人计划透露给了警方，他必然预见到警方会对韩少虹进行监护，要想隐秘杀人根本不可能。所以他的作案地点，应该是在人流量大、场面混乱而难以防范的地区。韩少虹的公司地址位于市中心的德业大厦内。每天九点左右，她会从家中出发，开车前往德业大厦。这个大厦是早几年建的，没有配备地下停车场。所以韩少虹只能把车停在大厦周围的地面停车场，然后步行进入大厦。她会在大厦内一直工作到下午四点钟，然后下班回家。韩少虹的家是在金鼎中心的别墅区，这里管理严格，全区二十四小时摄像监控；德业大厦的保安系统也很严密，出入楼门均有门禁系统，这两处都不太可能成为作案地点。因此嫌疑人如果真的想在明天杀害韩少虹，那他最佳的行凶地点就是在大厦外的停车场。那里地势开阔，相邻道路四通八达，人员复杂，相对来说容易下手，也容易逃脱。所以我们明天最重要的任务，就是要守住这个停车场。"

在分析的过程中，尹剑依次展示了相关现场的照片，所见情况与他所说的吻合。

韩灏看了熊原一眼，补充道："当然，我们还要防范非常规手段的作案方法，包括投毒、远距离枪杀、车祸、爆炸等。熊队长，这方面就交给你了。"

熊原却没有立刻领命，他微微皱起眉头反问："你的意思是，对韩少虹进行全天监护，只要凶犯下手，我们便可以借机将其擒获？"

韩灏点头，掷地有声："是的，我不信有谁能在警方的眼皮底下杀人。"

熊原沉默了片刻后却摇了摇头："可我觉得不妥。我们应该限制韩少虹明天的行动，让她不要外出，这样才能最大限度地保障其生命安全。"

"我明白你的意思。单从保护当事人的角度考虑，限制其行动无疑是最有效的方法。"韩灏略作停顿后，话意却又一转，"可是她能在家里躲多久？警方又能保护她多久？嫌疑人明天下不了手，就会善罢甘休吗？如果他改天杀害了韩少虹，那我们岂不是坐失了抓捕他的最好机会？"

"如果要保护韩少虹，就应该限制她的行动；如果要抓捕Eumenides，就应该布下一张大网，而韩少虹则是网中的鱼饵。你是这个意思吗？韩队长。"慕剑云把韩灏的话挑得更加明确了，韩灏则默认了她的说法。

熊原仍是摇头："不管怎么样，我不赞同用被保护人来作诱饵。"

专案组中两个最主要人物的意见产生了分歧，而他们的说法听起来各有道理。韩灏斟酌了一会儿，说道："这样吧，少数服从多数，到底采用哪种方案，我们举手表决。"

熊原点头："这个我同意。"

曾日华第一个举起了手："我赞同韩队长的方案。韩少虹又不是什么好东西，替她想那么多干什么？只是这样一个美女，如果真的被人杀了，倒是有点儿可惜呢。"说到后面，他明显换上了调笑的语气，一边说还一边眯眼瞥着慕剑云。

"的确是个美女，令人嫉妒。"慕剑云看着曾日华淡淡一笑，"不过我的嫉妒心理绝不会左右我的判断——我支持熊队长，保护韩少虹的生命最重要。”

曾日华本想刺激一下慕剑云，却被对方一眼看破，他悻悻地咧了咧嘴：“可怕，学心理学的女人……你什么都骗不了她。”

“好了，现在是二比二。罗队长，说说你的态度吧。”随着韩灏的话语，众人的目光全都集中在了罗飞的身上，而后者亦随之给出了自己的选择。

“我支持韩灏韩队长。”罗飞淡淡地说道，但他并没有详细地解释什么。

“很好！”韩灏露出满意的笑容，他扫视着在场众人，“让我们来制订详细的作战计划吧。”

会议一直延续到下午两点多钟，一套针对韩少虹的监护方案终于出台。参战的主力仍然是韩灏和熊原所带领的刑警及特警精锐，罗飞在行动中只能充当一个可有可无的边缘角色。罗飞对这样的结果并不感到意外——毕竟这里不是他所管辖的龙州市。

散会之后，韩灏和熊原立即着手安排备战事宜，曾日华则迫不及待地回房补觉，会议室里只留下了罗飞和慕剑云两个“闲人”。

见众人散去，慕剑云翻起了会场上的旧账：“罗警官，你最后的选择可是违背了警察的原则。好警察应该去防范罪案的发生，而你们却在给凶犯的行动创造便利条件。”

“你认为凶犯能够得手吗，在那么多警察的严密监视之下？”罗飞没有正面回应对方的指责，而是使出太极推手的功夫岔开了话题。

慕剑云却不依不饶：“说实话，我对明天会发生什么反倒不感兴趣，我只想知道别人心里在想些什么。我和熊原坚守了警察的职业道德，可你们没有。韩灏急于要逮住那个凶犯——或者是为了给郑警官报仇，或者是一种好大喜功的心态——这个容易理解；曾日华显然不够成熟，工作时还带着一种幼稚的正义感；可是你呢？你比韩灏要冷静得多，更不会像曾日华那般肤浅，可你为什么要作出和他们相同的选择？”

罗飞与慕剑云对视了片刻，然后他摇摇头：“我不知道。”

慕剑云“呵”地笑了起来：“一个人不可能不知道自己在想什么，你只是不愿正视自己的想法。今天你分析出凶犯杀害郑警官的动因，那着实吓了我一跳，那个推测太大胆了——虽然它非常合理，但是一般人根本不会顺着这个思路想，为什么你能够做到？”

“很简单——”罗飞平静地答道，“换位思考而已。”

慕剑云不置可否地摇摇头：“把自己摆在凶犯的角度去想问题？警校的基础课就教过这个。可我们都想不到，你想到了，说明什么？”

罗飞察觉到交谈的形势渐渐被动，他干脆不说话了，眯起眼睛等待对方的下文。

慕剑云又笑了，用半开玩笑的口吻说道：“只有你和凶犯的想法最接近，你们在某种程度上很相像。”

罗飞蓦地一愣。

慕剑云不依不饶：“你承认这一点吗？”

罗飞尴尬地挤出一丝笑容：“我……无法驳斥你的推论。”

“所以他也是你想要的对手，是吗？”慕剑云的目光愈发闪亮，“你和他一样在期待着这场刺激的游戏——这就是你支持韩灏的原因。”

罗飞沉默了片刻，然后他忽然也笑了，被对方揭开心思，他的脸上反而露出释然的神色。

“你听过这句话没有？”他反问对方，“要成为一个优秀的刑警，首先要成为一个优秀的罪犯。”

“这是警校刑侦专业刘老先生的话吧？他还说过，优秀的刑警和优秀的罪犯会具有很多相同的特质：敏锐、缜密、冒险性、求知欲……他们就如同是一枚硬币的两面。而窥探对面的状态，永远是他们最想做却又最难做到的事情。”

“不错，刘老先生，当年他是我的恩师。”罗飞的思绪飘向过往，神情变得既沧桑又感慨。

“很庆幸，你是这个硬币的正面。”慕剑云看着罗飞，“如果你选择去当罪犯，那将是多么可怕的事情。”

“可怕吗？”罗飞忽然摇了摇头，“至少有一件事情是更加可怕的。”

慕剑云好奇地挑起眉头：“什么？”

“学心理学的女人。”罗飞模仿曾日华的语气说道，笑容在他的嘴角两侧勒出一对深沟。

慕剑云一怔，羞恼地皱起眉头：“怎么你也会耍贫嘴，男人真是没一个好东西。”

十月二十二日下午，十六时二十三分。

刑警队长办公室。

曾日华再次来到韩灏面前，他头发凌乱，一身警服也皱巴巴的，看起来像是刚刚从囫囵觉中醒来。

“真是折腾人，我今天是别想睡踏实了。”小伙子哈欠连天地抱怨着，可布满血丝的双眼却在透出兴奋的光彩。

韩灏与他的目光对接了一下，敏感地问道：“怎么？有什么新的发现？”

“那个家伙把死亡通知单发到网上了，发帖的时间大概在半个小时之前。”

韩灏的办公桌前就配备着电脑，他立刻打开到相关论坛，果然，一篇发布者为Eumenides，题名《死亡通知单》的帖子正处于热烈的点击与讨论中。

展开同主题阅读，主帖的内容与警方收到的信的内容完全相同。在主帖的下方，短短的半小时内已出现数十篇跟帖。回复者或惊叹，或怀疑、讥讽、叫好、起哄……讨论气氛颇为热烈。

“找到这家伙的发帖地点没有？”韩灏的眼神也变得兴奋起来。发帖时间刚过去不久，即使此人是在网吧发帖，只要找到确切地点，就一定能查到不少有价值的线索。

“他倒是嚣张得很，明明知道我们已经在网络监控，还敢明目张胆地发帖，这也太小看人了！”曾日华愤愤不平地抱怨着，“虽然他设置了代理服务器，不过我的手下还是轻松追踪到了原始IP地址。这个IP属于一个集体用户——不是网吧，是一家文化公司，这是公司的注册地点。”

说着话，曾日华把一张纸条递给韩灏，后者对纸条上的IP数字并不感兴趣，他的目光直接钉在了那行地址上：迎宾大街23号海正大厦901。

这显然就是警方下一步行动的目标所在。

十五分钟后，韩灏、尹剑和曾日华已到达了相关地点。面对行色匆匆的警察，文化公司的前台接待不敢怠慢，她把三人安排到会议室之后，立刻把公司负责人和网管叫了过来。

初步的询问证实，自从下午两点上班之后，便没有外人进入过公司，公司内的员工也没有离开过。这无疑是一个好消息。韩灏立刻命令尹剑把住门口——此处位于九楼，只要门口无人出入，发帖者便没有逃离现场的可能。

曾日华把纸条向网管展示：“你看看，这个地址对应的是哪台电脑？”

“这个……我……我得查一下才知道。”网管是个二十出头的小青年，梳着油腻腻的分头。可能是第一次和警察打交道，他说话磕磕巴巴的，显得有些紧张。

小分头身边那个胖胖的公司负责人立刻瞪起了眼睛："这都不知道？你怎么做的工作？！"

"刘……刘总，我们公司是……是动态……动态的地址分布。"小分头的脸涨得通红，向胖子努力解释着，"这个IP肯定是公司内部的，但是具体哪台机器，我得再……再查一下。"

刘总指着小分头的脑门："我一再强调了，工作不怕细，你们年轻人就是做不到！我年轻那会儿……"

"好了，这不是他的责任。"曾日华打断了刘总的话头，他把对方的胖手拨开，同时对小分头笑了笑，"你快去查吧。"

小分头拿着纸条唯唯诺诺地去了。刘总颇是意犹未尽地咽了口唾沫，然后转头看向韩曾二人，换上笑脸问道："警察同志，这是出了什么事了？是不是有人登录色情网站了？这个都不用查，一定是康山这个坏小子，我明天就把他给开了！"

韩灏懒得跟他饶舌，直接问道："你们公司一共多少员工？"

"连我是十二个人。我们是小公司，刚刚起步。"刘总一边说着，一边掏出名片盒递过来，"这是我的名片，请多多指点。"

曾日华接起一张名片，笑嘻嘻地端详把玩起来。韩灏则只是礼节性地扫了一眼，又开始继续自己的话题："今天人都在吗？"

"都在，都在。"刘总忙不迭地答着，"除了我和会计，都在大厅里干活呢。"

韩灏拍拍曾日华："去看看吧。"

曾日华把手中的名片胡乱往兜里一塞，跟着韩灏来到大厅中。这里被一张张办公案隔成了十个小方格，方格里的员工们此刻都抬起头来，好奇地打量着这两个不速之客。

韩灏的目光迅速地在众人身上过了一遍，然后皱起了眉头。这十人中倒有八个是女孩，两个男的除了刚才那个小分头，便是一个身形如冬瓜般的矮胖小伙子，无论是谁都很难把这些人和凶险的案犯联系起来。

韩灏转头看向曾日华，后者的神色却更加失望，他怔怔地苦笑了一下："怎么是……是无线网？"

"对，我们是全市首批无线网络客户。别看我们公司规模小，但办公条件是一流的。"刘总兴冲冲地向曾日华介绍道，见对方苦着脸毫无反应，他无趣地停住口，然后又冲着小分头吼了起来，"你怎么回事？！查好了没有？"

"这个……这个有点儿奇怪。"小分头从自己的方格里鳖了出来，"公司里的机器我都查了，今天登录时分配的都不是这个地址。"

"怎么回事？"韩灏压低声音问曾日华，"是不是你搞错了？"

曾日华断然摇摇头："没有搞错。"可他的神态却是沮丧得很。

"这个地址肯定是公司的网络用户，也确实……确实有机器登录过——在下午三点多钟的时候，不过那……那不是我们公司的机器。"小分头一边解释，一边忐忑不安地瞟着身边的老板。

"不是公司的机器？"刘总立刻又瞪起眼睛，"不是公司的机器怎么能登录我们的网络？"

小分头脸上的汗都急出来了："我……我没有设密码……"

韩灏知道情况有变，再次追问曾日华："到底是怎么回事？"

"这是无线网络，又没有设置登录密码。"曾日华无奈地摇着头，"理论上来说，只要配备了无线信号接收器，那么在信号覆盖区域内的任何电脑都可以通过这家公司的服务器来登录网络。"

韩灏神色凝重："那这个区域有多大？"

"远远超出我们能控制的范围——"曾日华咧着嘴道，"甚至都不用进入这座大厦。如果嫌疑人配备了笔记本电脑，他至少可以在大厦附近三五十米的方圆内随意侵入这个网络。"

韩灏沉默无语，不得不接受眼前令人沮丧的事实——这样大的覆盖范围，那个家伙想找个隐秘的角落太容易了，这条曾经令人振奋的线索顷刻间变得毫无价值。

“你为什么不设置密码？”刘总暴跳着咆哮起来，“现在让坏人利用了我们公司的网络，这个责任谁来负？！”

小分头垂着脑袋，忍受着胖老板唾沫星子的洗礼，一句话也不敢说。

曾日华拍拍刘总的肩膀：“算了吧，你没有必要骂他。”

“为什么？”刘总看起来气愤难平。

“因为就算他设上三道密码，那个家伙破解起来，也只是几分钟的事情。”曾日华撇撇嘴，无奈地说道。

韩灏不想再多说什么，他摆了摆手：“我们撤吧。”

随后二人告辞后叫上尹剑，下楼开车而去。

“我就知道今天会白跑一趟。”回去的路上，尹剑忍不住发表了自己的观点，“那个家伙如果连上网都会留下踪迹，那他也太差劲了，还搞什么死亡通知单来挑战警方？”

韩灏冷冷地看了助手一眼：“他现在倒是很带劲，你是不是也很来劲啊？”

尹剑自知失言，窘然道：“队长，我……我不是那个意思……”

“行了行了，别说话了啊。小尹啊，你车开稳着点儿，我先眯会儿。”曾日华嘟嘟囔囔地看似抱怨，其实却是给尹剑解了围，后者心领神会，不再说话，专心开起车来。

十多分钟后，警车驶回了刑警队。曾日华下了车，独自走向了招待所。虽然困得很，可他却没有回屋休息，而是来到了慕剑云所在的房间。

慕剑云正准备出去吃晚饭，所以屋门是开着的。曾日华径直进了屋，反手顺势把门关好。

慕剑云诧异地看着对方：“你来干什么？”

“当然是谈案子的事情，你以为我要干什么？”曾日华大咧咧地在沙发上坐下，然后陶醉地吸了吸鼻子，“嗯，这美女就是美女，连屋子里都是香喷喷的，让人心旷神怡。”

慕剑云反感地蹙起眉头：“谈案子你关门干什么？”

“你和韩灏不也关着门谈过吗？”曾日华嬉皮笑脸地说道，“就在昨天散会以后。”

对方的言行多少有些放肆，不过慕剑云反倒笑了。她知道对付这样的男人，你越拘谨，他便越是得意。

“你到底想说什么？都找上门来了，还兜什么圈子？”

“我知道韩灏给你安排了特殊的任务——调查罗飞。”曾日华压低声音，故作神秘。

慕剑云不说话，以退为进。她知道对方的性格，你越稳，他就越沉不住气。

果然，曾日华又喋喋不休地继续说道：“从案情上来分析，这个人身上确实有许多疑点。‘四一八血案’，他同时与两个被害人熟识，并且是第一个报案者，而他此前的表现又有很多令人费解的地方；郑郝明被害，他又是第一个到达现场，这也太巧合了。所以韩灏安排下这步棋，倒也并非多疑。”

“你知道的事情还真不少，看来我还真是小看你了。”说话间，慕剑云坐在了曾日华的对面。

曾日华耸耸肩膀，扮出委屈的样子：“你以为呢，我也是正正经经的专案组成员。事实上，对于‘四一八血案’的档案资料，我得到的比你们都多。很多东西韩灏都指着我去做技术分析——这也算他给我的特殊任务吧。”

“哦？”慕剑云品出了些滋味，她的眉头挑了挑，“那你分析出什么了？”

曾日华不答反问：“在‘四一八血案’之前，警校内还发生过一些案件，这些案件显然与‘四一八血案’有着某种联系——这个情况你了解吗？”

慕剑云摇摇头：“韩灏没有给我相关的资料。”

曾日华得意地笑了笑：“那你就听我讲吧。”为了突出话题的重要性，他又刻意收起笑容，摆出一副严肃的表情，“在‘四一八血案’发生前的半年内，警校内就曾出现过署名为Eumenides的惩罚通知单，字体形式都与后来我们见过的死亡通知单类似。收到通知单的都是犯了小错误的警校学员，他们后来也都受到了相应的惩罚，当然这些惩罚远远比不上死刑那么严厉，所以在此之前并没有引起太大的关注。”

“哦？有这种事？”慕剑云兴趣大增，但口气却是淡淡的，“你详细说说吧。”

“资料中有记录的案件共有四起。第一张惩罚通知单出现在一九八三年年底，通知单上所列罪行是‘考场作弊’，惩罚执行日则是考试成绩公布的当天——成绩公布后，该学员的成绩竟然只得零分。后来追查得知，他的试卷莫名其妙地变成了空白卷。这个学员曾找任课教官讨说法，可是试卷上的姓名考号又的确是他自己的笔迹，所以此事便不了了之。‘四一八血案’之后，专案组找到此人调查情况，他承认在考场上确实作弊了，可试卷如何被人换掉，他也百思不得其解。”

“有点儿意思……其他的案子呢？”

“第二张惩罚通知单是针对一个有小偷小摸行为的女学员。惩罚日当天，该女生去浴室洗澡，出来后发现存衣服的柜子好端端地锁着，可里面的衣服却全都不翼而飞。开锁的钥匙只有一把，洗澡过程中始终戴在女生的手腕上，谁也猜不透这个Eumenides是如何拿走柜子里的衣服的。”

慕剑云低头沉思，显然是想破解对方的作案手法，不过很快她便放弃了，专心听曾日华继续往下说。

“第三个收到惩罚通知单的是个男生，他喜欢窥探别人的隐私并且到处宣扬，因此口碑很差。在通知单标明的执行日那天，校园广播的喇叭忽然在半夜响起，朗读了该男生内容极为隐秘的三篇日记。后来发现是广播室被人侵入并且播放了一盘事先录制好的磁带。该男生的日记本一直保管得非常仔细，甚至是从不离身。日记中的内容如何被Eumenides得知，实在是无从解释。第四个收到通知单的也是男生，他的罪行是恋爱时脚踩两只船。执行日的晚上，该男生去校园舞厅跳舞，结果那两个女生同时出现，他的爱情骗局被揭了个底朝天。事后那两个女生都说是收到该男生的纸条留言才来舞厅的，可那个男生显然不会做出如此愚蠢的事情——这场戏无疑又是出自Eumenides的手笔。”

慕剑云静静地听完后，立刻捕捉到了一个关键之处：“那盘磁带呢？第三起案子中通过校园电台广播的磁带，那上面应该记录着Eumenides的声音。笔迹可以模仿，但一个人的声音是很难改变的吧？”

“你一下就抓住了重点，厉害厉害！”曾日华不失时机地吹捧了对方两句，然后摸出一只MP3，“这里有当时的录音资料，你听听。”

慕剑云戴上耳机，按下了播放键，很快从听筒里传来瓮声瓮气的男子声音，她听了几句后，皱眉道：“这个声音挺奇怪的，似乎不太正常。”

“很简单，他捏住了鼻子。”曾日华说这句话的时候也捏住了自己的鼻子，怪异的语音果然和录音资料里有些相似。

“那这个声音也没有什么参考价值了？”

“以前没有，但现在就不一样了。”曾日华嘿嘿一笑，“现在的电脑软件有着很多你意想不到的功能。我的手下对这段音频作了修复处理，可以模拟出这个人正常状态下的语音，你再听听看。”

曾日华调节了一下MP3，慕剑云听到耳机里男子的朗读声果然正常了许多，那声音似乎有些熟悉，但又无法确定地和什么人对上号。

曾日华在一旁又开始解说：“这声音听起来很年轻吧？这说明十八年

前，此人应该是个小伙子。再用软件作进一步的调整，我们可以模拟出此人十八年后步入中年的嗓音。”

他一边说一边再次调节MP3，嘴角则诡兮兮地泛起笑容。

听筒里的声音变得浑厚了一些，慕剑云愕然地瞪大了眼睛，脱口而出：“罗飞！”

的确，那略显低沉的嗓音和罗飞极为相似，令人第一反应便想到他。

慕剑云惊讶的表情给了曾日华很大的成就感，他卖弄似的晃着脑袋：“现在你该知道你的那个任务有多重要了吧？”

慕剑云摘下耳机，她凝眉思索了片刻后，很严肃地问曾日华：“这个情况韩灏知道了吗？”

曾日华满不在乎地摇摇头：“不知道。”

慕剑云盯着对方看了小半晌，然后冷冷地说：“那你为什么要告诉我？这个案子，你应该向韩灏负责。”

曾日华却只是笑嘻嘻的：“我找个理由和美女说说话不行吗？”

慕剑云轻轻地“哼”了一声：“那你现在说完了吧？我这就打电话叫韩灏过来。”说着她便伸手要去拿案头的电话机。

曾日华连忙起身拦住：“哎，别别别，你这不是出卖我吗？”

慕剑云与曾日华对视着，目光不算犀利，但却钻得很深。后者很快败下阵来，讪讪一笑：“好了好了，我说实话吧——这件事情我暂时不想告诉韩灏。”

“为什么？”

“那个罗飞吧，我也不算太了解——但要说那几起血案都是他做的，我还真不信。至少他回忆‘四一八’那个伤心的样子不像装的吧？而且这个人给我的感觉还不错，比韩灏让人舒服。所以呢，我不想搞得大张旗鼓的，还是先让你这个心理学家去探探底。”曾日华这番话说得很坦然，不像是撒谎的样子。

“嗯。”慕剑云沉吟了片刻，点头道，“好吧。但是我有一个条件，我要你手里的所有资料。”

“行。”曾日华未加考虑便一口应允，“我这就去复印一份给你。”

慕剑云心中微微一笑，这个曾日华做事全凭个人喜好，哪有一点儿警察的样子？但人倒也颇有可爱单纯的一面。

倒是那个罗飞，这个轻易不露喜怒的男子，他的心中到底藏着怎样的秘密？想到此处，慕剑云的眉头又忍不住皱了起来。

十月二十二日晚，二十三点五十五分。

金鼎中心别墅区72号。

韩少虹有着良好的生活习惯。她入睡的时间一般不会超过二十三点，之前她会喝上一杯红酒，这样能使她享受到更好的睡眠。她知道自己已不再年轻，必须懂得保养才能保持住那与生俱来的丽质——这是一个女人最大的资本。五年前，她正是凭借这样的资本嫁入令人羡慕的名门。

韩少虹的先生姓董。称董家为名门一点儿也不过分，据说这个家族的上一辈中曾出过省级的高官。韩少虹的丈夫算是董家小一辈中的佼佼者，在欧洲某国任常驻外交官。有着这层关系，韩少虹在国内打理的外贸公司想不兴旺都难。三十岁不到，她就住着别墅，开着名车，俨然已成为省城上流社会的风云人物。

可是今天韩少虹却睡不着了，她在柔软舒适的水床上辗转反侧，心里憋着一股说不出的烦躁。即便是再好的红酒也无法抚平她的心绪。

为什么？就是因为早晨收到的那封匿名信吗？

说实话，在最初看到那莫名其妙的死亡通知单的时候，韩少虹并没有把它太当一回事，甚至报警也只是走走形式而已。自从半年前的那件事在网络传开之后，类似的威胁已不是第一次发生了。开始韩少虹还有些紧张兮兮的，可是三五次之后，她已变得有些麻木。上个月派出所还逮住一个打恐吓电话的家伙，那是一个瘦弱白净的半大孩子，被拘留的时候哭得一把鼻涕一把泪的，和电话中那凶神恶煞般的语气完全对不上号。

都是些可耻、可笑的家伙！卑微而又无能……否则怎么会躲在角落里干出这种偷偷摸摸的勾当来？这就是那些恐吓者在韩少虹心中慢慢形成的印象。她对这些人毫不惧怕，甚至对他们有着某种强烈的优越感。

他们一定是妒忌我，所以才会这样疯狂地攻击我——韩少虹常常这样来安慰自己。

可是这一次的事却显得有些特殊，报警之后不久，便有警察上门详细了解了情况。到了下午，又有警察前来增援，其中一个叫作熊原的高大男子自称是特警队的队长。韩少虹也是个精灵剔透的人物，她的心中不免有些打鼓了——警方如此严正的阵势会意味着什么呢？

有些事情不想则已，一想便停不下来了。已到了夜深人静、形单影只的时候。半年前的那场意外，此刻又一幕幕地出现在韩少虹的眼前。

是的，尽管遭受了铺天盖地的指责，但韩少虹自己却始终坚持那只是一场“意外”。

如果那天不用急着赶去公司下一张发货单，如果那个叫熊光宗的菜农把摊位摆得靠里一些，如果自己开车的技术能绕过那个摊点，如果熊光宗不是那般态度恶劣、不依不饶，如果没有那么多人围观起哄，让自己下不来台，如果……

这些假设只要有一个成立，那后来的麻烦事也就不会发生了——这样的念头半年来已不知在韩少虹的脑海中萦绕了多少遍，可她却很少去思考一个更重要的问题：那个挡位究竟怎样被挂上，而自己又是怎样踩下的油门？

她不愿想，也不敢想，也许她已经相信了从自己嘴里反复说出的话：我只是想倒车，我只是想绕过熊光宗，可我无意中挂错了车挡……

是的，我就是挂错了挡！一个声音在韩少虹心底嘶喊起来：法律已经认定的事情，你们有什么权利指责我、威胁我？我赔了钱，名誉上也遭受了损失，你们还想把我怎么样？！

若是往常，当思绪到了这一步的时候，韩少虹的心情便会慢慢平静，她还有美好的生活，令人羡慕的生活，她不能容忍这件事一直纠缠着自己，毁掉自己的未来。

可是今天，她心中的烦躁却如浪潮般汹涌难平，她感到一种莫名的恐惧，当她借着夜色的微光看到墙上的挂钟时，她终于把握住了那恐惧的来源。

匿名信上的内容犹在眼前——

死亡通知单

受刑人：韩少虹

罪行：故意杀人

执行日期：十月二十三日

执行人：Eumenides

挂钟的指针正在转过零点，十月二十三日亦随之到来。

韩少虹的心似乎被那指针扎中了一般，浑身凉飕飕的极不舒服。

这么多警察如临大敌般出现，自己将会迎来怎样的一天呢？那个寄来匿名信的Eumenides，又究竟是怎样一个人物？

就在此时，床头的电话铃突然响了起来。

“嘟嘟嘟……”寂静的夜里，那铃声显得格外刺耳。

韩少虹“腾”地从床上坐起，她首先拧开了台灯，然后伸手拿起了听筒，那小心翼翼的样子像是拿着根雷管。

“喂？”

听筒的那边却毫无声息。

“喂？”韩少虹加大嗓门，声音略微有些变调。

对面仍然无人回应她。

韩少虹再也忍耐不住，她扔掉听筒，下床逃也似的奔出了卧室。直到进入客厅，看到那几个警察之后，她的心才安定了一些。

为首的警察正是熊原。从下午开始，他就带着两名队员对韩少虹实施了贴身防护，夜间他们也守在客厅中休息。刚才电话铃响起，他便已产生了警觉，此刻见到保护对象惊慌失措的样子，连忙迎上去问道："怎么了？"

“有个奇怪的电话。我接听了，可是那边却没有声音。”韩少虹的语音急促而慌乱。

熊原向部下打了个手势，一个特警战士会意，轻轻拿起客厅中的分机，那个电话上早已安装好了监控装置。

听筒中仍然是毫无声息，大约十秒钟之后，“嘟”的一声长音，电话挂断了。

“立刻去查呼叫电话的信息。”熊原向手下吩咐了一声，然后转过来安慰韩少虹，“我们来处理，你回屋休息吧。”

“不，我睡不着。”韩少虹粉白的面庞有些变色，“我和你们一块待在客厅里。”

熊原笑了笑："你不用害怕，我们能保证你的安全。你看，我们在这里守着，坏人不可能进来。你卧室的后面也埋伏着我的同事，他们会整夜盯着窗户附近的动静。"

“是吗？”韩少虹似乎不太相信。

“你没看见窗外停着的白色轿车吗？那里面坐的就是刑警队的同志，其中韩灏韩队长还是我们这次行动的负责人。”

听对方这么说了，韩少虹的心总算踏实下来，她转身走回了卧室。进屋之后，却不敢把门关严，露着十厘米左右的缝隙，这样似乎能与客厅更加接近一些。

熊原看着韩少虹的背影轻轻摇了摇头。虽然他对这个贵妇人并没有什么好印象，但此刻也起了恻隐之心。不管她曾经多么嚣张跋扈，可她终究是个需要保护的女人。

对来电的追踪很快有了结果。不出所料，那是一个不需登记姓名的联通手机号码，根本无法查出确切的使用者。熊原拨通韩灏的电话，与对方进行了沟通。

“他什么话也没说吗？”韩灏猫在轿车的副驾驶上，一边通话，双眼仍紧紧地盯着别墅的后窗。

“是的。”熊原强调道，“一个字也没有说。”

半晌之后，韩灏森森地“哼”了一声：“他是在提醒我们，游戏开始了。”

此刻窗外夜色深沉。秋风掠过，发出“呜呜”的声音，如泣诉般瑟冷，似乎也在附和着韩灏的话语。

第五章 割喉

十月二十三日早晨，七点十五分。

金鼎中心别墅区。

一夜无事。

韩灏在车里一直守到凌晨四点，这才和熊原换了岗，到客厅沙发上浅浅地睡了一觉。长期的刑警生涯使他早已习惯了这种极不规律的生活，所以当他到点醒来之后，立刻便又精神十足地投入到了工作状态中。

韩少虹此时也起身来到了客厅中。虽然她舒舒服服在卧室中独享了一夜，但却是一副蔫兮兮的样子，全然不见往日的照人风采。犹豫了半晌之后，她向警方说出了自己的想法："韩队长，我今天不想上班了，我还是待在家里比较好。"

这个变化并未出乎韩灏的预料，而后者也早已做好应对之策，说道："这是你自己的选择，我们不会勉强你。如果你要留下，我们今天也会留在这里保护你。但是你必须知道，我们的警力是有限的，不可能始终为你服务，而那个凶犯，他会一直盯着你的。”

韩少虹的脸色变得愈发苍白：“那……那我该怎么办？”

“所以你不能这样藏着，你要像平常一样正常地生活和工作。警方已经布置好了大口袋，就等那个家伙往里钻了。”

韩灏的语意已非常明显：躲在家里虽然安全，但不可能永远得到警方的庇护。要想彻底解决问题，必须配合警方去擒获凶犯。

韩少虹犹豫着，目光惶然无助，然后她忐忑地看着韩灏问道：“你们有详细的计划是吗？一定能保护我的安全吧？”

韩灏点点头：“我正要和你说这些。在此之前的一个小时，我们的特警人员已经对你的车辆及行驶路线做了详细的安全检查。到时候将由特警队熊原队长亲自开车把你送到公司，在这个过程中，你的车辆前后都有我们的人开车保护，你不用担心有任何意外发生。下车后，熊队长会假扮你的司机紧跟在你身边，停车场内还会散布警方的众多便衣，任何可疑的人都不可能接近你。你们公司大厦内部也有警方的便衣，他们将化装成保安、物业甚至你们公司的员工。其间送往公司的食物和饮水也会经过警方的安全检测……这些措施将绝对保证你今天的安全。”

韩少虹的神情释然了许多，她轻轻地“哦”了一声，想了想又问道：“那我该怎么配合警方？”

“你只管按照日常规律行事就可以了。”韩灏先只是很干脆地回答了一句，不过他犹豫了片刻，又补充道，“还有一点，也许我事先告诉你会好一些。”

“什么？”看到对方郑重其事的样子，韩少虹不免又有些紧张。

“根据我们前期的侦查，想要袭击你的人应该是个青壮年的男子，此人体格偏瘦，身高在一米六四至一米六七之间，手部有新鲜的刀伤。所以你一定要注意，在任何时刻都不要接近体貌特征类似的男子。警方的便衣身高都在一米七五以上，在行动中他们统一的装束是戴着棕色或黑色的绒线帽子。即便发生天大的事情，你也不要离开所有便衣的视线范围，明白吗？”

韩灏非常认真地向韩少虹告知了上述的情况，而后者更加认真地听完，并用力点了点头。

“好了。”韩灏看了看手表，“时间差不多了，你去准备准备，按正常时间出发。一会儿你的直接陪护工作由熊队长负责，我会提前到公司附近安排接应。”

韩少虹深深地吸了口气，不再多说什么。那个熊队长她也打过交道，应该是个值得信赖的人。她对警方的行动又增添了几分信心。

打定了与警方配合的主意，韩少虹便转身回到了自己的卧室内。每天出门之前，她都要在这里进行半个小时的化妆，今天自己的脸色不太好，那妆要化得格外仔细才行。

尹剑站在韩灏身边，静静地旁观了两人的这番对话。隐隐之间，他却对那个女人产生了一丝怜悯。

在昨天的战术部署会上，尹剑曾提议让熊原直接把车开到大厦门口，但是被韩灏否决了：“停车场人多，危险系数相对较高，可是这样的地点也有利于便衣的埋伏。我们既然张开了口袋，如果事先就把袋口扎得紧紧的，还怎么让凶犯往里钻？必须留一个开口，但封口的绳子却握在我们手里。大厦停车场就是这个开口！我就不信，周围十多个便衣，还有熊队长贴身跟随，如果这都保护不了那个女人，那我们就只有把她锁在保险箱里了。”

那女子名义上是被保护人，可是在韩队长眼里，可能更像是捕鼠夹上的那块肥肉吧？尹剑在心中暗自盘算着，不过有一点他坚信不疑：以那个捕鼠夹的威力，任何想要偷嘴的老鼠，在得口之前都必将被打得粉碎。

二十分钟后，韩灏和尹剑开车来到了市中心的市民广场。韩少虹公司所在的德业大厦便位于广场的东南角。正对德业大厦的是一座十七层楼的宾馆。专案组在宾馆六楼开了一个房间，通过这个房间的窗口可以把德业大厦门外的停车场看个清清楚楚。警方在窗口架起了监控设备，这个房间也就成了专案组的现场指挥中心。

韩灏和尹剑进入房间的时候，发现罗飞与慕剑云已先于他们到达。罗飞正在帮助技术人员调整监视器的角度，见到二人到达，他迎上去问道："情况如何？"

"零点的时候韩少虹接到一个匿名电话，对方一言不发，大约一分钟后挂断，除此之外情况一切正常。"韩灏非常简洁地说道。

慕剑云看了看罗飞："果然不出你所料，这一夜都不会有大的状况。"

韩灏本来已向窗口走去，听到这句话又狐疑地停下了脚步，上下打量着罗飞："哦，你料到了什么？"

"凶犯在死亡通知单上给定的执行时间是十月二十三日，但我估计他不会太早动手。"罗飞解释道，"他已经把行凶计划透露给警方，警方必然会严阵以待，所以他要等待机会。在这个过程中，双方免不了要先有个相互试探和观察的阶段，战斗不会立即打响。所以昨天晚上我好好地睡了一觉。当然作为前线的参战者，你和熊队长必须在整个阶段都保持极度的警惕，不可能像我这般悠闲的。"

的确，韩灏面前的罗飞此刻精神饱满，不仅面色红润，双目更是闪着亮光，昨晚一定是休息得不错。不过他在说这番话的时候，语气中还是透出些未得重用的自嘲。

韩灏没有多说什么，他又看了慕剑云一眼，然后走到窗口往下看了看，同时问道："设备都调试过了吗？"

"都试过了。"技术人员上前递给韩灏一个带麦克风的耳机，帮助他戴好。这个耳机是可以塞到耳洞里的，通过一根细细的电线连接着接收器，把接收器藏进上衣的内口袋，几步之外的人很难发现这个设备。

“频段已经调好，你现在说话，他们都可以听到。”技术人员一边说，一边打开了麦克风的开关。

韩灏把麦克风凑到嘴边：“我是001，002请回答。”

耳机内立刻传来铿锵有力的男音：“002已就位！”

“003请回答。”

“003已就位！”

“004请回答。”

“004已就位！”

……

慕剑云是第一次参加前线作战，她好奇地凑到了监视器前面，瞪大眼睛搜索着：“便衣都已经到位了吗？我怎么没看见？”

此时正是早高峰时间，广场上车来人往，除了上班族之外，更有一些晨练的老少男女，但放眼看去并没有什么特别引人注目的人物。

罗飞笑了笑，接过了慕剑云的话茬：“广场上现在有我们十三个同志。大厦边上那个卖报纸的，靠近路口正在趴活儿的黑车司机，打扫卫生的保洁员，东边角落里看自行车的，在喷泉边上休息的中年人，靠在小卖部门口抽烟的，西边长凳上谈恋爱的那对男女，还有那个看起来鬼鬼祟祟、正在向路人兜售盗版光盘的家伙，这些都是警方的便衣，还有四个人分成两组，正藏在停车场里的小车内，你暂时看不见。”

说话间，罗飞在监视器上指指点点，把那些便衣的位置一一向慕剑云标示了出来。当他讲完，韩灏恰好也结束了与手下的命令调试。

…………

“014请回答。”

“014已到位！”

刨去韩灏的001号，广场上确实埋伏了十三个便衣，分毫不差。慕剑云讶然地看着罗飞，他们俩都没有参加详细的战前部署，而这些便衣全都是韩灏的手下，罗飞能够如此精准地把他们从人丛中挑出来，实在是有些不可思议。

罗飞知道对方在想什么，接着解释道：“我从那个保洁员身上看出了漏洞——他扫地扫得太认真了，照他的这个干法，不出三天腰便会累得直不起来。你去看看那些真正的保洁员，他们站立休息的时间要远比弯腰工作的时间多得多。”

韩灏也听到了罗飞的话语，他皱眉看着广场上的那个属下，然后再次拿起麦克风呼叫：“我是001，005请回答。”

“005在，请001指示。”

“轻松一点儿，不要太费力了。从现在开始，扫一分钟，休息两分钟！”

“005明白！”

慕剑云则愈发好奇了，接着问道：“那其他人呢？他们有什么漏洞？”

罗飞摇摇头：“他们没什么漏洞。但是我可以通过保洁员的位置，大概判断出其他便衣的方位。要知道，这么大的广场，便衣的位置分布是很有讲究的。他们能监控到广场的每个角落，同时又把住各个大小路口。这里面的奥妙一两句话说不清楚，在我们刑侦专业，它可是一门单独开设的选修课呢。”

“你即使能确定出方位，也不可能精确地指出每一个人吧？”慕剑云还是不太理解，“比如说那个卖报纸的，他身边有好几个人正在卖报纸，你怎么判断这几个人里面谁是我们的便衣？”

“在这么大的空间内，为了应付随时可能出现的混乱局面，通常执行任务的便衣都会有一些统一的暗装。这些暗装散布在人群中毫不起眼，但是如果在特定的区域内有目的地去寻找，还是不难分辨的。今天同志们的暗装便是头上戴着棕色或黑色的绒线帽子，我没说错吧？”

罗飞最后的问句是抛给韩灏的，后者抬眼看了看他，虽然没有回答，但显然是默认了。随后韩灏看了看手表，向尹剑吩咐道：“给熊队长打个电话，问问他们出发了没有。”

很快，尹剑带来了熊原的回复：“他们刚刚驶出小区，大概半小时后到达。”

韩灏打开麦克风：“我是001，各单位注意，目标半小时后到达。从现在开始按计划行动，执行命令无须回复。”

这次耳机里没有传来回音。监控器中的广场气氛平静，看不出任何异常。而小小的指挥室里，包括罗飞在内，所有人脸色都变得凝重起来。

每个人都感受到了静谧表象下那涌动的暗流，随着那红色宝马车在路面上的疾驰，一场变幻莫测的惊心战斗也正在步步逼来。

九点二十五分，那辆红色的宝马车如期驶入了德业大厦前的停车场。在驾驶座充当司机角色的正是特警队长熊原，按照计划，他将宝马车停在了一辆白色面包车和一辆黑色桑塔纳中间的空位上。那两辆车都贴着半透明的薄膜，车内早已埋伏好刑警队的便衣。

熊原率先下车，随后面包车和桑塔纳内也各下来一名男子，不经意地守在了宝马车的两侧。熊原绕到副驾驶的位置，帮韩少虹打开车门，后者略犹豫了一下，当看清车两侧出现的男子都戴着黑色的绒帽后，她的心踏实了很多，于是抬脚迈出了车门。

从面包车中出来的男子当先向着德业大厦走去，熊原彬彬有礼地护在韩少虹身边，两人倒真像是主仆一般。当他们走出约五六米之后，桑塔纳车中的男子也不紧不慢地跟了上去，与前面的男子一同对熊韩二人形成护卫之势。

广场上的其他便衣也各自进入了状态。有六人看似随意地走动，目标方向也各不相同，但他们相互间位置变换，总是至少有两人会守在距离韩少虹十米左右的两侧。剩下三人仍然待在原先的位置上，这三个位置都是广场上极为重要的交通口。所有便衣的目光在这一刻都变得犀利起来，他们不停地四下巡视着，广场上任何一个小小的异动都休想逃过他们的眼睛。

而他们的行动也同样被另外一些人尽数收在了眼底。在宾馆六楼的那个临时指挥室内，韩灏与罗飞等人正在屏息监控着整个广场的动静。短短几十秒的时间，韩少虹的每一步似乎都踏在他们的心头，定力稍差的尹剑甚至都能听见自己心跳的声音了。

广场上仍然人来人往。不时有男女老少从便衣们组成的防护圈中穿行而过，他们神色安详平静，似乎一点儿也没有嗅到空气中弥漫的紧张气息。熊原调整步伐，不断改变他与韩少虹之间的相对位置，使得自己总能帮她遮挡住无意中闯入防护圈的陌生人。

很快又很漫长，熊原终于护着韩少虹进入了德业大厦的玻璃门，走在最前面的便衣在大厅内停下脚步守候着，电梯在此刻适时地落在了一层。电梯门口的保安与熊原交换了一下眼神，他正是熊原在特警队的属下。

熊原轻轻地出了口气。根据事先的分工，在德业大厦内部负责警戒的都是特警队的人员，自己的人马使起来当然更加放心，而最危险的一段路程又已走过，熊原紧绷的情绪终于松弛了下来。

监控室里的专案组成员却是神态各异：尹剑和熊原一样，长长地出了口气；罗飞则还在盯着监视器，蹙眉沉思着什么；慕剑云的目光则停留在罗飞的身上，似乎这个男子的一举一动比韩少虹的安危更加令人关注；韩灏一直守在窗口，此刻他转过身来，微微下撇的嘴角透出些失望的情绪，然后他把麦克风凑到嘴边，向广场上的那些属下吩咐道：“我是001，现在就地分散休息，下午三点之前回原地警戒。”

“好了，能够给我们讲讲吗——”慕剑云终于忍不住打断了罗飞的思绪，“你会怎么做？”

罗飞眼神一凛："你什么意思？"

"你已经把自己代入到了凶犯的角色中，不是吗？"慕剑云迎上罗飞的目光，毫不避讳地直言道，"我能读懂你的眼神。刚才你的视线动得很快，却很少在韩少虹身上停留。所以你对那个女人的安危并不在意，你是在寻找警方的漏洞。"

慕剑云的这番话立刻引起了屋内其他人的注意，大家不约而同地看向了罗飞。

"是的，我是在寻找漏洞。这样我才能揣摩出凶犯有可能采取的行动。"罗飞坦然看着众人，最后他的目光停留在韩灏身上，"不过这漏洞似乎并不存在。韩队长，你的布置非常严密，还有一帮精明强干的下属。如果我是那个凶犯，我还没有想出能伤害到韩少虹的计策。除非……"

韩灏蓦地眯起眼睛："除非什么？"

"除非他精于掩饰和伪装，那么他有可能混入警戒圈偷袭得手——当然，他还必须具备在瞬间胜出熊原队长的身手才行。即便如此，他得手后想要全身而退是绝不可能的，十多个警方便衣会在瞬间从四面八方扑来，除了上天入地，他还能逃到哪里去？所以我想来想去，最多也就是个鱼死网破的结局。"

"鱼死网破……只要鱼死，网破也是值得的……"韩灏喃喃自语道，然后他又"哼"地轻笑了一声，"罗警官，如果你曾经见过熊队长的身手，你就知道这'网破'的可能性也同样不会存在。"

"会不会出现远距离的射杀？比如说狙击？"慕剑云忽然问道。

韩灏立刻摇了摇头："可能性极小。新中国成立以来还从未出现过这样的凶杀案。这里不是美国，狙击枪？连我们省城刑警队都从来没有装备过。"

"呵呵。"慕剑云自嘲地笑笑，是啊，哪里能搞到狙击枪，普通的枪支，只要敢在广场上掏出来，只怕还来不及瞄准就会立刻被便衣扑倒了。

与此同时，某个豪华套房内。

“狙击？太荒唐了。”男子嘴角撇出一丝冷冷的笑意，他面前的电脑屏幕上呈现的正是那个死亡通知单的帖子，一些网友正在热烈猜测Eumenides可能采用的行刑方式，有好几个人都提到了远距离狙杀。

“网民快要成为无知者的代名词了。”他自言自语地嘀咕着，起身向卫生间走去。

卫生间的镜子映出自己的面庞，他用手轻轻抚摸着那张脸——那张最熟悉却又最陌生的脸。

腮帮子上的胡茬又长起来了，虽然隔着白纱手套，仍有种密密匝匝的感觉。他拿起剃须刀，仔细地把那些胡子茬刮了个干干净净，然后全都冲进了水池里。

现在他舒坦了许多。摸着光滑的下巴，他忍不住闭起眼睛享受起来，此时一个声音又出现在耳边。

“最好的武器是什么？枪？大错特错。记住我的话，永远不要用枪——当你习惯用枪的时候，你距离覆灭也就不远了。你要花费很多心思去找枪，找到枪还要琢磨怎么携带，用完了往哪里藏。这些问题将拖累死你，使你成为枪的奴隶，并给警方留下大量可供查询的线索……那到底什么才是好武器呢？现在我告诉你，最好的武器是那些最为普通常见的，你可以随时获得、自由携带，也可以随时丢弃的东西。今后的日子里，武器将成为你最亲密的伙伴，你必须要找一个靠得住的、永远不会出卖你的伙伴。”

他睁开眼睛，将手中的剃须刀小心地拆开，薄薄的刀片在镜子中映出一丝阴冷的寒光。

十月二十三日下午，十六点。

接近晚高峰的时间了。德业大厦门前广场上人车的流动量又大了起来，一些出租车和黑营运则开始在广场的周围排队趴活儿。

在韩少虹的时间表里，一天的工作已经结束，她正和熊原走下德业大厦内的电梯，一步步地向着大厦门口走去。

韩少虹是在一种不安的情绪中度过这个工作日的，好在一切平安，一直没有什么意外的情况发生。不过熊原的心情却轻松不起来，他早已料到案犯闯入大厦行凶的可能性微乎其微，最危险的考验仍然是韩少虹从大厦门口走向停车场的那个过程，而这一刻终于要到来了。

广场上，刑警队的便衣们早已各就各位。他们对于凶犯的体貌特征烂熟于胸，而直到目前为止，他们尚未发现符合条件的可疑人物。

监控室内，韩灏等人的神经再次紧绷起来。如果凶犯真的要动手，接下来的几分钟便是他最后的机会。只要韩少虹安全地上了宝马车，那警方的口袋便已扎紧，凶犯将无空可钻。

当然，这也就意味着警方将错过抓捕凶犯的最佳时机。

韩灏在窗口紧盯着广场上的风吹草动，他的目光中甚至有一丝掩饰不住的期待。

罗飞则仍然在屋内守着那台监视器，他的眉头越皱越紧——他似乎感觉到有些不对劲的地方，可具体哪里不对却又说不出来。

便在此时，熊原和韩少虹已经走出了大厦。与来时相同，散布在广场上的便衣们立刻以他们俩为中心，组成了一道密不透风的警戒圈。

所有的事情都按照韩灏的计划在进行，可是那个人呢，他真的会跳进圈子里来吗?

罗飞紧紧地盯着监视器的屏幕。

在广场的东南角上停着一辆出租车，副驾驶的位置上似乎有个人影闪动了一下。这个微小的变化也没能逃过罗飞的眼睛，他眉头一挑，轻呼道:“这里有些不对。”

“怎么了?”韩灏转头询问。

罗飞快步冲到窗前:“东南角上那辆红色的出租车已经停了十多分钟了，可是你仔细看，副驾驶的位置上有人——那不是一辆空车。”

韩灏顺着罗飞手指的方向看去，那辆出租车距离宾馆的位置较近，隐约可看见车窗内的情形，果然与罗飞所言吻合。这倒的确是个反常的现象，不过韩灏并未因此过分紧张，因为那辆出租车尚在警戒圈之外，同时没有超出广场便衣的可控范围。

韩灏打开麦克风呼叫:“我是001，005请注意，在你南方偏东十米处，红色出租车异常。”

005是在广场东边角落看自行车的那名便衣，可疑出租车就位于他的监控范围内。收到呼叫后他略略侧过身，显然对那辆出租车提高了警戒。与此同时，出租车副驾驶室的车门打开了，一名男子从车里走了出来。

罗飞等人虽然相隔较远，但那男子的基本体貌还是能看得出来。只见他身形瘦小，右手中提着一个不透明的塑料袋。下车后，此人略张望了一下，目光很快便捕捉到了正在广场中行走的韩少虹，随即他便快步向着韩少虹追了过去。他的左臂因迈步而甩开，可以看到左手白花花的一片，竟是缠满了纱布。

所有的特征都与事先分析的吻合!韩灏的心中一阵狂跳，对着麦克风大喊:“005，拦截下车男子，拦截下车男子!”

其实不用韩灏吩咐，那个假扮看车人的便衣早已看出苗头，如猛虎一般向着来人扑了过去。他此前在车棚附近左右溜达的时候步履散漫拖沓，像是个病秧子，但这一扑却迅猛异常。瘦小男子还没走出两步便被结结实实地摔在了地上。他竭力想起身反抗，可完全不是便衣的对手，只能徒劳地在对方身下扭曲挣扎着。

韩灏先是一喜，可随即又有些惘然——这男子如此孱弱，怎么会是杀害郑郝明警官的凶手?

广场上的风云却在瞬间又发生了突变。就在那可疑男子被扑倒的同时，西边的一辆黑出租中又走下了一名男子——同样身形瘦小，右手提塑料袋，左手缠着白色纱布，并且此人下车后也是直奔韩少虹而去!

当然这个人也没能突破警方的防线。不远处的另一名便衣冲了上去，同样将这名男子扑倒在地上。

韩灏和罗飞看到这个情形，刚刚有些松懈的心情又紧张起来，而令他们更加惊讶的事情仍在发生。在广场周边众多趴活儿的出租车中，接二连三地有类似体貌的男子钻出，他们散布于各个角落，总数竟有十余人之众! 这些人毫无例外地都把目标指向了韩少虹，从不同的方向冲着这个少妇直扑而去!

韩灏埋伏在广场上的警戒圈也立刻显示出强大的战斗威力。每一个便衣都在各自的方向上进行了拦截，在一对一的较量中，警方占据了绝对的上风，可疑男子纷纷被扑倒，有的很快被戴上手铐，稍有反抗者则领教到了刑警们凶狠的近身搏击技术，叫苦不迭。

然而在指挥室督战的韩灏此刻却笑不出来。因为这些突然出现的男子在数量上已经超出了警方的便衣。为了对付他们，连隐藏在白色面包和桑塔纳小车中的同志也投入了战斗，但仍有漏网的可疑男子闯入了警戒圈内部，其中有两人很快已欺近到距离韩少虹不足三米远的地方!

然而他们终究还是没能接触到韩少虹。因为有个铁塔般的汉子忽然从女人身边闪了出来，他的拳头像铁锤一般分别击在那两人的软肋和下颌上，瘦小的男子哼声都发不出来，便软软地倒了下去。

这男子自然便是在韩少虹身边贴身守护的熊原。他发现情况突变，局面复杂，因此下手毫不留情，一招便直接将来人致于昏迷。随后赶到的三个瘦小男子显然被此情形吓住了，他们隔着五六米的样子停了下来，不敢上前，但也没有离开，脸上的神色一片茫然。

熊原也不出击，只是紧紧地守护在韩少虹身边，目不转睛地瞪视着那三人。无论谁想要再接近，都必然会遭受到他铁拳的重击。

宾馆窗口处的罗飞低声喝彩："好身手！"

的确，以熊原那副威风凛凛的气势，便是再来十个男子也别想靠近韩少虹。

这一切都是发生在瞬息之间的事情。广场上的无关群众此时才回过神来，胆小的惊叫逃散，胆大的远远围观，现场局势变得更加混乱。可韩灏此时的心情却反而沉稳下来。熊原已经镇住了局势，剩下的男子不敢再往上冲。他手下的便衣很快就可以腾出手，到时候内外一夹，这些男子一个也别想漏网。

果然，一个戴黑色绒帽的便衣已经在向圈子的核心处增援过来，他位于熊原的背侧，这里靠近宝马车，是一个相对安全的位置，然后他冲着韩少虹招了招手。

韩少虹早已吓得哆嗦成了一团，她立刻向着那个人高马大的便衣奔了过去。广场中心那三个可疑男子兀自呆立着，因为中间隔着熊原，他们自然不敢上前追赶。

韩少虹步履不稳，看来是双腿已吓得发软。那个高大的便衣迎上几步搀住了她的胳膊，然后架着她向着宝马车而去。

"快把车门打开！"在快要接近宝马车的时候，那个便衣提醒了韩少虹一句。

韩少虹颤巍巍地掏出遥控器，好几下才按开了车门，便衣把她扶进了驾驶室，然后抢过遥控器，"嘀嘀"两声，重新锁好了车门。

韩灏等人在高处看到这一幕，一颗心算是真正放了下来。宝马车的安全性能是值得信赖的，即使再有可疑的男子出现，他在短时间内也难以伤害到车内的韩少虹。

此时又陆续有便衣制伏了自己的目标，赶到圈中增援，愣在圈心的三个男子很快也被控制住。熊原这才转身，向宝马车这边走来。在广场外围，距离宝马车不远的地方，一个男子刚刚从出租车上下来。他的体貌与先前那些男子类似，可不知为何，他的行动却晚了很多，此时只能呆呆地站在车门口，不知该怎么办才好。

守在宝马车前的便衣大喝了一声："警察！"然后翻过停车场的围墙，向着那名男子扑去。男子显然被吓坏了，拔腿就跑。便衣翻墙耽误了时间，一下被落出了好几十米，但他脚程迅捷，飞也似的追了出去。

"这是哪个小子？跑这么快？"韩灏远远地看见，禁不住转头问了尹剑一句。

尹剑也纳闷地摇了摇头。为了不让凶犯起疑，不少便衣下午回岗的时候已经换过了衣裤，仅从一顶帽子实在看不出是谁。

罗飞的目光也一直被这个便衣吸引着，直到后者为追赶嫌疑人而跑出了众人的视线之外。然后他又把目光转了回来，在广场上巡视了一圈之后，诧异地说道："奇怪，那不是你们布置的人？"

"什么？"韩灏神色愕然。

"你手下的十三个便衣都还在广场上，那个人是谁？"罗飞的语调变得紧张起来。

韩灏数了数留在广场上的便衣人数，果然如罗飞所言。他心中蓦地一沉，如果刚才那个不是自己的便衣，那他又会是谁？

韩灏几乎不敢再深想下去，他急急忙忙拿起麦克风呼叫着："我是001，立刻检查目标是否安全，立刻检查目标是否安全！"

而熊原此刻已经来到了宝马车前，他拍了拍车门，车内的韩少虹却毫无反应。熊原隐隐感觉有些不对劲，他把脸贴在车窗上向内窥视着，很快，他的表情便凝固成了一块坚硬的石头。

韩少虹软软地趴在方向盘上，脑袋歪向一边。大量的鲜血从她的脖颈处流淌出来，染红了她右半侧的衣襟。她的右手垂在体侧，引导着鲜血，使得那白色真皮包裹的挡柄变得猩红刺眼。

半年之前，当她坐在驾驶室内挂上这个挡柄的时候，是否会料到今日的命运呢?

由于宝马车的钥匙被带走，警方最终不得不打碎车窗才将车门打开，并确认车内的韩少虹已经死亡。法医迅速赶到现场，对尸体进行了勘验。

韩少虹的喉部出现了一道长八厘米、深一点儿五厘米的伤口。伤口极为平整，应为锋利的刀片切割所致。这一刀切断了韩少虹的气管和大动脉，致其急性失血性休克，并直接导致死亡。而作案的凶犯自然就是那个头戴黑色绒帽、奔跑速度飞快的高大“便衣”。

现场的监控录像记录了此人从出现、行凶到最后顺利逃脱的全过程。

16时2′23″，韩少虹与熊原走出德业大厦。

2′33″，第一个瘦小男子走下出租车；2′35″，伪装成看车人的便衣将其扑倒。

2′35″ ~2′38″，众多瘦小男子纷纷涌入广场，现场便衣应接不暇。

2′39″，戴黑色绒帽的男子从广场南侧停车场方向进入监控镜头，由于警方人员正在全神对付奔向韩少虹的瘦小男子，没有一个人注意到他。

2′40″，熊原击倒冲向他的两名瘦小男子，并与剩下的三名瘦小男子形成对峙。

2′42″，戴黑绒帽的男子走到熊原背后，并向韩少虹招手。由于他的装扮符合警方便衣的特征，惊慌失措的韩少虹立即向其奔跑过去。

2′43″，黑绒帽男子扶着韩少虹走向宝马车。

2′47″，黑绒帽男子扶韩少虹坐进宝马车的驾驶室，随即便锁上车门。他短暂的行凶过程被车体所挡，未能记录在监控镜头内。

2′50″，刑警队的便衣协助熊原制伏广场上最后三名瘦小男子，熊原开始向宝马车方向走去。

2′51″，黑绒帽男子翻过停车场的围栏，借势追赶最后出现的那名可疑男子而跑远，并且迅速消失在监控镜头之外。

在整个过程中，黑绒帽男子的帽檐压得极低，夹克衫衣领又拉得很高，因此现场没有一人能准确说出他的相貌特征。

看完监控录像，韩灏的脸色阴沉得可怕，而熊原等人的心情也是沉重到了极点。刑警、特警两队投入了数十名警力，队长亲自上阵，在这样一个弹丸之地布下了看似密不透风的口袋，可是凶犯却仍然来去自如，如约将韩少虹杀害在宝马车中。警方失去了被保护的目标，仅仅抓获了十八名莫名其妙出现的“可疑男子”。

第一个被警方扑倒捕获的男子叫作艾云灿，他对此事的供述则让韩灏等人愈发地感觉到出离愤怒和羞辱。

艾云灿今年二十五岁，是一个来自外地的打工人员，一直在市内某饭店担任配菜小工。大约两周之前，他偶然看到张贴在街头的小广告：某大型娱乐中心招聘公关先生，待遇优厚，号称月薪可过万元。

如此的高薪自然是个不小的诱惑，而广告上对应聘人员的体貌限制更是让艾云灿觉得机不可失。对方要求应聘者身高在一米六五左右，体格瘦弱，而这些条件他恰好全都符合。

艾云灿拨通了广告上留的电话，接电话的男子告诉他，所谓的“公关先生”是要为女大款提供色情服务的。之所以对身形有要求，是因为娱乐中心来了一个特殊的客人，这个客人要找一些瘦弱的男子陪她一起进行性虐游戏。

听说要提供性虐服务，艾云灿开始还有些犹豫，可是对方很快通过网络给他发来了那个女客人的照片，没想到那竟是一个难得一见的美女。艾云灿原始的欲望立刻被点燃了，他也按照要求给对方发了自己的照片，对方见到照片后也非常满意，并且立刻给艾云灿的银行账户上打了一千块钱作为他的“前期准备费”。

收到“准备费”，艾云灿对这场特殊的“招聘”再无怀疑。他按照对方的要求购买了纱布、皮鞭、橡皮仿真刀等用具，然后便急切等待着美女客人的召唤。

昨天下午，艾云灿终于又等到了那个男子的电话。对方说第二天就有生意，因为这样的交易是不合法的，那个女客人身份又尊贵，所以双方必须约好一种特殊且隐秘的“接头”方式。

男子从网上发来了女客人乘驾的宝马车照片，然后告诉艾云灿，客人将于下午四点钟左右下班，到时候他必须在德业大厦外面的广场附近等待。当客人走出大厦后，他要及时跟上去，然后和客人一同上车。在这个过程中，他还将面对一些竞争者，最后能不能“上岗”还要看客人最终在现场的选择。

为了保证竞争的公平，所有的应聘者都必须按照男子的吩咐，乘坐出租车在指定的地点等待。只有接到男子的现场电话指令后，他们才能下车与客人接头。另外，此前购买的性虐用具须用黑色塑料袋提在右手，左手则缠满纱布伪装成受伤的模样，以满足客人某些特殊的“癖好”。

夹杂着对金钱和美女的双重欲望，艾云灿如同一个失去了思想的木偶，他完全按照男子的吩咐一步步地踏入这个游戏。当日下午三点四十五分，艾云灿乘坐出租车来到德业大厦，在男子电话指定的地点迫不及待地等候美女客人的出现。四点过后，照片上的美女——韩少虹终于走出了德业大厦，而艾云灿很快也得到了下车的指令。为了不让客人被其他竞争者抢走，他急匆匆地向着韩少虹奔去，然而没跑两步，就被警方的便衣按倒在冰凉的地面上。他根本不明白到底发生了什么，直到做笔录的时候，他还一脸的茫然，以为自己是由于色情交易才被警方人员抓获的。

其他被抓获男子的经历与艾云灿基本雷同。显而易见，那个张贴招聘广告，后来又与众男子电话联系的“神秘人”就是这一连串阴谋的策划者，同时也是杀害韩少虹的凶手。他虽然一直没有露面，却一举控制了近二十名钱欲熏心的男子。这些男子全都成了他手中的提线木偶，在他精确至极的时间和地点指令下，纷纷冲入德业广场，把警方密不透风的埋伏圈冲得七零八碎，而“神秘人”则乘虚而入，伪装成警方的便衣完成了杀人计划。

此刻天色渐黑，广场早已拉起了警戒线，无关群众都被拦在了广场之外。他们三三两两地凑在一起，或兴奋、或惊慌地议论纷纷。

广场内，十多名警察围在宝马车前，神色黯然，在他们身后则蹲靠着一群鼻青脸肿的瘦小男子，场面不知是肃穆还是滑稽。黄昏的秋风渐起，所有人的心头都泛起一阵森森的寒意。

第六章 两分钟的时差

十月二十三日晚，二十二点十五分。

省城刑警队会议室内。

已是深夜时分，可是屋内却是灯火通明，“四一八专案组”的成员们正聚集于此。与前几次开会时那种紧张而急促的气氛迥然不同，此刻的会场显得分外沉寂——刚刚经历了一次羞辱性的失败，即便这些警界最顶尖的精英也难免陷入一种沮丧与茫然的情绪中。

警方的侦查人员分析了凶犯逃离现场的所有可能路径，然后以德业大厦为圆心展开了一场地毯式的搜查，可是他们没能获得任何有价值的线索。似乎凶犯奔出警方控制的街区之后，便立刻消失得无影无踪了。他是就近藏匿，还是开车潜逃，或者乔装混入了人流？一切都无从探询。

这些倒没有出乎韩灏等人的预料。既然凶犯对这次行凶过程进行了如此苦心孤诣的谋划，那么逃离路线显然也是万无一失的。警方抓不到什么踪迹也属正常。真正令众人脊背发凉的则是另外一些情况。

专案组众人花了好几个小时的工夫反复观看了案发现场的监控录像。他们研究了所有瘦小男子们下车的地点以及其冲入广场的时间和路线，结果是令人惊讶的。当瘦小男子们按照这些地点、时间及路线攻入警方布下的警戒圈后，警方所有的便衣力量就在瞬间被全部牵制，无一遗漏，而最后冲入圈子内部的几个男子全都出现在熊原的东北方，这样韩少虹便很自然地躲藏在熊原的背后，而凶犯此时恰又从西南方向进入广场，成功地将韩少虹诱骗到了自己的身边。

这一切当然都不是巧合，而是出自于凶犯妙到毫巅的现场布置与指挥。警方所有的薄弱点都被他毫不留情地击中，点线相牵，金汤般的防线顷刻间溃如蚁穴。

被凶犯操控的男子们都具有相似的特点：身形瘦小，左手处缠着纱布。而警方此前对郑郝明遇害现场勘查曾得出凶犯“身高一米六五左右，手部受伤”的结论。显然，这个结论也是凶犯故意要给警方造成的错觉。真正刺死韩少虹的男子其实是一个身材高大的男子。

“到目前为止，我们的一举一动都在他的控制之中……甚至说，是在按照他的思路去执行。”面对这样的事实，一向自傲的韩灏也不得不说出了泄气的话语，然后他环顾四周，“你们……有什么想法吗？”

每个人都面色严峻，就连曾日华也紧皱眉头，毫无往日的调笑神色。

片刻的沉默之后，熊原重重地叹了口气，自责道：“如果我紧跟着韩少虹，那凶犯也就不会得手了。”

“这不是你的责任。”韩灏立刻打断对方，“那么多可疑男子冲入了防线内部，你已经做得很好了。现场的便衣都是我的队员，你也不可能分辨得那么清楚，这才让那个家伙钻了空子。这些都是我安排上的失误。”

尹剑佩服地看着韩灏，勇于承担责任，这确实是领导者必备的素质。自己作为副手，应该在一点一滴间找到值得学习的地方。

“这家伙的手段确实高明。不过——越高明越容易露出马脚。”说话的是曾日华，他似乎想到了什么，便故作深沉地挤着鼻子，抛出了这么一句听起来很矛盾的论断。

“怎么讲？请说得详细一点儿。”韩灏的目光中透出些不满。他很讨厌对方说半截话、故意卖关子的臭毛病。

曾日华却依然慢条斯理的，他舔舔嘴唇，再晃晃脑袋，这才继续说道：“现在地球人都知道了，凶犯是个厉害的角色。他精通刑事侦查学，熟知警方现场布控的手段，善于格斗，还能玩几下电脑。这样一个人会是突然冒出来的吗？不可能！一定有记录的，他应该受过正规的训练。我们可以去排查相关的人员。这个工作就交给我吧，嘿嘿，在我的电脑数据库里，有近二十年来所有受过军警训练的人员资料——现在就算是大海捞针，也要把他捞出来！”

“好的。”韩灏点点头，这也的确是个思路。

会议开始之后，罗飞便一直端坐不语，似乎有什么心事。此时他忽然抬起头来，目光射向曾日华，冷冷地说道：“你的工作已经开始了吧？”

曾日华一愣：“嘿……你这是什么意思？”

罗飞不兜圈子，直接问道：“你去我屋里干什么了？”

“去你屋里？”曾日华把罗飞的话软软地接了下来，反问，“我去过你屋里吗？”

“今天你没有去现场，但你却进了我的屋子，而且还翻看了我的物品。”罗飞语音不高，但每个字都掷地有声，不容辩驳。

曾日华心中暗暗一惊。的确，因为受命对罗飞进行调查，而且罗飞又有录音资料的嫌疑，所以他趁着众人都外出，偷偷进入过罗飞的屋子。虽然他自忖行事隐秘，应该没有留下痕迹，但罗飞如此言之凿凿，他也就不再抵赖，打起哈哈道：“和罗警官开个玩笑——想不到什么也瞒不过你。别生气嘛……嘿嘿，怎么罗警官有什么东西是不能看的吗？”

“开玩笑，好。”罗飞的眼神又是一翻，“龙州网监下午监测到，有人攻击了龙州的电信资料库，调出了我的手机号在最近一个月的通话记录。我的同事追踪了这个攻击者，曾警官，请问你这也是在开玩笑吗？”

小伎俩被罗飞一一拆穿，曾日华脸皮再厚，此刻也不免尴尬无语。在座众人中，韩灏和尹剑心中有数，此刻都不作声，熊原则有些惊讶，剩下慕剑云思忖片刻后，出来打起了圆场：“也许都是些误会吧，回头你们私下沟通沟通。”

“不。”罗飞转向慕剑云，神情严肃，“这不是误会。你不也在调查我吗？既然如此，这就是案情，就应该在会议上说出来。”

慕剑云没想到对方会突然把矛头又对向了自己，她禁不住脸上一烧，不由自主地把目光避了开去。

到了这个局面，身为专案组长的韩灏不得不说话了。他轻咳一声：“罗警官，让他们对你进行察访，这是我布置的。因为你毕竟不是省城警方人员……你在案件发生时突然出现，又与十八年前的血案关系密切，我作为案件的负责人，有些工作不能回避。希望你配合理解。”

“嘿，因为我不是省城警方人员……”罗飞冷笑了一声，“还因为我第一次见面就挫了你刑警大队长的风光，因为我打了你派来盯梢的手下，是吗？”

罗飞似乎憋了很大的火，他顿了一顿后，愈发激烈地斥问道：“那你们现在查出了什么？！”

韩灏也有些毛了，他把冠冕的辞令抛到了一边，针锋相对起来：“好吧，既然你都说出来了，那我索性说得再深入一点儿。所谓‘身高一米六五，手部负伤’的错误信息是你最先提出的吧？那么短的时间内，你真的是从现场勘验出的结论吗？警方在德业广场的布控细节，除了现场的参战人员，再没有其他人知道。你到达监控室，第一件事就是把所有的便衣都找了出来，难道你就只是在卖弄你的刑侦知识吗？”

韩灏的言外之意再清楚不过，他已是赤裸裸地怀疑罗飞与凶犯有所勾结。两人互相瞪视着，现场的火药味一触即发。

“韩队长，罗警官。请你们控制自己的情绪！”熊原沉沉地喝了一声，他体格雄壮，说话时也是中气十足。众人的耳膜被震得嗡嗡作响。

罗飞心中一凛，意识到有些失态，忙努力定下心神。这时他又听见曾日华自言自语般地嘀咕着：“是啊，那家伙是怎么知道警方的布控细节呢？这还真是奇怪。”

这句话倒提醒了罗飞，他眼前猛然一亮，脱口道：“宾馆！”

罗飞的语气和神态显然预示了新的发现，众人连忙把目光聚了过来，就连韩灏也忘记了刚刚的不快，追问道：“什么？”

“要想摸清楚警方的布控细节，必须能够尽览到广场的全景。所以凶犯也监控过那个广场！”罗飞急促地说道，“他必须有一个制高点。要想找到一个隐秘的制高点，他会去哪里？”

罗飞没有把答案挑明，但每个人心中都已明了：德业大厦对面的宾馆房间！既然这是警方选择的最佳监控点，那它无疑也是凶犯可以选择的最佳监控点！

十月二十三日晚，二十三点零九分。

专案组一行人来到了德业大厦对面的天峰宾馆。通过对前台人员的询问以及调阅相关的监控录像，众人很快便有所发现。

昨晚八点钟左右，一名男子入住了宾馆614房间。今天下午三点过后，此人离开房间外出后一直未回，但他也没有退房。从录像上看，此人的身形体貌与案发现场的凶犯十分相似。而他用来登记的身份信息亦被证实内容虚假。由于六楼恰好也属于观测广场最为有利的地区，这个神秘男子的嫌疑立刻上升到了一个令人兴奋的高度。

韩灏立刻向前台人员追问此人的相貌特征。当时值班的女孩描述，此人戴着墨镜，满脸的络腮胡子，很难分辨出实际年龄的大小。

“络腮胡子。”尹剑非常积极地把这条关键的信息写在了记录本上，可是罗飞和韩灏等人却显得无动于衷。

尹剑匆匆记完，请示道：“韩队，要不要通知一线的侦察员，让他们重点注意留络腮胡子的人？”

韩灏摇摇头，硬硬地回了两个字：“假的。”

假的？尹剑疑惑地盯着录像，那上面的图像比较模糊，怎么能断定女孩所说的络腮胡子是假的呢？

罗飞看出尹剑的心思，轻声解释道：“凶犯心思严密，不可能留着招摇的络腮胡子。这胡子和墨镜一样，都是他掩饰面部特征的工具而已。”

尹剑咧咧嘴，懊恼地将那页记录纸撕下来，揉成了一团。

而此时韩灏等人的注意力则集中在了录像内容的其他方面。

“这个人入住时提着一个旅行箱，离开的时候却是空着手。”韩灏指着录像画面分析道，“所以，不排除他还有要回来的可能。”

熊原立刻会意：“我这就带人在宾馆附近埋伏。”

“嗯，大堂里也要安排人，尹剑，你去协助熊队长。”韩灏吩咐完自己的助手，又对着其他人说道，“我们先去房间里看看。”

服务员拿上门卡，把众人带到了614房间外。门铃下亮着“请勿打扰”的红灯。据服务员说，此人自从入住后，就没让任何人进过这个房间。

疑点越来越多，韩灏的心突突地跳得厉害，既兴奋又紧张。如果那个男子的确是凶犯的话，即使熊原等人不能成功伏击，此人留在房间里的那个箱子也一定能提供诸多的线索。

带着这样的期盼，韩灏令服务员打开了房门。房间里此刻一片幽暗，众人站在门口，一时没有踏入。他们心中突然都涌起了奇怪的感觉。

一种非常特殊的气息似乎正从黑洞洞的门厅后弥漫出来，那气息并不浓烈，却让人浑身发冷，并随之产生一系列与死亡和腐烂相关的恐怖联想。

那似乎不是一个舒适的宾馆房间，而是一座荒郊外阴冷的坟墓。

众人都忍不住皱起了眉头，慕剑云甚至下意识地捂住了鼻子。宾馆服务员则不满地嘀咕起来："他在房间里放什么东西了？"

而这气味罗飞和韩灏却是再熟悉不过。作为刑警，他们常有在这样的气息中长时间工作的经历。从某种意义上来说，这种气息是和死亡联系在一起的。

这是停尸房里的气息，更准确地讲，它来自于一种最通用的防腐剂：福尔马林。

可是，在这样一个宾馆的房间内为什么会散发出如此的气息呢？带着这个疑问，韩灏率先步入房间内，并顺手插上了电卡。

灯光驱散了浓重的黑暗。房间里空无一人，房客留下的箱子摆在床上，箱盖大开着，福尔马林的气味正是箱子里散发出来的。

众人心中都开始涌起不祥的预感，他们互相交换着眼神，然后快步走上去，箱子里一些奇怪的东西出现在他们的眼前。

那是十来只大肚的璃瓶子，正像医院里用来保存各种标本的那种。每个瓶子里都盛满了液体，同时浸着一些形状各异的东西。

慕剑云感到头皮一阵阵地发紧，她在几个男人后面落下半步，颤声问道："那……那些是什么？"

没有人回答她。

韩灏板着脸，神色显得格外阴沉。他戴上白纱手套，然后将其中一个大肚瓶子拿了起来，对着灯光端详着。

"这是头皮，我操，人的头皮！"曾日华看清浸在福尔马林里的东西，完全不顾警察形象地大呼小叫起来。

是的，那的确是一片头皮，一块粘连着少量头发的人类前额的头皮。因为瓶体的晃动，头皮在液体里柔柔地飘荡起来，像是刚刚被惊醒的怪异的软体动物。

慕剑云已无法再忍受下去，她两三步冲出了屋外，大口呼吸着走廊里的新鲜空气。

罗飞的目光在头皮上停留了片刻后，又盯住了瓶身处贴着的一张白纸，那白纸看起来就像是瓶子的标签，但上面却有不少字迹。

韩灏显然也注意到了那些字迹，他把白纸转到正面，却见那上面赫然写着——

死亡通知单

受刑人：林刚

罪行：白家庙恶性强奸案

执行日期：三月十八日

执行人：Eumenides

标准的仿宋体，又是一张死亡通知单。

“白家庙恶性强奸案？”曾日华念着通知单上的内容，显得非常诧异。韩灏的眉头也锁成了一个疙瘩。罗飞看看二人，略有些茫然。

“这是省里至今未破的恶性案件之一。”曾日华对罗飞说道，“去年的案子了，公安内部网的协查通报还是我去发布的，案犯的特征是左前额有一道五厘米长的刀疤。”

似乎要配合曾日华的话语，瓶子里的头皮此刻舒展开来，一条长长的刀疤分外显眼。三人突然明白过来，那头皮正是特意为了保存这条刀疤而制作的人体标本。

罗飞“嘿”了一声，似笑似叹：“他不但帮你们破了案，还帮你们执行了。”

通知单上“林刚”二字上打了一条重重的红钩，了解司法公告的人都知道这条红钩意味着什么。

与罗飞旁观般的调侃心态不同，韩灏此刻的心情却是复杂至极。那红钩在他眼中似乎咧成了一张嘴，正在放肆地冲着自己嘲笑。

警方正在苦苦追捕的凶犯破了警方至今未破的案件，这难道不是天下最滑稽可笑的事情吗？

韩灏的手腕迸起了青筋，他将瓶子放回旅行箱，又拿起了另外一个。这个瓶子里浸着的却是一块胸腹处的人皮，皮上一片青灰色的蝙蝠文身分外醒目。

瓶子外当然也贴着白纸——

死亡通知单

受刑人：赵二东

罪行：东榆树抢劫杀人案

执行日期：五月十一日

执行人：Eumenides

同样的死亡通知单，同样用红钩作为已经执行的标志。

韩灏当然知道东榆树抢劫杀人案，他也知道这个蝙蝠文身——那正是赵二东的独特标志。为了寻找具有这样文身的人，他曾经带着队员度过了无数个不眠之夜。如今这个文身终于出现在他的眼前，可他却不知该是悲，是怒，还是喜。

在一片沉默的气氛中，那些盛满了福尔马林的瓶子被一个个拿起，又一个个放下。瓶子里形态各异的手指、耳朵、鼻子等器官带着警方苦苦追寻过的身体特征依次展现在三人面前。与之对应的死亡通知单也都打上了红钩——直到最后一个瓶子被韩灏拿起。

这瓶子里泡着的是半截舌头，瓶子外的白纸上写着——

死亡通知单

受刑人：彭广福

罪行：双鹿山公园袭警案

执行日期：十月二十五日

执行人：Eumenides

看着这张唯一尚未打红钩的死亡通知单，韩灏似乎被触到了心底的要害，脸上的肌肉不由自主地抽搐扭动起来。

曾日华亦是一愣，他转身似乎想对韩灏说些什么，但是对方的表情却让他把话头又咽了回去。

罗飞注意到了两人的异常，他瞟了一眼曾日华，目光中带着询问的意味。后者则摇了摇头，似乎不便多言。

这张纸上却没有红钩，这意味着这名叫作“彭广福”的犯人尚未被执行“死刑”。

如果这样的话，瓶子里的半截舌头又代表着什么呢?

韩灏慢慢地把瓶子放回箱中，他的动作极其凝重，使得这阴暗的房间里气氛愈发压抑。竭力控制住动荡的心绪之后，他拿起手机给尹剑打了电话:“把外面埋伏的人都撤掉吧，他不会回来了。”

罗飞在心中暗暗苦笑了一下，是的，那家伙早已算好了警方会找到这里，他不仅不会回来，而且在这个房间里，除了他刻意要展示的东西之外，不会再找到任何有价值的线索了。

事情的后续发展也印证了罗飞的猜测。警方的勘验人员把宾馆房间仔仔细细地搜了个遍，可除了床上的那只箱子之外，再无任何收获，哪怕是一枚指纹，甚至是一根细小的头发。

不过那只箱子却给警方带来了前所未有的震动，这种震动甚至超过了案情本身。

箱子里一共有十三只瓶子。每个瓶子上都贴着一张死亡通知单，十二张已经执行完毕，还有一张的执行日期则是一天之后的十月二十五日。

十三张通知单牵涉到十三起恶性刑事案件，这些案件都是省厅挂牌督办而又一直未能破获的。按照通知单上的描述，其中的十二名犯罪嫌疑人已经被Eumenides执行了死刑，能够反映他们特征的身体部件被剥取下来，浸泡在福尔马林中以作佐证。

这十三个瓶子摆在警方面前，只能有一个解释——Eumenides侵入了警方的电子系统，根据相关资料找到了这些罪犯，并且按照自己的方式执行了刑罚。

他是在帮助警方，还是在嘲笑警方，或者，在用另一种方式挑战警方？警方正在全力追踪的嫌犯以一己之力连破十多起困扰警方多年的案件，这根本就是闻所未闻的事情，充满了既可笑又可叹的戏剧情节。而在这情节中，Eumenides肆无忌惮地展示着自己可怕的力量和可恨的猖狂与嚣张。

罗飞等人曾怀疑过那些通知单的真实性——相关的人体标本也不能百分之百地说明问题，但是箱子里的另外一件东西却让他们的怀疑无立锥之地。

那是一块电脑上的移动硬盘。硬盘中最主要的内容便是一段剪辑过的视频。专案组所有成员共同观看了视频中的录像资料。

录像的现场地点是个封闭、幽暗、破败的环境，因镜头给得狭小，无法对场所给出非常确切的判断。一个矮壮男子跪在镜头中间，他的手脚被捆住，神色惶恐，左前额处的伤疤隐约可辨。

片刻后另一名男子的画外音响起：“你叫什么名字？”

那声音非常怪异，显然是经过了某些特殊的处理。毫无疑问，说话者不希望被警方知道他真实的声音。

录像中的矮壮男子颤巍巍地答道：“林……刚。”

镜头外的男子又问："去年八月三号，白家庙村的强奸案跟你有什么关系？"

林刚怯然低下头："那……那就是我做的。"

镜头外的男子怪异的声音听不出任何的感情："那个被你强奸的女人，她有什么特征？"

林刚则答道："在她右边的乳房上，有一颗痣……大小和筷子头差不多。"

"很好。"镜头中身影闪动，画外人似乎走到了林刚的身后，把捆缚后者的绳索解开了。

林刚揉着酸痛的手腕，神色有些茫然，他的目光转动，由此可以判断神秘男子又绕到了他的面前，然后林刚突然变得神情大骇。

一只手进入了镜头，两指中夹着刀片，寒光森森。

"我再给你一次机会。"比刀光更冷的是男子的嗓音，"你起来吧。"

"不……"林刚绝望地摇着头，一个大男人居然带出了哭腔。

男子又重复了一遍："起来。"

林刚打着哆嗦，不但没有起来，身体反而缩成了一团。

男子似乎轻蔑地"哼"了一声，然后刀光从镜头中划了出去。林刚发出恐怖而又奇怪的"呜呜"声，他抬起手想要去捂住什么，然而这动作只做了一半，他便僵硬地倒在了地上，虽然画面昏暗，但还是能看到有大量的血液从他的脖颈处涌了出来。

…………

显然，这段录像展示的正是第一个瓶子上死亡通知单的执行过程，而林刚对受害女子的描述则坐实了他的确便是作案人——因为那属于极其隐私的细节，即便是办案的刑警也未必知道，更无法凭空想出。

行刑的男子显然很清楚这些关键点。在后面的视频中，其他十一名案犯被“行刑”的过程也都被录了下来。男子事先总是有一些简短的提问，但每个问题指向的都是案件中最隐秘的细节，足以证明那些案犯的身份。

确认身份之后，男子就会解开案犯的绳索。“我再给你一次机会。”是他在每一幕戏中的最后一句台词，可是没有一个人能抓住“这次机会”。

他们甚至没有一丝要抓住“机会”的欲望。当他们的手脚恢复自由之后，他们毫无例外地缩成一团，像吓破了胆的麻雀一样等来致命的一击。

这是十二个穷凶极恶的案犯，强奸、抢劫、杀人……恶行累累，然而在那个神秘的男子面前，他们却卑弱得连求生的勇气都没有。

虽然没有亲临现场，但专案组所有的人都感受到了那个声音所带来的极具压迫感的恐怖力量。

当然，这些还不是录像内容的全部，视频的最后一段也许才是Eumenides真正想要展示给警方的最重要的东西：

仍然是相似的环境，一个壮年男子跪在地上，镜头对着他的脸，相貌清晰可辨。

画外男子的声音响起：“你叫什么名字？”

“彭广福。”跪着的人回答道。

“去年十月二十五日晚上，发生在‘日鑫烟酒店’的持枪抢劫案和你有什么关系？”

彭广福：“那是我和同伴周铭一块做的。”

画外人：“你们一共抢了两万四千元的现金，在你们逃离了日鑫烟酒店的时候发生了什么？”

彭广福：“我们遇见了夜查的警察。”

画外人：“几个？”

彭广福：“两个。”

画外人：“然后呢？”

彭广福:“警察追我们，我们跑到了双鹿山公园里，那里有很多假山，我们躲在里面。”

画外人:“警察找到你们没有？”

彭广福:“找到了。”

画外人:“然后？”

彭广福:“我们开枪，警察也开枪了。”

画外人:“两个警察一死一伤，你的同伴周铭也死了，是吗？”

彭广福惶然点头。

画外人沉默片刻，又问:“你知道那两个警察叫什么名字吗？”

彭广福:“我后来……看报纸知道的。”

画外人:“告诉我他们的名字。”

彭广福:“死了的那个叫邹绪，受伤的那个叫……韩灏。”

罗飞一直在全神贯注地投入于录像中的场景，可是“韩灏”这个名字突然从彭广福的嘴里蹦出来，他的思维也难免被打断了。他转过头，诧异地看着不远处的专案组长，而后者钢齿紧咬，额头竟有汗珠渗出，情绪似乎已经到了崩溃的边缘。再看看其他人，从尹剑到曾日华，诸人或悲愤，或尴尬，或同情，竟没有一个神情正常的。联想到在宾馆刚刚找到瓶子时的情形，罗飞猛然醒悟，原来韩灏就是那起袭警案的当事人！而这样的案件肯定早已传遍省城警界，专案组其他人心中有数但不便提及，唯有自己还蒙在鼓里呢。

这些思绪都是转瞬间的事情，录像中接下来的情节很快又把罗飞的注意力抓了回去。

“很好。”当画外人说出这两个字的时候，也就意味着他的提问结束了。然后他依旧是那句话:“我再给你一次机会。”

彭广福抬起头，茫然地看着那个镜头外的人。

神秘人的手进入了画面内，不过出乎众人的意料，这次手指里夹着的不是寒冷的刀片，而是一个纽扣状的金属圆片。

那只手把金属圆片放在了彭广福的上衣口袋里，同时那怪异的声音解释道:“这是一个定位信号发射器，我会把接收装置交给警方。”

彭广福瞪大眼睛，即便是这样一个罪犯，此刻听到“警方”两个字，目光中竟也充满了期盼。

看来即使落到警方手中，也比面对那个“恶魔”要好得多。

“对我来说，这是一场游戏。当游戏开始的时候，我就会把发射器打开，这样警方就会知道游戏的地点了。不过我只允许警方最多四个人来参与，如果他们能够遵守规则，并且赢了这场游戏，你就可以活着离开这里。”神秘人似乎正缓步绕行于彭广福的周围，而他的这番话更像是说给此时屏幕前的众人听。而专案组众人也都在蹙眉凝神，细细分析着对方话语中的寓意及后续事态的发展可能。

韩灏拿起桌上的一个电子仪器，那也是警方在箱子里发现的东西，现在他们终于知道了这个仪器的用途。他们此前也尝试打开过仪器的开关，但只是看到空空的显示屏而已。也许只有等对方打开发射器之后，这个仪器才能发挥它的作用。

“还有一个问题。”此刻神秘人脚步在彭广福的面前停下，阴森森地说道，“你也在参与这个游戏，可我不希望你泄露一些不该泄露的秘密……所以，我们要想个办法才行。”

彭广福的脸上出现了骇人的神色，与此同时，在他的视线方向上，那只手再次出现在屏幕中，手指间的刀片闪烁着寒光。

“不，不要……”彭广福绝望地哀求着，“我什么都不会说……什么都不会说！”

可他无力改变任何事情。画外人的另一只手也进入了镜头，他捏开了彭广福的下颌，后者被迫张大了嘴，哀求变成了含糊不清的“呜呜”声。

夹着刀片的手指探进了彭广福的嘴里，彭广福拼命挣扎着，可对方的手却如同铁钳一样，夹得他无法挪动分毫。随着一声从喉管深处憋出来的惨呼，鲜血顺着神秘人的手指漫到了他的口腔之外。

虽然早已料到会发生什么样的事情，但屏幕前的众人仍然感到头皮隐隐发麻。曾日华更是夸张地咽了一口唾沫，像是要确认自己的舌头是否仍在口中。

录像中，神秘人松开了彭广福，后者痛苦地蜷着身子，张开嘴发出"啊啊"的干涩叫声。神秘人则用刀片挑着那半截血淋淋的舌头，像是刻意展示一般伸到了镜头前面。

"这是我给你的机会，希望你能把握住这次机会。"

虽然说到了"机会"两个字，但他那冷冷的声音却让人感觉不到任何希望，反而充满了如冬夜一般彻骨的死亡气息。

在这样血腥的特写镜头中，这段视频终于走到了终点。所有人都如释重负地出了口气，稍稍摆脱了那种压抑的气氛。然后大家都看向了韩灏，后者既是专案组的组长，又是与彭广福有直接关联的涉案人，显然有必要表明一下自己此刻的态度。

而韩灏的情绪正在从一种思索的状态中恢复平静。"我们是'四一八专案组'，'双鹿山袭警案'并不属于我们的职责。我们现在的任务，就是要保护彭广福的安全。"他非常明确地说道，然后他略沉吟了一会儿，目光扫过众人，"我会满足对方的要求，派出四个人去闯一闯他的龙潭虎穴。"

罗飞苦笑着摇了摇头，他明白韩灏最后那句话的意思：专案组有六个人，显然有人要被排除在外，他更加明白，自己将是被淘汰者中首当其冲的第一人选。

十月二十四日上午，十一时零五分。

罗飞出现在刑警大队招待所的餐厅内，他点了一份小炒，又叫了一瓶啤酒，慢悠悠地吃喝起来。

距离下一份死亡通知单的执行时间（十月二十五日）已经不到十三个小时，此刻正是专案组紧张备战的关头，而罗飞却在享受着无奈的清闲——因为他已经被韩灏排除在了这次行动的名单之外。

既然如此，罗飞索性美美地睡了一觉，把自己的精神调节到了最佳的状态。有了充足的时间，有了相对放松的心情，他反而可以更加清晰地去思考某些事情了。

韩少虹遇害的时候，他看到了那个人的背影，昨天的录像中，他又听到了那个人的声音。这个让他既恨且怕却又充满了期待的对手正在一点一点地从迷雾中走出，似乎存在着奇妙的感应，罗飞觉得自己的热血也随着对方慢慢欺近的脚步而沸腾起来。

他相信对方也有同样的感觉。他们就像一个硬币的正反两面，一块磁铁的正负两极，如此相似，如此吸引，但又具有完全对立的属性。

在他们的眼中，对方的形象也许都是极难描述的。至少罗飞很难理清自己对那个人的感觉。想到录像上那十多个遭受到惩罚的恶魔，罗飞甚至要会心地笑起来；可十八年前的惨剧呢？至今都像是裹在他心头的铁丝网，每想一次便勒紧一分。

那曾经有过的强烈的爱和恨，十八年的漫长时光仍然无法冲淡。他们正处在这种感情的两头，一封简单的匿名信便足以将两个人从不同的时空又拉回到一起。

罗飞有一种即将直面对方的预感，到那时候，冰与火的碰撞，会产生怎样的结果？

他无法想象。

正因为无法想象，所以才更加期待。

罗飞的思绪过于投入，以至于慕剑云走到他身边了，他都没有察觉。

“罗警官，很悠闲啊？”慕剑云不得不出声提醒自己的存在，她放下快餐盘，坐在了罗飞的对面。

“那我得谢谢你们。”罗飞的口气不太友好，“是你们让我这么清闲的。”

慕剑云笑了笑，像是要取悦对方：“你该说不着我吧？我自己也被排除在行动组之外呢。”

罗飞“嘿”了一声：“那是因为你有着更加重要的任务。”

慕剑云一愣，知道罗飞还对此前被怀疑和调查之事心存芥蒂。她只能无辜地瞪大眼睛说道：“我今天可没有跟着你，我也是碰巧来吃饭，这才遇见你的。”

罗飞不置可否地喝了一口啤酒，神色却仍然不见缓和。

慕剑云沉默片刻后，轻轻叹了口气：“好吧。我承认，我和曾日华确实都调查过你，但这只是我们的任务——你也知道的，我们都是警察。我可以很坦然地告诉你，我和曾日华都不认为你会是那个凶手。”

罗飞还是没有说话，不过这次他抬起眼睛和慕剑云有了目光的交流。双方都是察言观色的高手，罗飞感觉到了对方的坦诚，而慕剑云也读懂了罗飞的疑虑。

“你听听这个吧。”既然话已经说到了这个份上，慕剑云索性坦诚到底，她把曾日华交给她的MP3掏了出来，然后调到相关段落，按下了播放键。

罗飞把耳机戴上，然后他一下子怔住了，脸上出现惊讶且又恍若隔世般的复杂表情。

MP3中播放的正是十八年前相关案件的物证——曾经在省城警校广播台播放过的那段男生日记录音。

罗飞的思绪显然被这段录音带得很远，当音频终了之后，他又呆了很长时间才将耳机摘了下来。此时他的鼻眼之间已隐隐有些发酸，于是他长长地吸了口气，把那股情绪压了回去。

“这是我的声音。那件事……也确实是我做的。”罗飞黯然看着慕剑云，缓缓地说道。

“我知道你没有杀人。第一次见到你的时候我就坚信这一点，因为你眼中的那种悲伤和仇恨是无法伪装出来的。但你一定和这些事情有关，你到底隐藏了什么？”慕剑云尽量保持着柔和的语调，她知道自己正在触及对方心底最柔弱的隐秘，必须让对方完全放松下来才有成功的可能。

罗飞则控制着呼吸，让自己的头脑慢慢冷静，看着对方小心翼翼的样子，他忽然觉得有些好笑：“你不用这么客气的。有了这份证据，你们现在已经可以羁押我，启动正规的审讯程序。”

“这份录音是曾日华分析出来的，他交给了我。韩灏并不知道这件事情。”虽然对方已经放弃了抵抗，但慕剑云的心态和语调却并没有改变，她继续走向对方的心灵深处，“我们是相信你的，你还不相信我吗？我并不是在调查你，我只是你的朋友，我想听你的倾诉。”

罗飞和慕剑云对视着，慢慢地，他眼中那层防备的隔膜终于被对方融化，准备开始讲述十八年前一些不为人知的往事。

“好吧……你们应该已经知道了。在‘四一八血案’之前，Eumenides的名字就已经出现过，在警校内部。”罗飞这样挑开了话头。

慕剑云“嗯”了一声：“据我所知，一共有四个警校学员受到过Eumenides的惩罚，考试作弊的男生，小偷小摸的女生，喜欢泄露别人隐私的男生，还有那个感情不专一的男生。”

罗飞点点头：“你们掌握的资料非常齐全了。我们一共就做过这四件，其中第一和第三件是我做的，其他两件是孟芸做的。”

“这样啊……原来是两个人！”慕剑云轻声感叹着，“我一直奇怪呢，你本领再大，也无法完成女生浴室里的那起案子啊——原来孟芸也有份呢。可你们为什么要合谋去做这些事情呢？”

“不是合谋。”罗飞纠正道。

“那是什么？”

“我们俩是在……”罗飞踌躇了好一阵，最终才蹦出两个字来，“比赛。”

“比赛？”慕剑云不明所以。

罗飞轻叹一声：“你也许很难理解我和孟芸之间的关系，我们俩是恋人，我们相爱着。可我们俩爱得越深，就斗得越厉害。我们互相爱慕，互相尊敬，可又互相不服……那是一种奇怪的感觉，外人不会明白的。”

慕剑云却会心地笑了：“我明白。”

罗飞惊讶地看着她：“你明白？”

“我看过你们的资料。你们俩都是天蝎座的。”慕剑云侃侃说道，“两只好斗的蝎子如果挨得太近，必须要咬出个胜负来，他们的争斗才会结束——你别忘了，我是学心理学的。星座和血型对性格的影响是我最感兴趣的课题之一。”

“哦？”罗飞愣了一会儿，回想着他与孟芸之间的点点滴滴，然后他苦笑着说道，“也许确实是这样吧。我们俩都急着要降服对方，就没人想着让一让。”

“好了，先不说这些了。”慕剑云看着罗飞神不守舍的样子，心里竟有些不是滋味，于是把话题拽了回来，“你还是赶紧讲讲具体事情的前因后果吧。”

罗飞又是一声叹息：“那件事说起来倒是我的不对。那会儿学校在组织一次侦探小说比赛，孟芸平时有点人文方面的爱好，也想参加这个比赛。有一天晚上她给我讲起了她的构思，她想创造一个女性的人物，专门惩罚那些犯了罪但却没有受到惩罚的人。她从希腊神话里给这个人物取了个名字，就叫Eumenides。”

“Eumenides……原来是这么来的。”慕剑云忽然蹙起眉头不满地说道，“你还真是挺会装的。”

“嗯？”罗飞挑了挑眉头，不明白对方怎么突然冒出这样的话来。

慕剑云嗔怒地“哼”了一声：“我们第一次谈到Eumenides的时候，你说不懂这个单词的意思。还亏我和你解释了半天，你那时候是不是觉得我是个傻帽？”

罗飞尴尬地笑了笑，不接对方的话茬。

慕剑云也笑了：“我暗中调查你，但你也骗过我。我们就算扯平了，以后这些事谁也不提。行了，说正事吧，后来呢？”

罗飞接着回忆道：“孟芸让我给她的小说构思提点意见。我当时反对她把主角设置成女性，其实我也没多想，只觉得要完成相应的情节，男性角色比女性会更真实一些。由此我们产生了争执，也不知道怎么搞的，争着争着小说里的矛盾就转到了我们两人身上。她认为我是看不起她，我也有些毛了。后来我们竟相约打赌，要把小说里的情节付诸实践。”

“我明白了。”慕剑云露出恍然的表情，“这就是你刚才说的‘比赛’？”

“嘿，年少荒唐啊。”罗飞感慨地摇着头，给了自己这么一个评价，然后他进一步解释道，“我们约定，两个人轮流扮演Eumenides的角色，另一人则扮演警方，等某一次Eumenides的作案手法被警方识破了，那赌约便分出了胜负。我当时是刑侦专业的高手，而孟芸只是一个学心理学的女生，我觉得自己可以很轻松地胜过她。可是两个回合下来，我却仅仅和她打了个平手。”

两个回合，显然就是指警校里发生的那四起案子了。想到案件中的离奇情节，慕剑云忍不住插问了一句：“你们是怎么做到的？孟芸的手法你没有猜透，你的手法也很神奇呀，能透露透露吗？”

罗飞却摇了摇头，略带着悲声说道：“这是我和她之间的秘密，我只想讲给她一个人听。”

慕剑云瘪了瘪嘴，不知是遗憾还是忌妒。

罗飞却又长叹了一声："如果我真的还有机会讲给她听，那该多好……可我当时却转不过这个弯，一定要和她分出个胜负。就在我筹划下一次行动的时候，'四一八血案'却突然发生。关于这起案子的情况，你们现在知道的应该比我还多了。"

话题终于说到了那血腥的一天，慕剑云蹙起眉头："你的意思是，你对'四一八血案'发生的内幕真的毫不知情？"

罗飞摇摇头："与惨案有关的事情，我可从来没有撒过谎——具体的情况第一次开会的时候我就讲过了。那天下午我回到宿舍，看到了孟芸留下的纸条和桌上的死亡通知单。我吓了一跳，我的第一反应是孟芸为了和我赌气，竟要拿袁志邦动手了。"

慕剑云无声地点点头，处于罗飞当时的境地，这的确是非常合理的推测。

"所以你虽然很紧张，却没有报警，只是竭力要和孟芸取得联系？"她问道。

"是的，袁志邦见异思迁，这是孟芸最痛恨的行为之一。所以她拿袁志邦开刀倒也不奇怪。"罗飞沉吟道，"但我并不相信孟芸会对袁志邦实行'死刑'的惩罚。我认为她多半是要制伏袁志邦，给他一些惩戒，然后再逼迫我服输。要知道，我和袁志邦算得上是刑侦专业历年来最优秀的学员了，如果她真的做到我说的这些，那她毫无疑问会在争斗中占得大大的上风。"

慕剑云沉思了片刻，忽然想到什么："以为孟芸要对袁志邦下手，这是你当时的想法——那么孟芸见到死亡通知单后，会不会也是相同的想法呢？她会认为是你要拿袁志邦下手？"

"我后来也是这么认为的。孟芸遇难，显然她不会是发出死亡通知单的人。可以想象，那天下午，她比我更早回到宿舍，看到了那份通知单，很自然地认定是我所为。所以她也没有报警，而是立刻出发去寻找我和袁志邦。你们前两天一直问我，孟芸在拆弹时为什么会那么相信我的话？”讲到这里，罗飞“嘿”地苦笑一声，饱含着痛苦与无奈，然后幽幽地说道，“因为她以为那个炸弹就是我设置的！”

“是这样……”慕剑云整理着头绪，将罗飞的说法与案情事实一一地吻合起来，的确是环环相扣，并无矛盾之处。

又琢磨了一会儿之后，慕剑云给出了自己的总结：“那就是说，真正的凶手是借用你们的创意实施了他血腥的犯罪计划？”

“是的。我们自以为高明的争斗，却早已被他看得清清楚楚。他也许早就在嘲笑我们了，而他选择袁志邦作为下手对象，无非是要警告我们，他才是真正的Eumenides。”提及Eumenides，罗飞愤然的声音中竟夹杂着一丝恐惧。

毫无疑问，在十八年前的那场争斗中，面对那个突然加入的对手，不管是罗飞还是孟芸，全都输得一败涂地。

Eumenides……确实是个令人恐怖的对手。慕剑云也在心中叹畏着，然后她又抛出了另一个令自己难得其解的问题：“他的犯罪计划既然已经开始，为什么中间却间隔了十八年？”

“总会有某些原因……但我现在也想不清楚。”罗飞摇摇头，接着又眯起眼睛说道，“你知道吗？还有一个疑问在困扰着我，也许你能帮我解答。”

“什么？”

“他的心理动机。如果最初是受到了我们的启发而作案，那么在十八年后，他为什么要把死刑计划提前透露给警方？这显然不利于他长期行动，与Eumenides肩负惩治罪恶任务的初衷背道而驰。”

慕剑云冷笑了一声：“只怕他的出发点并没有你们当初设想的那么高尚，他只是在寻求一种游戏的刺激而已。当原有的刺激已经满足不了他，他便会想办法去提高游戏的难度。”

“你这么分析也有道理。”罗飞沉吟着，“可是我总觉得没那么简单……国外也有过连环杀人挑战警方的案例，但都是作案后把相关消息透露给警方。如果要追求刺激，他也应该有这个过程。直接在作案之前就通知警方，这个难度的增加未免有些跳跃。还有，在此前他至少做过十二起案子了，警方却一点儿风声也不知道，可见他并不是一个已经疯狂到失去理智的人。”

慕剑云觉得罗飞说得也有道理，她想了一会儿没有收获，就又反问罗飞：“你有什么想法？”

罗飞摇摇头：“暂时也想不明白。不过他眼前的这次挑衅已经明显带有设计的意味，也许从接下来的事情发展中能看出一些端倪。”

“接下来的发展？那不是就晚了吗？”慕剑云倒被罗飞说得有些心中发毛，“既然你觉得有玄机，得赶紧制止才行啊。”

“你觉得韩灏会听我的吗？”罗飞淡淡的一句话便把对方顶了回去，但他很快又话锋一转，“我只希望……你能够帮我。”

经过这番推心置腹的交谈，慕剑云已经彻底站在了罗飞一边，她立刻回应道：“怎么帮？”

“我需要看到与‘四一八血案’有关的全部档案资料。”罗飞目视着慕剑云的双眼，郑重地说道。

“行。”慕剑云非常痛快地答应了，“吃完饭到我的房间里，我们一起研究。来，快吃吧。”

女讲师一边招呼着，一边大口大口地吃起来——刚才只顾着交谈，饭菜一点儿也没动，此刻早已经凉了，不过在紧迫的案情面前，她也顾不了那么多了。而罗飞也像上足了发条一般，一口气干完了瓶中的啤酒，不久前那种闲散劲儿已然消失无踪。

十五分钟后，罗飞跟着慕剑云回到了招待所的房间内。后者把

“四一八血案”的所有档案（包括曾日华前天转交给她的那部分）全都交给了罗飞。毫无疑问，这里面的很多内容都是罗飞之前未曾接触过的，尤其是罗飞自己作为涉案人的那些笔录和相关分析——这也成了罗飞将要阅览的重点。

尽管对这些档案渴望已久，但真正阅读的过程对罗飞来说却又是一种痛苦的经历。因为他要极其细致地分析历史资料中的每一个细节，这使得与当年惨案有关的记忆碎片又一点一点地在他的脑海中堆积，逐渐拼凑成一段完整而又清晰的回忆。与此同时，和那段回忆相关的诸多情感也在他的周身蔓延开来，悲伤、懊悔、苦涩、仇恨……一一压迫着他的神经，让他无可逃避。

慕剑云静静地坐在罗飞身边，作为一名心理学家，她能很清晰地感受到对方情感上的波动。她的心中渐渐产生了一丝怜悯。她甚至觉得自己此刻最大的欲望并不是要破获那些案子，而只是要帮助眼前的这个男人，帮他去摆脱那些纠缠在心底深处的痛苦。

罗飞的情绪随着阅读的进程还在不断地恶化。终于，他似乎再也承受不住了，长叹一声之后，他闭上眼睛，双手从面颊上狠狠地搓到脑后，然后又搓回来，如此反复，像是要把折磨着自己的东西从脑子里挤出来一样。

慕剑云扫过那些档案，发现罗飞阅读的正是当年郑郝明给他做的笔录。在打开的那一页中，记录着罗飞与孟芸通过电台所进行的那次通话。

慕剑云明白，罗飞正在走向回忆中那最痛苦的顶点，当这次通话结束的时候，一场爆炸将带走他生命中曾经最为重要的两个人。

“我知道这很难，但你必须走过去。”慕剑云淡淡地说道，“你比任何人都更接近真相，你能看到其他人看不到的东西。”

罗飞的双手此刻紧捂着自己的眼睛和鼻梁，虽然他竭力想控制，但声音中仍然带着明显的嘶哑：“我作了错误的选择，是我害死了他们……”

至亲的离去也许尚算不上人间最大的悲痛，如果你认为恋人的离去是出于自己的过错，那种悲痛才是真正刻骨铭心的。

罗飞显然正沉浸在这样的悲痛中。在年少热情的时代，他与孟芸因相爱而相斗，那种相斗似乎从来没分出过胜负，只有一次，孟芸似乎真的认输了，她几乎是哭着乞求罗飞告诉她如何去拆除那枚炸弹，可罗飞的答案却让他们在瞬间阴阳永隔。

慕剑云轻叹一声，她深知那种经历的确是常人难以克服的心结。即使日后罗飞能够亲手将真凶绳之以法，他也永远无法摆脱因当年拆弹错误而造成的悲伤与自责。

“那不是你的错……该死的是那个凶手……”踌躇了良久之后，慕剑云也只能用这样的话语来安慰罗飞。

不知是慕剑云的话起了作用，还是罗飞自己调整了过来，他最后揉了一把面颊，当他的双手离开之后，他的目光又变得冷静而犀利，那些汹涌的情感都被深深地藏了起来。

慕剑云欣慰地舒了一口气。只有这样的罗飞才是能与Eumenides交锋的对手。

罗飞的手慢慢地将档案的那一页翻过，在心中再次承受了十八年前那场骇人心魄的爆炸。然后他的动作停了下来，他的双眼紧紧地盯在档案上，脸上露出极为诧异的表情。

“怎么了？”慕剑云嗅到了一丝异样的气息，蹙眉问了一句。

“不可思议，不可思议！”罗飞摇着头，眼睛则越瞪越大，像是要和谁争吵一般，“他们怎么能忽略这么重要的线索！”

慕剑云的情绪也跟着罗飞激动起来。

“什么线索？”她急切地追问道。

“时间，时间不对！”罗飞指着档案上的记录，“你看，警方正式记载的爆炸时间是十六点十三分，可是在我当年的笔录中，我所说的爆炸时间是十六点十五分！”

“是差了两分钟。不过这个……”慕剑云微微摇了摇头，把半截话又咽了回去。这个记录上的差别其实她之前也注意到了，不过她实在没觉得这是什么重要的线索。警方记录的爆炸时间自然是很精确的，可是罗飞所说的时间一定就那么准确吗？出现两分钟的误差实在是很平常的事吧？不过当着罗飞的面，这些泼冷水的想法倒有些不太好开口。

“不，你不该怀疑我所说时间的准确性！”罗飞却已经看透了对方心中所想，非常断然地说道，“当对讲机里的爆炸声传来之后，我立刻就看了宿舍里的挂钟——这是我们刑侦专业学员最基本的条件反应。如果我笔录时说是十六点十五分，那就是准确的十六点十五分，一分也不会差！”

慕剑云却仍有疑虑：“可是……你能保证那个挂钟就一定准确吗？”

“我每天晚上都会给那个钟上弦，并且对着收音机里的报时校对时间。这是我的习惯，只要我在宿舍住，就从来没有间断过。在我印象中，那个挂钟走时非常准确，一个多月才会出现能够察觉的误差。”罗飞直视着慕剑云的眼睛，说话的态度极为认真，令对方再难产生半点儿的怀疑。

“如果是这样，那真的是时间上有问题了？”慕剑云采信了罗飞的说法，脑子里却越发糊涂，“可是，这……这怎么会呢？警方的记录肯定不会错的啊。难道是……发生了两次爆炸？”

“不可能的。”罗飞缓缓摇着头，“十六点十五分我听到了爆炸声，在此之前孟芸一直在和我通话，警方记录的爆炸怎么可能发生在十六点十三分？除非……”

“除非你听到的爆炸是假的，只是对讲机传来的假象而已。”慕剑云的思维被罗飞带动，飞速地旋转起来，“如果是这样，又意味着什么？”

“意味着什么？”罗飞亦喃喃自语着，与此同时，一个令人难以置信的推论已在他的心中形成。这个推论如果成立，它所带来的惊讶和震撼几乎能让罗飞的心脏从胸膛中跳出来。他强迫自己冷静，可是一股股的热血却在不听使唤地涌向他的大脑，竟令他有些眩晕。

慕剑云也想到了那个答案，与罗飞相比，她自然要冷静了许多，于是她帮对方把那句话说了出来："这意味着爆炸发生之后，孟芸依然活着。"

似乎有一股电流击过罗飞的神经，他的身体蓦地颤了一下，然后他愣愣地看着慕剑云，良久之后，才魂不守舍地反问道："你觉得这可能吗？"

"如果你说的时间差确实存在，那这就是必然成立的推断。"

"那……我和孟芸的对话也都是在爆炸之后发生的？"

慕剑云点着头："是的。如果按照这个思路分析，我们只能认为，你和孟芸在对讲机里的交谈只是对方故意设置的迷障，而孟芸的目的就是要让你认为她在爆炸中丧生了。对了，你不是说一开始一直无法与对方联系上吗？这也能解释通，因为孟芸曾关闭了她的对讲机，直到爆炸发生之后才又打开，通过电波在你面前制造了一些假象。至于你听到的爆炸声，设计起来也不难，只需要一个录音就够了。"

"一切都是孟芸策划的？她就是那个Eumenides？"罗飞倒吸一口凉气，然后又难以置信地连连摇头。

慕剑云显然就是这个意思，她目光凛凛地说道："也许根本就没有第三人参与你们的争斗，这起案件仍然是你们俩之间争斗的延续。不过——"她忽然又想到什么，翻过当年的笔录看了看，"你在对讲机里还听到袁志邦的声音？那就是说袁志邦也没有死于爆炸中？"

罗飞当然明白慕剑云的潜台词，孟芸和袁志邦都没有死于爆炸，难道这是孟芸和袁志邦合谋的骗局？

以孟袁二人的能力，找两具尸体来伪装爆炸现场的确不是什么难事。可是这个猜想却又面临着更多难以解答的疑问——袁志邦怎么会参与其中呢？袁志邦和孟芸，这两人之间并没有什么交往，而他们又分别是罗飞最亲密的伙伴和最挚爱的恋人，这两个人有什么理由去合谋欺骗罗飞呢？这不仅仅在逻辑上讲不通，更让罗飞在情感上难以接受。

“等等。”慕剑云还在仔细研究那份笔录，她似乎又有发现，“袁志邦活着的证据也许并不可靠。因为从你当年的描述来看，他在对讲机里的声音没有和你形成互动，所以——如果爆炸声是录音的话，袁志邦的声音同样也有可能是录音。”

是的，这的确也有可能……罗飞的思绪在混乱中飞转，如果这样的话，那还是孟芸炸死了袁志邦，然后制造出瞒天过海的假象？可是她为什么要这么做？仅仅是和自己斗气？或者她确实难以容忍袁志邦始乱终弃的罪行？如果她还活着，这十八年来她在哪里？她竟能和我没有任何联系？种种疑问折磨得罗飞气血翻涌，脑子更是涨得厉害。

和以往所有的案子不同，罗飞不得不对两个自己最亲近的人进行涉案分析。受害者或是作案人？任何一种思路选择对罗飞来说都是迈向心中痛苦深渊的过程。

慕剑云的思维则正处于活跃的阶段，她的目光离开了笔录本，略思索片刻后，她又作出一个大胆的猜测：“罗警官，你再回忆一下，这两天出现的那个凶犯，你在市民广场见到过他的背影，他有没有可能是袁志邦？”

罗飞摇了摇头：“我不知道……至少他杀害韩少虹的时候，并没有任何地方让我产生过相关的怀疑，无论是动作姿态，还是视频中的声音。非要说两人之间的相似点……身高倒是差不多。”

“那样的话，多半就不是了。”慕剑云沉吟着说道，从心理学的角度来分析，罗飞和袁志邦曾经亲密无间地在一起待了四年，彼此之间已经非常熟悉了。如果袁志邦再次出现在罗飞面前，一句话，甚至一个细微的小动作都能立刻勾起对方的回忆。而以罗飞的敏锐，对那个男子却没产生任何感觉，那两人曾经熟识的可能性的确不大。

“那个男人又是谁呢？如果当年的Eumenides就是孟芸，这家伙又是从哪里冒出来的？”慕剑云自说自话地想了一会儿，难以将这些线索和相关推测对接出一个闭合的环路来。然后她似乎想开了什么事情，忽然“呵”的一声，自嘲地笑了起来。

罗飞敏感地问道：“怎么了？”

“我们刚才说了那么多，都是建立在爆炸时间错位基础上的推论。不过说实话，这些推论不合理的地方太多了。”慕剑云耸着肩膀道，“尤其是孟芸的行为动机——你是最了解她的人，你相信她会做出这样一系列疯狂的血案吗？”

罗飞立刻摇了摇头，他和孟芸有着两年的相爱经历。对方是一个好强争胜，但却绝对善良的女孩，这一点不容置疑。

“所以我觉得最大的可能还是你对时间的把握出了问题。”慕剑云直言道，“事情本没有那么复杂，我们要面对的，就是一个未曾露过面的冷血杀手。孟芸、袁志邦、郑郝明等，都是死于他的手下。”

是啊，两分钟的时间误差，这能有多大的参考价值？当年专案组那么多经验丰富的刑警，从没有人纠缠于这个细节。事隔十八年后再提出这个疑问，用“小题大做”来形容也并不为过。

但罗飞却仍然语气坚定：“不，这里面一定有问题！你要相信我，在我的生活中，半分钟的误差也不应该出现。”

面对罗飞的执着，慕剑云这次只是淡淡一笑：“要改变你的想法其实很简单，我已经想到了一个人。”

不需要对方再说下去，罗飞也知道那个人是谁了。

黄少平。

这个在爆炸现场幸存下来的男子，他对于爆炸发生时的描述几乎和罗飞从对讲机中听到的情况一模一样。这足以说明所谓“两次”爆炸之间根本就不存在什么时间差。

可是慕剑云还是没能说服罗飞，后者此刻已经站起身来，断言道：

“我们有必要再去拜访一下黄少平了，他显然对警方撒了谎。”

慕剑云轻轻叹了口气，这个男子的自信简直到了有些偏执的地步。在他的观念里，只要与他自己的分析相左的细节，就一定是有问题的。

他为什么就不能接受，也许是他自己的分析出了问题呢?

唉，不管怎样，既然他还想去见黄少平，那还是陪他去一趟吧。

十月二十四日下午，十四时零十八分。

小巷破屋。

小屋的门是虚掩着的，在得到屋内主人的许可之后，罗飞和慕剑云自己推开门走了进去。

此刻正是一天中日照最强烈，气温最高的午后时分，然而踏入这间小屋，两人却感觉到一种来自于异世界般的昏暗与阴冷，他们甚至需要调整一段时间之后，视力才能适应屋内的环境。

黄少平正在屋内打理一堆捡拾回来的垃圾。他将空的饮料瓶一一踩扁，然后打扎在一起，这样在前往废品回购站的时候，便可以尽量多携带一些“货物”。

这些对常人来说非常轻易的工作却给黄少平带来了不小的难度，因为他的手、他的脚，乃至他的周身几乎都没有一处完整的地方。他的动作如此缓慢，与那些废品相比，他自己倒更像是一个“废物”；但他的态度又如此认真，当扎完一件成品之后，他会咧开半片嘴唇，露出比哭还难看的笑容。

罗飞和慕剑云知道，这个可怜的人在半辈子的时间内，都靠这样的行为来维持自己的生计。

这就是他的生活。罗飞目光中充满了怜悯。十八年前，当这个人还是一个小伙子的时候，他来到这座城市以捡废品为生，但在他心中一定也充满了梦想，他会期盼改变自己的生活。可是那场爆炸却让他的梦想永远地凝固了，十八年过去了，他还在捡着垃圾，苟延残喘。

他的苦痛甚至超出了爆炸中的死难者，他才是最应该痛恨那场爆炸的人。

可是，他为什么要撒谎，那天他到底看到了什么？他又在隐瞒着什么？带着这样的疑问，罗飞坐在了黄少平的对面，他的目光紧紧地盯在了那张令人难以卒睹的脸上。

黄少平停下了手中的工作，嘶哑地打了招呼："你们又来了……"然后他又转头看向尚站在门口的慕剑云，"你把灯打开吧，开关就在你手边。"

慕剑云拉动灯线，灯光让屋子多少添了些生气。

"我一个人不舍得用电……有客人来了，才会开灯。"黄少平黯然解释着，带着些许羞愧。

慕剑云心中一酸，暗暗摇着头——怀疑这样一个人会和案件有牵连……简直有些残忍。

她的同伴却不这么想。

"你为什么撒谎？"罗飞突然开口，单刀直入地问道。

"什么？"黄少平漠然地看着罗飞，他脸上的肌肉早已损伤了大部，几乎显不出任何表情来。

"你撒谎了！"罗飞的语气不容置疑，"十八年前，你说看到了那个女人通过对讲机与我交谈，并且能说出我们交谈的内容。可我现在知道，那场交谈根本就发生在爆炸之后，那个时候，你应该已经重伤垂危，怎么还能知道此后两分钟内发生的事情？所以你撒谎了，你必须老老实实地告诉我，你是怎么知道后来交谈的内容，又为什么要欺骗警方？"

黄少平愣愣地看着罗飞，他似乎被对方的态度吓到了，又似乎根本就不明白对方在说什么。

“你为什么要欺骗警方？！”深陷血案与情感的多重困惑之中，罗飞实在无法再冷静了，他的声音大得有些吓人，随即他自己意识到有些失态，换上一种诚恳且缓和的语气补充道，“那天到底发生了什么？请你告诉我。”

黄少平仍然瞪眼看着罗飞，似乎还没缓过神来。

慕剑云轻叹一声。这样一个可怜的人能藏着什么秘密呢？她甚至觉得罗飞有些太欺负人了。

可是片刻之后，她的这个想法便被彻底颠覆。因为黄少平正从喉管里痛苦地挤出这几个字来：“是的……我撒谎了。”

慕剑云露出惊讶的表情。罗飞则长长地吁了口气——对方既然已经松口，那说明已经放弃了抵抗，真相也许就在眼前。

“好了，你说实话，爆炸前到底是什么情况？”随着罗飞的问话，慕剑云也往前凑了两步，同时把耳朵竖了起来。

然而黄少平却只是木然地回了句：“我不知道。”

“不知道？”罗飞冷笑了一声，显然无法接受这样的答案。

“我刚走进那个厂子，什么都还没看见，突然就爆炸了。所以当时的情况，我根本就不知道。”黄少平翻动嘴唇解释着。

“你还在撒谎！”罗飞步步紧逼，“如果是这样，你怎么会知道我和孟芸之间的谈话内容？”

黄少平发出“哧”的一声，像是在笑，然后他居然说：“是你告诉我的。”

这种荒谬的话语反而让罗飞愣住了，他用不可思议的眼神看着对方。

“我在医院醒过来以后，郑警官接连几天都来问我事情。我一开始什么都不知道，后来有天郑警官去上厕所，他把一个记录本放在了我的床头。我挣扎着看了记录本上的内容，里面有一段是有个人在描述他和爆炸现场的女人进行通话。嘿，今天我才知道，那个人原来是你。对了，你说过那个女人是你的爱人，另外一个死去的人，是你最好的朋友？”黄少平一边说一边看着罗飞，眼神中带着种同病相怜的悲哀。

罗飞愣了片刻，露出哭笑不得的表情：“你看到了我的笔录？然后把笔录上的内容又复述给郑警官？”

黄少平咧开透风的残唇：“就是这样。”

难怪对方会说“是你告诉我的”，罗飞恍然而又失望。不过他仍不甘心，又继续追问道：“你为什么要这么做？既然你什么都不知道，为什么要编出一个现场的故事来？”

黄少平伸出舌头舔了舔嘴唇，显得有些干渴，然后他用悲哀的语气说道：“我只是想活下去——我只是一个捡破烂的，身上一分钱都没有，医院为什么会抢救我？我虽然没文化，可心里明白，因为我有用处，警察希望我能提供破案的线索；如果我说实话我什么都不知道。那我还有什么价值？谁会继续帮我治病？”

罗飞和慕剑云对视了一眼，两人不约而同地苦笑起来。难道竟是这么回事——黄少平只是想要获得被救助的机会，所以向警方编造了一些所谓的“目击”事实，其实他根本什么都没有看到。

这样确实解释得通，在当时的境地下，黄少平的确只是作了一个对自己最有利的选择而已。

警方已无权也无必要对这样一个谎言再去追究什么。可惜这条线索也就此断了，这无疑给情绪刚刚兴奋起来的罗慕二人当头浇了一盆冷水。

罗飞呆坐着，失落写在他的脸上。

见对方许久不说话，黄少平自顾自地又开始工作了。他将扎好的饮料瓶挪到一边，然后乞求地看着罗飞：“罗警官，你能帮我一个忙吗？”

“什么？”罗飞怅然的思绪被拉回来。

“帮我把屋外的那个大麻袋提进来吧。我又老又残，干活越来越不利索了。”

谁也无法拒绝一个可怜人如此的小小请求，罗飞起身向门外走去。

“袋子旁边还有很多塑料瓶，也麻烦你一块收拾进来。”黄少平补充了一句，看到慕剑云也想外出帮忙，他又说道，“慕老师，你能不能帮我递一下那个水杯？”

杯子就在不远处的桌子上，里面凉着半杯开水。慕剑云拿起水杯递给黄少平。

“谢谢。”黄少平接过水杯，却一把攥住了慕剑云的手腕，令后者吃了一惊。

“我并不是什么都不知道。可是那些事情我现在不能说。”黄少平往门口瞟了一眼，嘶哑的声音压得很低，“我只能告诉你一个人。”

慕剑云心中怦怦狂跳，很明显，黄少平竟是在防着罗飞。

黄少平往前欠着身体，丑陋恐怖的面庞几乎要贴到慕剑云的脸上，他低声地嘱咐道：“晚上你来找我，千万不要让他知道。”

门口响起了脚步声，罗飞已在向屋内走来。黄少平松开手，慕剑云后退两步，竭力隐藏住心中的惊愕。

两三秒钟之后，罗飞提着大大的编织袋进了屋，他的神色平静，似乎没有发现任何的异常。

从黄少平家出来之后，罗飞和慕剑云多少都有些郁闷。罗飞本觉得抓住黄少平这条线索能深挖出不少东西，慕剑云则想通过黄少平的证言推翻罗飞关于“时间错位”的推论，然而两人各自的目的却都未能达到。

“现在该怎么办？”慕剑云首先试探罗飞的态度。

“爆炸时间肯定是有问题的。”罗飞仍坚持自己的观点，“也许还有一个办法能够证明。”

“什么办法？”

“让现场的死者来证明。如果我对爆炸时间的判断是正确的，那么孟芸就没有死于那场爆炸，现场的女尸当然也不可能是她。”

“可现在怎么能知道现场的尸体有没有问题呢？”慕剑云无奈地耸了耸肩，“都已经过去十八年了，死者的尸体早已火化，当年也不具备DNA鉴定的技术，不可能有相关资料留下的。”

“我们现在就去法医中心的资料室。像这样的案件，既然死者的身份没有得到明确的判定，那么在火化的时候，肯定是要制作牙模标本的。”

“那又怎么样呢？”慕剑云还是看不清突破的方向，“据我所知，孟芸和袁志邦生前都没有留下与牙齿有关的记录，即使我们拿到了牙模标本，你又怎么知道那是不是他们的牙齿？”

“我有我的方法。”沉默片刻后，罗飞淡淡地答道。

一个小时之后，罗飞和慕剑云已经来到了法医中心的资料室。在请示韩灏并且得到了批准之后，管理员向这两个“四一八专案组”的成员出示了与那起血案有关的法医学资料。除了大量的残尸照片之外，罗飞如愿以偿地找到了两名死者的牙齿模型。他先是把两个牙模都拿了起来，略看之后放下了轮廓粗大的男性牙模，只剩另一个女性牙模在手上细细地端详。

慕剑云静静地待在一旁，且看他在没有任何对比资料的情况下，如何去判断这个牙模是否属于一个十八年前的故人。

没过多久罗飞便做出一个令慕剑云惊讶不已的怪异动作，他将那个牙模举到了嘴边，然后将自己的双唇贴了上去。不仅如此，他甚至还伸出了舌尖，在那两排细石膏制成的牙齿上轻柔地舔动着。他舔得如此专心，甚至屏住呼吸，闭上了眼睛，似乎要把全身的感观都集中在舌间那一片小小的区域上。

慕剑云忽然心中一震——罗飞此刻的动作与表情，竟分明是在接吻。

的确，罗飞正在和一个牙模接吻。他的触觉和情感已飘回到了多年之前，曾经的花前月下，熟悉的唇齿交织，那种刻骨铭心的感觉永远无法冷却，深藏在回忆中的每一个细节再次清晰地浮现出来。

慕剑云下意识地转过脸去，回避了这个场景。许久之后，她听见了响动——那应该是罗飞把牙模放回了托盘中。

慕剑云这才把脸转回，她看到罗飞怔怔地站在自己面前，泪水正如滚珠般颗颗滑落。她的心口间泛起一股复杂的滋味。这几天的相处，她已经充分领教了罗飞的坚强与冷静，这样一个男人泪如雨下当然会令人格外动容。

“怎么样？”也许是受到罗飞情绪的影响，慕剑云的声音也有些发颤了。

“是她。”说出这两个字的同时，罗飞已控制不住地呜咽起来。

慕剑云深切感受到对方心中的痛楚，她轻叹着，柔声安慰道：“好了……至少我们证明了，孟芸并不是那个凶手。我们的侦破，也不用在一个错误的道路上继续前进了。”

“你什么意思？”罗飞擦了擦泪水，有些愤怒地责问道，“什么叫‘错误的道路’？那个时间差是绝对存在的，你为什么始终不相信？”

“可是事实摆在眼前！”慕剑云也被罗飞的固执惹急了，她提高嗓门，指着刚刚被罗飞放下的牙模，“孟芸已经死了，爆炸发生的时候她就死了！我知道你不愿接受，可这是事实，谁也改变不了的事实！你应该明白的，你到底还要坚持什么？”

罗飞呆呆地怔了良久，然后他转过身，一言不发地向着门口处黯然而去。

第七章 死亡矿洞

十月二十四日晚，二十点十一分。

刑警大队的招待餐厅内。

慕剑云已经吃完了晚饭。由于正在思考某些事情，她并没有急于离去，而是静静地坐在餐位角落，眉头微锁，目光则毫无目的地定在一堆空碗上。她的这副模样很快吸引到一名男子的注意，后者刚刚打好了饭菜，此刻正向着角落里走来。这名男子身形瘦小，头发乱蓬蓬的，戴着圆溜溜的眼镜，黑色的警服穿在他身上不显威武，反倒有几分滑稽。

慕剑云听见对方那拖沓的脚步声，便已知道来人是曾日华，她抬起头，礼节性地微笑了一下："你好。"

曾日华在慕剑云对面坐下，嬉笑着说道："美女一个人？让我陪陪你吧。"

慕剑云已经习惯了对方的调笑，不以为意地寒暄着："怎么吃得这么晚？"

“工作啊，真是头疼。”曾日华晃了晃脑袋，拿起筷子拌了拌面前的饭菜，又沮丧地补充道，“毫无进展。”

作为文职人员，曾日华也被排除在了四人行动小组之外，并不会直接参与即将到来的同Eumenides的第二场交锋。现在他的主要任务就是在电脑系统中对所有可能的相关人员进行检索和排查，这也是警方在面对大案时惯常使用的手法之一。虽然有些大海捞针的意味，但只要工作做得细致，往往也能得到不错的收获。前年在石家庄发生的特大爆炸案，死伤一百多人，举国震动。警方随即对具备爆破知识的人员进行地毯式排查，很快便锁定了犯罪嫌疑人靳如超，使此案成功告破。

而在这场跨越了十八年的系列血案中，犯罪嫌疑人Eumenides显然具备更多的极易锁定的特征。他精通爆破、刑侦、格斗、网络等多方面的技能，这样一个人没有经过专业化的培训是不可想象的。所以当曾日华展开排查的时候，心中还颇有几分自信，但结果却令他大为失望。

在这两天的时间里，曾日华带着他的小组将全国接受过相关军事和公安训练的男子整个筛了一遍，却没嗅到任何能用以追踪Eumenides的可疑踪迹。他甚至通过省厅领导与国安局一类的特殊部门联系过，请求对方协助调查。然而反馈过来的消息是，在特工人员中亦绝不存在既吻合Eumenides相关特征，同时又具备作案时间的嫌疑人。

徒劳无功令曾日华颇为郁闷。他无法理解，像这样一个诸多技能如此出色的人物，怎么可能悄无声息地从石头里就冒了出来？即便他再小心，在他的成长过程中总会留下一些踪迹吧？是什么原因使得这些踪迹竟隐藏得如此之深？

类似的困惑正在折磨着曾日华，不过他天性乐观，生活情绪并未因此而受到影响。即便是发两句牢骚，也是转瞬即忘。此刻与美女对面而坐，他不禁胃口大开，一边狼吞虎咽地用起晚餐，一边打趣地问道：“哎，你那个搭档呢？听说你们俩整个下午都腻在一起？”

慕剑云知道对方在说罗飞，她便笑了笑说："是啊，这可是我的任务。"

"唉，羡慕啊。"曾日华夸张地叹着气，然后又压低声音神道道地问，"你还在怀疑他吗？"

"不。"慕剑云摇了摇头，坦诚地说道，"我已经查明了罗飞和那份录音的关系，我也向韩队长汇报过了，现在基本上已经排除了罗飞操控血案的可能性。"

"哦？但那录音里确实是罗飞的声音，对吗？到底是怎么回事，快给我讲讲。"曾日华催问了几句，又不满地嘟囔着，"真是的……这录音还是我给你的呢，你有了信息居然跳过我，太不够意思了……"

"警校里的Eumenides的确和罗飞有关系——正是罗飞和孟芸创造了Eumenides这个名号，但是他们对后来的血案并不知情。他们其实是被凶手利用了。"

慕剑云把其中的瓜葛向曾日华讲述了一遍。后者听完后，眼珠骨碌碌转了几圈，颇有所得地说道："原来是这样。有意思，有意思……看来我得缩小排查范围，深挖一下了。"

慕剑云明白曾日华的思路，她赞同地点点头："是的，重点排查血案当年的省警校在校人员，只有他们才能借鉴到Eumenides的创意。"

"对对对！我知道。"曾日华现在有些顾不上吃饭了，他直勾勾地看着慕剑云，又问，"罗飞还和你说了些什么？"

"我们发现了一些线索，可也许……又什么都不是。"

慕剑云将两分钟"时差"的相关情况告诉了曾日华。作为一名电脑高手，后者无疑具备极其缜密的思维能力，所以慕剑云也想听听他对此事的分析。

曾日华稍愣了片刻，很快给出了自己的判断："我倒支持你的想法，那个所谓的'时差'并不存在。"

慕剑云眼神一亮："你能肯定？"

"你说过，罗飞已经确认爆炸现场的死者就是孟芸。而警方的记录是，只有一次爆炸，那爆炸发生在下午四点十三分——我觉得这个记录是不容置疑的。既然孟芸已经在四点十三分死亡，那她怎么可能在此后两分钟的时间内还和罗飞通话呢？罗飞对孟芸的声音绝对熟悉，不可能是别人伪装吧？而对话的内容又是互动性的，排除了事先录音的可能。所以，如果真的存在那个时差，我们就得面对'死人在说话'这个必然的推论。"曾日华语速很快，展示出的条理亦十分清晰。

死人在说话。这当然是绝不可能出现的情况。慕剑云也曾给罗飞分析过这个道理，可罗飞却有另外一套说辞。

"绝不可能出现的情况——那正是整个思路的关键。我们必须对此作出合理的解释，当这个解释出现的时候，我们离案件的真相也就不远了。"

面对罗飞的固执，慕剑云简直有些哭笑不得。合理的解释？她觉得最合理的解释便是罗飞对时间的把握是错误的，两分钟……实在是微不足道，任何人都有可能出现这样的错误。可是罗飞为何要对自己如此自信呢？

慕剑云想起了导师曾给过自己的一句教导，这句话在她此后的经历中已屡试不爽："当一个人作出令你无法理解的选择之时，你不应仅仅气恼于他的固执，你更应思考的是，他的心底是否藏有你未曾探知到的秘密。"

如果顺着这个思路去想，那么罗飞，他是否还在隐藏着什么呢？甚至于，这所谓的时差，亦是他故意要坚持的烟幕弹？他的目的又是什么？

慕剑云试图把自己代入罗飞的角色去思考这些问题，这就是她在曾日华到来时正在做的事情。

曾日华也和慕剑云想到了一起。

“这么简单的道理，罗飞应该比我们更加清楚。如果他仍然坚持这个时差，你要考虑一下，他是否有些事在骗你？”小伙子忽然冒出这么一句话来，而他的语气竟像是已有了几分把握一般。

慕剑云被点中心里的所想，眉头一跳：“你指……哪些事？”

“比如说，孟芸的死。你能肯定罗飞一定说了实话吗？”

慕剑云心中一凛，她非常明白对方的意思。孟芸是罗飞的爱人，这种爱因为当年的变故或许会变得更加深重。如果孟芸没死，那她无疑将成为案件的嫌疑人。罗飞会不会因此而隐瞒这个事实，干扰警方视线以保护自己的爱人？或者，他希望独自去解开其中的秘密？

这个猜测令慕剑云感到兴奋。是的，在物证中心，罗飞的眼泪令她深信孟芸的确已死，可现在回想起来，那眼泪何尝不会是罗飞得知爱人仍然存活时的感怀呢？慕剑云有些后悔自己当时不该背过脸去，以至于未能捕捉到罗飞的第一反应。

“对这个罗飞，你还得更加留意一些才行。”曾日华往嘴里塞满了食物，声音变得有些含糊，“这个人没准就是案子的突破口，不过……他可真不是一个容易对付的家伙。”

“嗯。”慕剑云点了点头，“希望今天晚上能有大发现。”她自言自语般地说了一句。

“今天晚上？”曾日华晃着脑袋把食物吞下去，“你是说韩灏他们？”

“不。我手上还有一条线索，与罗飞有关的线索。”慕剑云说的线索自然就是黄少平了。这个半条命的人在约她今晚密会的时候，目光竟如此锐利，使人不得不相信他确实保留着极为重要的秘密。这个秘密会是什么呢？不管怎样，慕剑云知道那个秘密一定和罗飞有关。她已决定如黄少平所约，和对方进行一次单独会面。

曾日华竖起耳朵，期待着对方的下文。可慕剑云此刻却站起身：“好了，我该出发了。”

“哎，是什么线索？说完再走啊！”曾日华从饭盆里抬起头，忙不及地追问道。

慕剑云淡淡一笑：“各忙各的那一摊吧。”话音未落，她已迈开脚步向餐厅外走去。曾日华无可奈何地瞪着她的背影，徒劳地抱怨了一句：“这这这……不够意思，太不够意思了！”

十月二十四日晚，二十二点四十七分。

省城刑警大队办公室内。

整整一天的时间，Eumenides留在宾馆里的那个信号探测仪成了警方密切关注的对象。根据Eumenides在录像中透露的信息，这个仪器将显示出彭广福所在的具体位置，警方也因此有机会在下一张死亡通知单的执行日与这个神秘而又可怕的对手展开新一轮的较量。

根据Eumenides的要求，只能有四名警方人员直接参与到这场交锋之中。韩灏和熊原自然是必不可少的二人，这两人又各自带了一名助手，从而组成了这个小分队。除了大家早已熟悉的尹剑之外，熊原选定的特警人员亦不是陌生者。前天早晨，这个小伙子曾在东明家园展示过开锁的本领，而他的履历让素来挑剔的韩灏也感到非常满意。

柳松，二十五岁，身高一米七八，体重七十公斤。精通格斗、反爆、射击、驾驶等多项技能，同时有一手溜门开锁的绝活。在特警队服役四年间，立个人二等功一次，团体三等功两次。

吸取了韩少虹之死的教训，这次的四人小组互相之间做了充分的了解，绝不可能再因为配合上的失误而让对手钻了空子。但即使如此，他们对于此行的吉凶仍是难以把握。

熊原曾建议，在得到信号之后，以四人小组作为前队，另组织一批精锐后援遥遥跟随。等战斗打响之后，前后呼应，内外夹击，获胜的可能性当可以大大地增加。但韩灏在深思之后，还是否定了这个方案。

韩灏自然有自己的理由——这次行动的主要目的虽然也是保护通知单上的被执行者，但警方面临的局势却与上一场战斗截然不同。在昨天的较量中，韩少虹的动态是掌握在警方手中的，因此警方可以非常主动地去制订作战方案；可这一次，警方连受害人在哪里都不知道，只能去等待对手的消息。从某种意义上说，警方想要与Eumenides交手，事实上是要靠对手“恩赐”的一次机会。如果Eumenides突然不想和警方玩了，他可以非常轻松地将彭广福杀死，从而再次成功地执行通知单上预告的惩罚。

所以韩灏认为，要想获得这场战斗的胜利，首先要确保交手的机会才行，因此对于Eumenides制定的游戏规则，他们必须严格地遵守，虽然这样肯定会导致场面上的被动，但也属无奈之举。

带着这样的背景，四人小组此行蒙上了一层“明知山有虎，偏向虎山行”的悲壮色彩。不过这四人都是警界的精英，越是艰险的挑战，越能激发起他们的斗志。随着距离通知单上的行刑时间——十月二十五日越来越近，他们一点点积累起来的求战欲望也抵达了高峰。每个人的目光都紧盯在探测器的显示屏上，等待着那个信号的出现。

对于韩灏来说，这种等待还夹杂着另外一番滋味。十月二十五日，这一天对他来说似乎注定无法寻常。一年之前，同样是这个日子，那天发生的事情曾极大地改变了他的生活，而那些场景至今仍历历在目。

那天的事件后来被省城警方命名为“双鹿山公园袭警案”。

警方的资料上说案件的发生是源于一次偶然的夜查，事实却并不完全如此。那天晚上，韩灏和邹绪其实是从饭店出来的，他们多少都喝了一点儿酒——这个情节在后来的对外宣传中被合理地抹去了。

虽然公安部下达过禁酒令，但刑警队内部仍然保留着饮酒的传统。这也无可厚非，因为他们本来就在从事一项压力极大的工作，需要用男人的方式去舒缓自己的情绪。更何况韩灏等人当天刚刚破获了一起大案子，稍稍小聚，喝两杯放松一下，这个做法在警界内部是得到理解的。

邹绪是韩灏最好的朋友，也是最亲密的搭档。他们同一年进入省城刑警队，因为出众的专业素养被称为刑警队的“双子星”。而当时警界内部岗位变动，大队长的职位即将空缺，所有人都毫无争议地认为，未来的大队长必将在邹绪和韩灏二人间产生。

无可避免地，两个好友之间会产生一些竞争，但这种竞争绝对是良性的。他们不但友谊深厚，而且多年的合作早已形成了一种互相依赖与信任的关系，他们是不折不扣的亲密搭档。然而那天晚上发生的事情却让他们的命运走向了截然不同的轨迹。

从饭店出来后，韩灏和邹绪在街头随意漫步着，一边醒酒，一边回味着案件破获过程中的精彩之处。然后在一家烟酒专营店的门口，他们忽然与两个劫匪——彭广福和周铭不期而遇了。后二人刚刚溜门盗窃了一批名贵烟酒，正准备趁着夜色溜之大吉。

邹绪和韩灏完全没有把这两个蠢贼放在眼里，对于两名顶尖的刑警来说，这简直就是一道送到嘴边来的餐后甜点。彭广福和周铭发现遭遇了警察，自然拔腿就跑，邹绪和韩灏则在后面紧紧追赶，几分钟之后，追逃的双方全都跑进了夜幕中的双鹿山公园。

精疲力竭的劫匪躲进了公园里的假山区。作为全省著名的景点之一，双鹿山的假山群不仅规模宏大，而且连绵辗转，曲径通幽，地势亦十分复杂。这给邹绪和韩灏的追捕带来了一定的难度。但两名刑警毕竟训练有素，很快他们便摸清了假山区内的地貌，并且兵分两路，从外围向中间包抄过去。相比而言，劫匪们则显得笨拙得多，他们挤在一处，慢慢被赶到了一个死角，而两边的出口分别被邹绪和韩灏占据，看起来劫匪们已难逃瓮中之鳖的命运。

韩灏当时亦十分乐观，他已经率先看到了躲藏在角落里的两个持刀劫匪。于是他掏出手枪，喝令二人出来自首。彭广福和周铭先后放下了手中的利刃，然而他们的下一个动作却完全出乎韩灏的意料。

他们竟掏出了手枪!

劫匪居然随身携带着枪支，这让韩灏大吃一惊，而此刻想要改变战略却已经晚了……

枪战在瞬间爆发。

即便事态出乎意料，但两个顶尖刑警对两个劫匪，胜负本应没有悬念。可血液中的酒精大大降低了韩灏的战斗能力，周铭的枪率先响了，韩灏被击中了左腿，而循着枪声匆匆赶来的邹绪也完全不在作战的状态……

那是韩灏今生都不愿再回忆的一场枪战。刑警队的“双子星”一死一伤，虽然劫匪周铭亦被韩灏当场击毙，但另一名劫匪彭广福却逃之夭夭。

无论从哪个角度来讲，这都是韩灏无法接受的惨败，而邹绪的死更令他永远无法释怀。

接下来发生的事情又从另外一个方面刺激和讽刺了韩灏。

韩灏和邹绪双双立功了。这是出于业内某种不成文的规矩——如果有警员在与犯罪分子的对抗中死伤，那对于死伤者必然会有功勋上的奖赏。这其实是一种颇具人情味的补偿手段，多年来已形成了不容置疑的传统。这一次亦毫不例外，邹绪获个人一等功，韩灏获个人二等功。关于他们与劫匪狭路相逢，英勇搏斗的事迹也在“合理”的修饰与夸大之后，登上了省内各大报刊的版面。邹韩二人也从业内的精英一下子变成了妇孺皆知的公众英雄。

因为邹绪已经牺牲，所以公众的视线与赞誉声更多地集中在了韩灏的身上，他成了这起事件中实际意义上的“既得利益者”。这种局面也化解了警界上层面对的一个棘手难题——关于下任刑警队长的人选——他们现在不需要在两个难分伯仲的竞争者之间进行选择了，邹绪的死令这个难题悲伤地“和谐”了。

三个月之后，韩灏就任省城公安局刑警大队队长。在外人看来，他的人生经历似乎因为那次意外而变得更加完美，而韩灏自己并不这么认为。

没有人能够理解，韩灏心中承受着怎样的痛苦。在他看来，邹绪的死完全是缘于自己的失误。他的警衔上沾着好朋友的鲜血，这血迹每存在一天，便越是深深地渗入他肩头的肌肤，无望擦去，亦令他无法解脱。

韩灏想要摆脱心头的压力，逃脱的劫匪彭广福成了他首当其冲的发泄目标。为了找到这个家伙，韩灏达到了一种近乎疯狂的状态。在一段时期内，全省道上的“线人”都被这个新任的刑警队长逼得苦不堪言，他们被迫调动起所有的耳目关系去寻找彭广福的下落，这既影响了道上的“生意”，也削弱了警方在其他案件上的侦查力量。最后警界高层领导出面才中止了韩灏这种涸泽而渔的冲动行为，此事也总算告一段落。

但痛苦和仇恨之火仍埋藏在韩灏心底，在自责情绪的滋润下，永难泯灭。在无数个梦境中，韩灏回到了双鹿山公园的枪战现场，他一次又一次地亲手将彭广福“击毙”。然而这种虚幻的场景只能在醒来之后更加重他的心结。

只要彭广福活着脱案一天，纠缠着韩灏的苦痛便多持续一天。韩灏连做梦都想要击毙彭广福——这是省城警界上下谁都知道的事情。

Eumenides显然也洞察了韩灏与彭广福之间的恩怨瓜葛。所以在他找到彭广福之后，没有直接将对方杀死，而是向警方发出了死亡通知单，同时他留下线索，等待着警方的到来。

这就像是抛来了一个长满刺手荆棘的海胆，而警方却必须伸手接住。

所有的人都明白，韩灏其实正处于一种极为尴尬的矛盾境地中。作为专案组的组长，韩灏目前最重要的任务便是保证死亡通知单上受刑人的安全。可现在，这个受刑人却是他自己做梦都想要除掉的凶犯，这意味着警方的四人小分队却不得不为了拯救一个袭警的罪犯而踏上一段吉凶未卜的旅程。

韩灏的这种尴尬表现得很明显。自从看完那段录像之后，他的精神便一直处于高度的紧张状态。今天白天，在小分队其他成员都抓紧时间养精蓄锐的时候，韩灏亦未曾有丝毫的放松，他始终紧盯着那个信号探测器，似乎那小小的仪器将改变他一生的命运。

韩灏的情形让熊原感到了深深的忧虑——他看到对方眼睛发红，神态亦有些恍惚，这绝对不是一个专案组长在迎接大战之前应有的状态。犹豫再三之后，熊原终于忍不住说道："韩队长，我建议你可以回避一下……这起案子，对方似乎就是有意针对你的痛处而来。"

韩灏身体一凛，飘散的思绪收了回来。"回避？不，绝不可能！"他几乎是咬着牙说道，"回避就是认输，我不可能这么做。"

熊原苦笑了一下，他觉得自己能够体会韩灏心中所想。作为专案组的组长，如果他现在退却，那几乎等同于警方对Eumenides的无奈示弱。

韩灏用双手揉了揉额头，精神看起来好了很多。

"你们不用为我担心，我知道轻重。"他沉着声音说道，"彭广福必须死，但他不该死于Eumenides的手中！法律会给他应有的惩罚。作为刑警，我们抓捕彭广福是为了伸张法律，现在我们保护彭广福，同样也是为了伸张法律。如果彭广福被Eumenides杀害，对我来说，那意味着他逃脱了法律的惩罚，我决不允许这种事情发生！"

熊原点点头，目光中露出赞许的神色。这是来自于真正男人的铿锵话语，虽然曾经跌倒，但他浑身上下仍然充满了力量，这力量将使他爬起来，并最终将阻碍在他面前的困难击得粉碎！

在对方情绪的渲染下，熊原有点儿被感动了。他握起拳头，重重地砸在桌子上："我也决不允许！只要我们找到彭广福，我会寸步不离地守在他身边，我一定要把他带回来，让他接受法律——而不是Eumenides的审判！"

似乎是在响应熊原的话语，桌上的信号探测器突然响了起来。一个红色的圆点在屏幕上闪动着，同时发出“嘀嘀嘀”的声音。不知是在为对方铿锵的话语喝彩呢，还是在冷冷地嘲笑着什么。

信号就是命令！在距离十月二十五日还有一小时十三分钟的时候，专案组的四人小分队踏上了寻找并保护彭广福的征途。

寻找目标的过程并没有太大的技术难度。只要打开探测仪，在显示屏上便会出现一道道电子同心圆，这些同心圆构成了一幅电子地图，而相邻的两个圆之间代表了五公里的实际辐距。同时以探测仪所在方位为圆心，又辐射出四条分别代表了东、南、西、北方向的坐标线。接收到的信号在电子地图上以红点的形式跳动着，其相对于圆心处的坐标亦同时显现出来。

最初的信号显示，目标出现在距刑警大队东偏北二十三度，直线距离五十三点六公里处。技术人员经过勘查，确定该地点位于泰林县安峰乡境内。韩灏四人随即登上警车，向着安峰乡疾驰而去。

四十分钟过后小分队抵达安峰乡。此时探测仪上的红点距圆心已非常接近，但尚需往北再行驶一段距离。从现场情况来看，这将进入安峰乡外围无人居住的山区，地势无疑会变得愈发的复杂和凶险。

此刻已是深夜，乡间的气氛寂静幽暗，难觅到半分人气。柳松驾着警车在乡间来回溜了两圈，才终于找到一条继续北上的狭小土路。沿着这条路开了不久，两边山势渐起，微弱的月光亦被遮挡，除了车灯的探照之外，四周竟黑漆漆地伸手不见五指。

又开出了数公里之后，探测仪上的信号点已近在眼前，而时间也接近了二十五日凌晨。车内四人的神经全都绷到了极限，一场惊心动魄的交锋正在向他们步步逼来。

山路终于到了尽头，前方的山脚下出现一个黑黝黝的洞穴。警车是没法再往前开了，而探测器上的信号标志的方位正在眼前。车上众人此刻全都明白，他们要找的目标就在这洞穴里。

“保持警戒！”韩灏低声命令道，“先不要下车，用大灯探探情况！”

柳松会意，熟练地操控着方向盘，同时配合着脚下的油门，警车咆哮着就地旋转起来。车头的大灯也跟着四下扫动，使得韩灏等人看清了洞口附近的情况。

仔细看来，那个山洞规则平整，显然是人工开掘出来的，而洞口内外则散落着一些破败的生产器具。

“这是个……废弃的矿洞？”尹剑小声猜测了一句。这个想法立刻得到了其他人的认同。泰林县境内的山脉富含煤层，早年间违规开采的小煤矿层出不穷。后来地方上打击得比较厉害，这些小煤矿都难逃关停并转的命运，而山间也因此留下了不少废弃的矿洞。

回想起录像上的情形，现场环境确实和矿洞有几分相似。看来这就是Eumenides设置的游戏地点。警方来了，而Eumenides和彭广福呢？他们是否已等待多时？

熊原等人的目光慢慢都聚集在了韩灏身上，他们在等待专案组组长下达作战的指令，而韩灏的两眼则紧盯着那个洞穴，他浑身的血液正翻腾着涌上来，额头上青筋迸现。

黑黝黝的洞穴像是怪兽的嘴巴，在嘶喊，在嘲笑，更像是要吞噬什么。在那洞穴里，会有什么样的可怕事情即将发生呢？

对Eumenides来说，这也许只是一场游戏；对熊原等人来说，这是一场凶险的战斗；而对韩灏来说，这却是一场关系到过去与未来的痛苦选择。Eumenides想要将他玩弄于股掌，而他呢？他是否能抓住这次机会，在击败对手的同时也解开一直纠缠着自己的心结？

这疑问已经到了必须解开的时刻，无路可退，也不能再退。

“调整车头，让大灯照进洞里！”韩灏发出了第一个命令。柳松立刻遵令执行，他的车技娴熟无比，虽然洞口地势狭小，但他三倒两挪之下，警车便已停在了一个合适的位置。

灯光直直地射过去，映出了洞内一定纵深下的情形。众人的精神亦同时随之一振。他们都看到了，在离洞口不远的地方站着一名男子，从体貌衣着上来看正是在录像上出现过的彭广福。

彭广福受到灯光的惊扰，身体不安地挣扎起来，但他的动作被限制在一个很小的幅度内，显然遭到了捆绑之类的束缚。

熊原看了看表，时间已经过了二十五日的零时，Eumenides随时有可能对彭广福下手。他皱了皱眉头，向韩灏建议道："进去吧？"

韩灏明白熊原所想，矿洞内地形复杂，对凶手的躲藏与逃脱都非常有利，要想保证彭广福的安全，必须尽早将其带离矿洞。于是他不再拖延，坚毅地点了点头，目光挨个扫过队友，然后沉着声音说道："行动！"

车内众人立刻领命而行。

在出发之前警方便预料到可能会面对黑暗的环境，所以小分队诸人都配备了警用手电。此刻他们右手拔枪的同时，左手则拿起手电打开。然后四人下了警车，各自站好位置，组成了相互掩护的战斗队形。眩亮的高压电光迅速在各个方向上扫过去，使众人看清了周围的山势环境。

这是在两座小山包之间夹出来的一条山路，而众人所处的位置正是山路的尽头。可以想象，此处原来并不会有人迹踏至，只是因为矿洞的存在，才特意开了这条路出来。矿洞废弃后，这里自然也就重归荒野，失去了人烟。此刻往四周看去，只见山包上一片片荒芜杂乱的灌木和树林，山风呼啸，黑影摇曳，形势凶险至极。

韩灏略一思索，冲身旁的尹剑吩咐道："去把车灯关了吧。"尹剑点点头，把身体探入驾驶室内，关掉了车大灯，并顺势把钥匙拔了下来。众人都明白此举的用意，如果Eumenides隐藏在洞外山林中，小分队进入矿洞后，照射的车大灯不仅会使他们处于敌暗我明的不利境地，而且会让他们面向洞口时因为车灯的直射而短暂失明。而车灯灭了之后，现场所用的光亮都来自于小分队持有的警用手电。这样警方便在某种程度上占据着视线上的优势。

一切准备就绪，韩灏做了个手势，众人变换队形，由熊原断后作外围掩护，一行人快速而又谨慎地向着矿洞方向包抄而去。

与小分队如临大敌的紧张阵势形成对比的是，洞内洞外却一直未发生什么异常的情况。四人很顺利地进入了洞口，就着几支手电光迅捷地搜索一番之后，他们发现除了刚才就看到过的那名受缚男子外，矿洞可见范围内并无其他人员存在。

熊原和柳松持枪背向而立，将手电光分别照向了洞口和洞内的纵深处，严阵以待。根据对现场地势的勘查，只要守住了这两个方向，位于矿洞前端的众人便不会有被敌人突然偷袭的危险。韩灏和尹剑在得到队友的掩护之后，双双向着那个被缚的男子走了过去。

在手电光的映照下，男子的庐山真面目被清晰地展示出来。这是一个不到三十岁的青年人，头发胡子乱蓬蓬地，眼窝亦深深地凹陷着，显得极为憔悴消瘦。不过从面容上仍然可以分辨出，此人正是在录像中出现过的袭警案嫌疑人彭广福。

看到有人进入矿洞，彭广福瞪大血红的眼睛，张开嘴“啊啊”地叫喊着。他的左右手被绳索捆在了一起，同时右手腕被一只手铐锁铐在了用来支撑洞壁的脚手架上，因此动弹不得。

尹剑下意识地将手电光移到了彭广福的嘴部，他看到半截舌根在张大的口腔内徒劳地颤动着，无法发出任何清晰的声音。尹剑咬了咬牙，回想起录像上的血腥场面：Eumenides为了不让彭广福向警方透露信息，竟真的活割了对方的舌头。现在目睹受害人的惨状，即便是身为警察，他也不禁觉得后背有些微微发凉。

可现在彭广福毕竟是到了警方手中，即使他没有舌头，也总有其他的方式把所知道的情况表达出来。难道那Eumenides竟嚣张地认为警方绝不可能将彭广福带离这个矿洞吗？想到这里，尹剑又产生一种被人轻视和戏耍之后的愤懑。

而韩灏此时的感觉却又和尹剑完全不同。他的双眼正死死地盯在彭广福的脸上，那目光似乎要将对方戳出两个窟窿一般。这是一个他苦苦寻找了一年的人，这个人给他带来了生命中最大的耻辱和痛苦，现在这个人终于出现在了他的眼前，他恨不能立刻便将对方焚尽在自己愤怒的烈火中。

然而他必须先控制住自己的烈火。小分队现在的任务是要将彭广福安全地带回到刑警队，从而在与Eumenides的交锋中获得一场决定性的胜利。

彭广福显然也明白，出现在矿洞里的这几个警察正是自己继续存活的希望所在。他本已被身心双重的痛苦折磨得精疲力竭了，此刻却又振起了最后一分精神。他发出“啊啊”的嘶哑叫喊，双目中闪动着对生命的期待。

韩灏强迫自己先冷静下来，然后对尹剑吩咐道:“你去看看，那个手铐能不能打开。”

韩灏的声音显然令彭广福回想起了什么，他的身体猛地一震，目光愕然地盯在了韩灏的脸上。借着手电筒折射过来的微弱光线，他慢慢看清了对方的容貌，并将其与自己记忆中的某个片段吻合在了一起。

一年之前，同样是一个幽暗的夜晚。曾经有过的交锋……虽然短暂，却给人留下了无法磨灭的印象。现在，那熟悉的声音，熟悉的容貌，居然又一次出现在了眼前。

彭广福脸上的神情由期待变成了惊愕，又从惊愕变成了恐惧。他张大了嘴，丑陋的舌根颤动着却又发不出任何声音。

韩灏“哼”地冷笑一声，上前一步，伸左手抄住了彭广福的头发。

后者被迫仰起头，与面前这个高大的警察形成对视的状态，然后他听到了对方森然刺骨的声音:“你认出我了吗?你必须为一年前的罪行付出代价！”

彭广福的目光惊惧地闪动了两下，然后“啊啊啊”地嘶喊起来，语调惶恐而急促，似乎在向对方求饶，又似乎急切地想要说出些什么。

他想要说什么呢?如果现在让他作个选择，在愤怒的韩灏和可怕的Eumenides之间，哪一个人会更加令他恐惧?

“韩队，这手铐有些奇怪。”尹剑的话语让韩灏的思绪摆脱了痛苦的往事，重新回到现实所处的环境中。他松开彭广福，看向自己的助手，后者随即又补充了一句，“我找不到锁眼在哪里。”

“柳松，你去和尹剑换一下。”负责警戒的熊原听见遇到了开锁的麻烦，立刻向手下的特警队员吩咐道，而开锁正是柳松最擅长的绝活。

尹剑也心领神会，迅速和柳松换了岗位。后者走上前，开始专心地研究困缚住彭广福的那副手铐。

与普通的手铐不同，这手铐的环扣非常粗大，套在彭广福的手腕上，倒像是戴着一副精钢打制的运动护腕一般。另一半环扣则锁在了一排脚手架上，这脚手架是为了支撑矿洞而搭建的，结构复杂，相关的基点都被铆钉牢牢地嵌在石壁内，绝无轻易拆卸的可能。

要想带走彭广福，必须将手铐打开。可是正如尹剑所说，在那手铐上却找不到任何锁眼，相反，倒有一根筷子粗的电线连接在手铐内。

“这是电子手铐！”柳松看出了一些端倪，“这不是用钥匙开的，我们得找到它的电子开关。”

“是有个遥控器吗?”不远处的熊原皱起了眉头。他深知柳松的手段，只要是机械锁，小伙子都可以凭借一根铁丝搞定。可现在却出现了电子锁，如果遥控器掌握在Eumenides手里，那他们想要现场开锁的难度就非常大了。

不过情况似乎比熊原所想又要稍稍乐观一些。

“应该不需要遥控器——这是有线电子锁，控制开关应该就在电线的那头。”柳松一边说着，一边用手电光去寻找电线的尽头处。

那电线被固定在脚手架上往矿洞深处延伸，直到十多米外随着矿洞的地势拐了弯，竟是一眼看不到头。

“我过去看看。”柳松指了指电线消失的拐弯处，向韩灏请示。现在已经是战斗状态，他的任何行动必须得到上级的指令。

“不能单独行动。”韩灏略一沉吟，“这样，熊队长，你和柳松一块过去，这里由我和尹剑守着。”

可熊原却拒绝了韩灏的安排：“不，根据我们出发之前制订好的计划，在发现目标之后，我的任务就是守护目标的安全，不管发生什么情况，我都不能离开目标半步！”

韩灏点点头，他也理解对方如此教条的原因。在上一次的行动中，韩少虹正是由于脱离了熊原的保护范围，才终于被Eumenides刺杀得手，特警队长对自己的这次疏漏也是耿耿于怀，决不能允许类似的情况再次发生。所以他才坚持要和彭广福待在一起。

“尹剑，那你和柳松一块去吧。”韩灏调整了自己的命令，“注意安全，打开对讲机，随时保持联络。”

“明白。”尹剑非常干脆地回应道。虽然他看起来一副文质彬彬的样子，也经常被韩灏训斥，但在执行任务的时候，却同样是刑警队里的一把好手。

尹剑和柳松互相掩护着，一路顺着电线的走势往矿洞的深处探去。不多会儿便通过了拐弯口，消失在韩灏的视线之外。此刻守在洞口的只剩熊原和韩灏二人，熊原也改变了原先的警戒姿势，目光不时扫动，监控着更大的范围。而韩灏则掏出自己带来的手铐，将彭广福的手腕在脚手架上又加铐了一圈，以防柳松在找到开关、打开电子手铐之后，重新恢复自由的彭广福会伺机制造事端，从而节外生枝引起不必要的混乱。

尹剑和柳松过了矿洞的拐弯口，却见那电线依然绵延难觅尽头。两人小心翼翼地向前摸索而行，又走了二三十米，来到了洞内一处相对空旷的地方。这里像是一个小厅，有着十来平方米的空间，厅壁上又出现了三个独立的洞口，各自通往不同的方向。

两人都知道，在矿洞中对洞穴的挖掘都是根据矿脉的走向而定，因此出现这样的分岔地形也很正常。只是这三个洞口却给他们追寻电子手铐的开关带来了困扰。

在小厅内，那根原本筷子粗细的电线被剥开了外皮，露出里面三绺较细的电线来。这三绺电线又分别沿着脚手架的走势进入了三个洞穴。而且这次细线不再是贴着脚手架，而是钻进了空心的钢管中，让人更是难以摸清它的去向。

“这是什么意思？怎么变成三条线了？”尹剑对这方面的知识了解甚少，只好向柳松询问。

“可能有两根伪线。”柳松猜测道，然后他通过对讲机将这个情况向韩灏和熊原作了汇报。

熊原也初步认同柳松的猜测。这意味着在那三绺电线中，只有一根最终会通往真正的电子开关，而其余两根则是用来干扰警方视线的障眼物。

和韩灏简单商议一番之后，熊原命令尹柳，不得分开行动，二人结伴，依次去寻找三条线的源头，如果找到开关，则一一试验。反正这电线连接的是手铐而非炸弹，即使按下了伪线开关也不至于造成无法收拾的后果。

尹剑和柳松领命而行，他们首先进入了最左边的洞穴。因为电线隐藏在脚手架的钢管内，他们只能顺着那根钢管向前搜索。在钢管的尽头，那电线倒是钻了出来，可随即又钻进了相邻的另一根钢管中，如此反复多次，两人也在洞穴内越走越深，四五十米之后，才终于有了令人欣喜的发现。

在某根钢管的尾部，电线没有再次钻出，取而代之的是嵌在钢管口的一个圆形的电子装置。在这个装置的中心部位有一个按钮，虽然没入钢管之中，但只要伸出手指便可探及。

尹剑保持着警戒的姿态，柳松则蹲下身仔细地观察了一番，然后他通过对讲机汇报道："我们已经找到了一根电线尽头的开关。这里有一个信号发射器，按下开关应该能发出一定频率的信号，如果这个信号的频率与手铐里的设置吻合，手铐就可以打开。"

"很好。"守在矿洞口的熊原和韩灏用目光交流了一下，然后下达命令，"你现在按下那个开关试试看。"

"明白。"对讲机里传来柳松的声音。片刻后，熊原和韩灏看到电子手铐上的一个绿灯闪了一下。

"我已经按下了开关按钮。"柳松在对讲机那边汇报说。

可是绿灯闪过之后，手铐并没有任何变化，扣环仍然牢牢地锁在彭广福的手腕上。

熊原也凑到了手铐附近，他仔细查看了绿灯闪动的地方，发现那个区域内有三个并列的信号灯，这似乎印证了他和柳松此前的猜测：三条电线中的两条是伪线，另一条连接着有效开关并且对应手铐上的一盏灯。

也许只有当正确的那盏灯亮起时，手铐才能打开。

熊原和韩灏继续下达命令："立刻找到并按下第二个开关！"

尹剑和柳松丝毫没有停留，他们立刻返回到分岔口，并追寻第二条电线向着中间的洞穴里探去。在找出四五十米之后，另一个信号发射器同样出现在了某根钢管的管口。

柳松汇报之后再次按下了开关。在洞口处，电子手铐上另一盏绿灯闪了一下，可是手铐还是没有打开。

"去找第三个开关！"熊原的命令毫不迟疑，可他心中却闪过一丝踌躇。三分之二的概率仍然没有命中，难道这仅仅是运气问题吗?

几分钟之后，最后一个信号发射器也被找到了。当柳松按下开关之后，却仍然是同样的情况：绿灯亮起，但手铐的扣环纹丝不动。

熊原和韩灏面面相觑，脸上均露出不解的表情。难道这三根都是伪线? Eumenides布下这样的玄虚，用意又何在呢?

正在此时，对讲机中又传来了柳松的声音："或许是我们判断错了，这三根线中并没有伪线。"

"没有伪线? "难道三条都是真线? 那手铐早就该打开了啊! 熊原不解地摇摇头，"你是什么意思? "

"每次按下开关，闪动的都是绿灯，这说明每个开关都是有用的。"柳松在对讲机那头分析道，"但是一共有三盏灯，也许得这三盏绿灯同时亮起，手铐才会打开。"

是的! 听柳松这么一说，熊原心中豁然开朗。在电子信号的设置中，绿灯表示成功，红灯才表示失败，这是在全世界都通行的规则。可以想象，如果这三盏绿灯同时亮起，那这副手铐还有什么理由打不开呢?

熊原立刻兴奋地下达了命令："那你们快把这三个开关同时按下试试。"

对讲机里却传来令人沮丧的回答："我们做不到。三个开关在三个不同的地点，至少要三个人才能把它们同时按下。"

的确，柳松所说的正是他和尹剑面临着的尴尬局面。三个开关分别在三个矿洞的分支中，而所有的开关又是即时加力才能触发的弹性按钮，信号发生器又是被嵌在钢管中的，根本无法移动。要想同时触发三个开关，除了有三个人分别前往不同的洞穴中，还能有其他方法吗?

通过柳松的描述，韩灏和熊原很快也明白了对面的实际情况。他们的脸色因此而变得沉重起来。

"警方只能派四个人参与。"韩灏苦笑了一下，"现在我们能明白他为什么要设置这样的游戏规则了。”

是的，Eumenides的凶险用心此刻已昭然若揭——要想解开困缚着彭广福的手铐，警方必须派出三个人分赴三个不同的开关所在地，加上彭广福亦需要人守护，这意味着警方的四人小分队将彻底解体，每个人都将陷入单独行动的不利境地。

“让他们两个回来吧。”熊原看着韩灏建议道，“他的目的太明显了。我们不能按照他的设想行动，否则只会越来越被动！我们四个人都守在这里，然后请求增援。”

这的确是最稳妥的方法。毕竟彭广福已经在小分队的控制中，他们已没有必需的理由再去遵循Eumenides制定的规则。固守待援虽然有些窝囊，但终究是把主动权掌握在了自己手里。

可是事情却并不像熊原想的那样简单，柳松接下来的话语才让他真正明白形势的严峻。

“等等，又有新的情况！”小伙子语气急促，“我们在信号器旁找到一张纸条，上面有署名Eumenides的留言！”

熊原立刻追问：“他说了什么？”

“他说：我在矿洞内安放了炸弹，引爆时间设置在二十五日凌晨一时整。”柳松快速把纸条上的内容念了一遍。

柳松话音未落，小分队的四人几乎同时做出了同一个动作：看表。

现在的时间，已是二十五日凌晨零时四十五分！

冷汗从每个人的额头细细地渗了出来。

在这样的情形下，谁也不会天真地将Eumenides的留言当成一个玩笑。所以留给小分队的时间只有十五分钟了，如果十五分钟之后他们再不撤离，那么小分队成员们将和彭广福一起被炸弹吞噬在矿洞中！

固守待援的方案已没有任何可行性，现在该怎么办？

现场拆弹吗？

虽然熊原等人都有着拆弹反爆的能力，但矿洞的地形实在过于复杂，谁知道Eumenides会将炸弹藏于何处？脚下的粉煤层、洞壁的罅隙、废弃的杂物，甚至脚手架的空心钢管都有可能成为炸弹的载体。在这么短的时间内要想寻找到那枚炸弹，根本就是不可能完成的任务。

那枚炸弹连找都找不到，怎么去拆？

所以现场拆弹的念头仅在众人脑子里闪了一下，尚未经任何人提出便被齐齐地否定了。

他们只有一条路可走：必须在一点之前撤离矿洞！

而在此之前，他们还要尽力去完成既定的作战目标，将彭广福安全地带走。

现场出现了短暂的寂静。尹剑和柳松在等待着下一个命令，韩灏和熊原则蹙眉对视着，脑子飞速地旋转以寻找应急的对策。

大约五六秒钟之后，熊原首先下定了决心。

“再试最后一次吧，时间还来得及。我们同时按下那三个开关，如果还是打不开——”他瞟了一眼彭广福，“那就只能牺牲他的手了。”

彭广福显然听懂了对方话语中的潜台词：如果这一次还打不开手铐，那么警方人员就不得不砍断自己的手腕以将他带离。彭广福惊恐地看着熊原腰间那柄锋利的野战匕首，嘴里发出极不情愿的“呵呵”声。

“同时按下那三个开关……”韩灏的思维则纠缠在这几个字上，他深深知道，这意味着小分队的四个成员将各自分开，而这正是Eumenides精心设计的局面。难道他真的要按照对方计划好的步骤去执行吗？

可是……已经到了这样的境地，自己还能有什么更好的选择呢？时间在静默中流逝，每一秒钟都如此宝贵，他已经没有机会再等待，没有机会再思考，他必须作出决定！

在众人的期待中，身为小分队队长的韩灏终于拿定了主意。他冲熊原点点头，表示赞成对方的建议，然后他紧跟着说道：“你去增援他们吧，这里由我来守着。”

“不。我必须守着目标，这是我的任务。”熊原拒绝了。他深深知道，不管Eumenides如何策划、行动，他最终要解决的目标仍是彭广福，所以守护彭广福仍然是警方最重要也是最危险的任务。这样的任务，他决不会轻易地移交给别人。

韩灏张了张嘴，似乎还想再说什么，但对方眼中坚定的目光让他把话头又吞了回去。

韩灏知道这次熊原已经下了死决心，无论如何也不离开彭广福半步。自己即使以专案组长的身份下命令，恐怕也无法改变对方的决定。

韩灏无奈地轻叹一声，然后他用右手拍了拍熊原的肩头，说道：“小心。”

韩灏不是一个愿意轻易流露情感的人，但他说出“小心”二字的时候，那听来平淡的两个字中却分明包含着太多的东西。

熊原心头一暖：“放心去吧，有我在这里，他连近身的机会也没有。”在他铿锵的话语中，充满了力量，也充满了自信。

的确，身为特警队长，熊原的实力是毋庸置疑的。由他守护着目标，即便是再凶恶的敌人又能如何?

韩灏点点头，他最后看了熊原一眼，做出了转身要离去的姿势。

离开矿洞口之后，韩灏加快了脚步，时间对他来说非常重要，他不能有片刻的停留。很快他便跑到了洞穴分岔的那个小厅中，他喘着粗气，用手电光扫向周围，观察着此处的地形。正在此时，一个黑影忽然从他身侧的一个洞穴中蹿了出来。韩灏一惊，下意识地一闪身，同时一个横肘向着那黑影扫了过去。

黑影双手一架，挡住了韩灏的攻势，同时低声唤了句：“韩队，是我！”

韩灏分辨出那是尹剑的声音，这才松了口气，责问道：“你怎么回事？黑糊糊的就往外闯？”

“我的手电坏了。”尹剑的语气颇为沮丧，他的手中拿着一只打火机，看来只能靠着微弱的火光照明了。

这可坏得真是时候！不过此刻时间紧迫，两人都没时间在这个问题上纠缠。

“柳松呢？”韩灏又问了一句。

尹剑往身后指了指：“他守在这个洞里。还有两个洞，我们得每人进一个。”

“我进中间这个，你去旁边的。”韩灏简短有力地命令道，“到位之后通过对讲机联系，注意安全！”

“明白！”

分工完毕之后，两人便不再多语，各自进入洞内向着电线尽头的开关寻去。没过多久，韩灏已经顺利发现了目标，并立刻通过对讲机发出了到位的信号。尹剑虽然已是第二次进洞，但动作却比韩灏慢了不少，想必是因为照明困难而引起的延误吧。

不过尹剑到位的信号终于还是传来了。此时已是零点五十二分。

“我们一同按下按钮，手铐应该就能够打开。”柳松此刻成了三人中的指挥，“你们听我的信号，当我数到三的时候，一起按下，然后保持五秒钟的时间。一、二、三！”

随着柳松信号的发出，三个岔洞内的三人同时按下了各自掌控的触发开关。同时韩灏已迫不及待地问道：“熊队长，情况怎么样？”

奇怪的是，对讲机中却听不到熊原的回答。

“熊队？熊队？”韩灏又呼唤了两声，对面仍无声息。

一种不祥的征兆已通过对讲机蔓延了过来。

“时间够了，撤！”柳松焦急地发出了回撤的信号，随即他第一个向着外围洞穴冲了出去。他跟随熊原多年，深知这样的反常情况极不正常，心中已是忧急如焚。

韩灏应声而动，在跑出岔洞之后，他紧随着柳松身后向矿洞口奔去。他们几乎是前脚紧跟后脚地穿过了矿洞的拐弯口，然后两人同时闻到了一股血腥的气息。

手电光迅捷地摇动着，映照出矿洞口附近的惨状：那副困缚着彭广福的电子手铐已经打开，但彭广福却并未因此获得自由的生命——他软软地瘫倒在脚手架下，脖颈处汪出了一大片的鲜血，从他的躯体上已看不出任何生命残留的迹象。

而另一幅情形则让最先赶到现场的柳松几近崩溃。在离彭广福尸体两三米远的地方，熊原也仰面躺倒在地。这个壮硕的特警队长正用手竭力捂住自己的喉管，但随着他急促的呼吸，一股一股的鲜血仍从他的手指缝中不断涌出，难以抑制。很显然，他的喉部也遭受了重创，情势岌岌可危。

“队长！”柳松悲呼一声，他抢上前双膝跪地，将熊原抱在自己怀里。后者尚保留着一丝迷离的神志，他勉力睁开眼睛，看到自己的亲信属下赶来，略微露出了宽慰的神色，然后他张开嘴，想要说些什么，可是他的气息却在喉管处阻断了——因为那里赫然出现了一道可怕的刀口，他已无法将空气的振动传送给声带，只能徒劳地在伤口处堆积出一团团的血色泡沫。

韩灏先是怔了一下，随即他也抢跪到了熊原身边。当看清后者的惨状之后，他痛苦地闭上眼睛，似乎不忍卒睹。同时他颤着嗓音叫道：“熊……熊队长？”

熊原听见了韩灏的声音，他本已黯然的目光又强撑着闪烁了一下，然后他用尽最后一丝力气抬起头来，两只手紧紧攥住了韩灏的胳膊，手腕上青筋凸现。

韩灏转过头来与熊原对视着，而后者的目光像是带着钩子般的魔力，深深地扎在了韩灏的心灵深处。突然，韩灏似乎意识到了什么，他把耳朵贴在了熊原的嘴边，急切地问道："你想说什么？"

熊原发出"呵呵"的声音，却无法形成任何语言。在他喉管的伤口处，一个个的血沫被气泡吹起，然后又一个个地破灭，而与此同时，大量血液仍在不停地汩汩涌出。看来那一刀连同熊原的颈动脉一同切断了。

这正是Eumenides刺杀韩少虹时用过的手法。无声无息，但一刀便足以致命，不会给受害者留下一丝的生存机会。

此刻尹剑也赶回了矿洞口，眼前的场景显然让他惊呆了，他愣愣地站在三四米开外的地方，惶然问道："这……这是怎么了？"

"他妈的，还愣着干什么？"韩灏突然骂了起来，"快去开车，开车！"

尹剑这才回过神来，他咬了咬牙，向着洞外的警车狂奔而去，韩灏和柳松则合力抬起奄奄一息的熊原紧随其后。尹剑抢先钻进了驾驶室，在他将车火打着的瞬间，韩柳二人也跟了上来，将熊原抬放在了警车的后厢。

"韩队，去哪个医院？"慌乱中的尹剑已经有些失去了主张，他甚至想不起来回市区的路该怎么走，他只知道紧紧地握住方向盘，汗水从指缝中一阵一阵地渗了出来。

韩灏却没有回答，此刻他正木然地看着躺在自己腿边的熊原。特警队长已然闭上了眼睛，喉管处再也不见血泡泛起——这说明他的呼吸也停止了。

柳松伸出了右手食指，颤抖着探到了熊原的口鼻间，而那里已感受不到生命流动的气息。茫然地怔了片刻之后，柳松忽然像一只发怒的狮子一般跳了起来。

"浑蛋，浑蛋！我操你妈！"他疯狂地嘶喊着，声音带着哭腔，然后他挥着手枪就要向车下跳去。

“回来！”韩灏一个纵身将柳松扑倒在车厢里，同时他扭头冲尹剑吼道，“快开车！还等什么，马上就要爆炸了！”

尹剑如梦初醒，现在的时间距离凌晨一点已所剩无几。他连忙挂上车挡，猛踩几脚油门。警车在矿洞口画了半个圆圈之后，如箭般“噌”地沿着崎岖山道蹿了出去。

“让我下车，我要找到他，我要杀了他！”柳松兀自在癫狂般地吼叫着，然而韩灏死死地压着他，警车亦越行越快。他终于放弃了挣扎，转而号啕大哭起来。

韩灏颓然瘫坐在警车的后厢里。在他身边不远处，熊原的身体余温尚存，可这个勇猛的特警队长再也不能睁开他的双眼了。

片刻之后，韩灏用双手揪抓着自己的头发，发出痛苦压抑的闷声嘶喊：“啊……”

伴随着韩灏的叫声，矿洞里的爆炸也按时而来。在充满了火光的震动中，洞口的岩土坍塌堆积，彭广福的尸体——连同现场所有的痕迹与线索均被深深地埋藏了起来。

第八章 疑云重重

四个小时之前，二十四日晚二十一点。

省城市区。

慕剑云走在喧嚣的都会街头，此刻华灯高照，正是红男绿女们的夜生活渐入高潮之时。

省城无疑是一个繁华的现代都市，可是当慕剑云拐了个弯，转进街边的一条小巷之后，立刻便来到了另外一个世界中。

这里夜色深沉，已经难觅来往的人迹。狭窄的巷道两侧，本就昏暗的路灯大部分又已残破，根本无法起到照明的功能。慕剑云只能借着惨淡的月光看清眼前的情形。一间间低矮的民房夹着巷道，投下幢幢的黑影。偶有活物从黑影中穿梭而过，却是些流浪的野猫，它们通常会停下来“喵呜”两声，用幽亮的目光打量着这个闯入小巷的不速之客，而它们的颈背则高高地拱起，保持着十足的警惕。在来客走近之前，这些黑夜中的幽灵便会扭转身形，迅速远去，动作轻捷而诡异。

阴冷的秋风在巷道间穿过，带来的寒意亦比闹市街头强烈了许多。慕剑云双手插在外套的口袋里，夹起胳膊肘让衣服紧贴着自己的身体。

这可真不是什么好地方。她皱起眉头思忖着。

可是这地方却是真实存在的。虽然很多人早已将这种地方遗忘，但它却仍然存在，在任何一个都市中都存在——而且就在离喧嚣街头不远的地方。

既然存在，那就总有一些人要去面对。

慕剑云来到了那间小屋前，她不仅要面对这幽暗的小巷，还要面对小巷中最恐怖的人。

谁也不想去面对那样一个人，尤其是在这寂寥的夜里——那是一个怪物，足以给任何人带来噩梦的怪物。

作为一个心理学研究者，慕剑云亦深深知道，能给别人带来噩梦的人，自己往往要承载着更多的噩梦。

所以那既是一个怪物，更是一个可怜的受害者。

现在慕剑云盼望的是，既然那个怪物见证了噩梦的开始，那么在他手中，是否会掌握着结束这场噩梦的钥匙呢？她独自来到这里，为的就是寻找其中的答案。

看起来屋中人也早已在等待着她——因为敲门声刚刚响起，屋门便已经打开了。

黄少平站在门后，屋内昏黄的灯光在他脸部形成半明半暗的投影，使得他那丑陋的面容变得更加恐怖。

“你好。”慕剑云首先打了个招呼，她并不想让对方感觉到自己的不适。

“你来了。”黄少平的目光往女讲师的身后瞥了瞥。

慕剑云知道对方在看什么，她微笑着说道：“就我一个人。”

黄少平破裂的嘴角往上翻了翻，看得出来他也想要微笑，可这微笑却实在传递不出任何愉悦的感觉。然后他点点头："请进吧。"

慕剑云从黄少平身旁绕了过去，后者关上了屋门。小屋与外界隔开了联系，透出一股压抑的气氛。

"随便坐吧。"黄少平嘟囔了一句。说是随便坐，可慕剑云并没有太多的选择，屋子里除了一张木头凳子以外，其他能坐的地方就只有墙角那张肮脏的小床了。

慕剑云把凳子搬到离小床较近的地方，而黄少平则拄着拐杖艰难地向着床前走去。慕剑云向前迎了一步，想要去搀扶对方。黄少平显然看出了她的意图，目光略略地一瞥，虽然没有说话，但拒绝的意味却非常明显。

慕剑云一愣，竟无法再向前。这男子的目光中似乎透出了一种神秘的气质，他的外表令人恐怖，境况令人可怜，可这突然显现的气质竟是威严的，让人难以接近。

这种感觉只是一闪而过。黄少平随即又低下头，自顾自地挪到了床边。在沉寂的气氛中，屋内两人分别在床头和凳子上坐下，形成了面对面的态势。

刚才的那次受挫使慕剑云放弃了寒暄，她决定以一种强势的姿态切入正题。

"你有事情要告诉警方？"女讲师严肃地问道，并刻意强调了警方两个字，以图在对话中占据主导的地位。

"不。"黄少平却摇了摇头，偏偏针对这两个字反驳起来，"如果要告诉警方，那我早就告诉了，我现在只是要告诉你。"

慕剑云"呵"地干笑了一声，她觉得有必要向对方再明确一下自己的身份："可我就是警方。我是警校的老师，现在调入'四一八专案组'。"

"我知道。"黄少平紧盯着慕剑云，他脸上的肌肉也随之抖动起来，“所以你要先答应我一件事，然后我才能把要说的告诉你。”

慕剑云已经料到对方会提出一些要求，她沉默了一下，问道：“什么事？”

“你不能把我说的这些秘密告诉其他警察，你只能自己去调查。”

“为什么？”慕剑云蹙了蹙秀眉，有些不解。

“因为我不信任警方。”黄少平声音嘶哑，表情却极为郑重，“我知道的事情，可能会给我带来生命危险。所以这么多年来，我从没对任何人说过。”

“你什么意思？”慕剑云飞快地分析着对方话里的潜台词，然后她愕然问道，“难道警方也有人涉案？”

黄少平轻轻地哼了一声：“你先别问这么多，总有一天你会明白的。你先回答我，能不能答应我这个要求？”

为了探索谜底，慕剑云似乎没有选择。

“我答应你。”她不假思索地回答。真实案情似乎比已显露的部分更加可怕，但越是这样，她越有责任去揭开其中的隐秘。

黄少平紧盯着慕剑云，片刻之后，他的喉头动了一下，看来是准备开口了。女讲师早已屏息凝神，竖耳以待，而她也终于听到了对方的话语：“在爆炸案发生前的一个月，市公安局破获了一起贩毒案。你应该去查查这起案子。”

“什么？”慕剑云一愣，她以为黄少平会说出爆炸案现场的一些秘密，可是对方口中却突然冒出另外一桩案子来，这起案子她甚至都从未听说过。

对于慕剑云的反应，黄少平显得并不意外。他点点头，又再次强调了一遍：“三一六贩毒案。”

“这和爆炸案有什么关系？”慕剑云诧异地问道。

“你去查吧，你应该能发现其中的线索。”黄少平眯起眼睛，目光显得更加凝重，“我还不能把所有的事情都告诉你，因为我无法确定你是否有能力保护我，你得首先证明你的能力。”

慕剑云与黄少平对视着，忽然她心中凛然了一下，某种疑问已无法回避。

“你到底是谁？”她脱口问道。黄少平残缺不全的面容依然可怖，但此时他的言谈，他目光深处的东西，包括他突然提及连自己都没听说过的案子——这些根本不是一个拾荒的流浪汉所能具备的。

黄少平翻起嘴唇，露出一口白花花的牙齿，伴着“呼哧”的怪笑声，他说道：“这不是我今天想要和你讨论的问题。”

慕剑云花了几秒钟让自己的头脑冷静下来，她感觉到自己太被动了，她必须换个交谈的方式。

“看来你向警方隐瞒了太多的东西。”她冷冷地威胁道，“也许我现在就应该把你带回专案组。”

黄少平“嘿”地笑了一声：“那你就违背了刚才的诺言。我只能怪自己看错了人……那些秘密将永远烂在我的肚子里，你们再也不可能知道十八年前到底发生过什么。”

通过对方的语气，慕剑云知道刚才的威胁毫无效果，她无奈地撇撇嘴，给自己找了一个台阶：“好吧，我的诺言仍然有效……可是，你这几句没头没脑的话，我怎么知道你不是在耍我呢？”

“去查那起贩毒案，你会明白其中的意义。”黄少平还是那句话，他看来早已做好了充分的准备，立场坚定，软硬不吃。

“好吧……”慕剑云颇为无奈。既然找不到向前突破的方向，只好先守住已得的阵地了，她答应了对方：“那我就先去查查看。”

“不要对其他人说起这件事情。”黄少平再次强调，“你还不明白我们面对的是多么可怕的势力。我已经是一个废人了，你不会忍心再害我的，是吧？”

慕剑云点点头。看着对方郑重其事的样子，她心中也不免有些惴惴，同时她又忍不住问道："你为什么选我？既然你不信任警方，你又为什么会相信我？"

黄少平的目光在慕剑云的脸上转了几圈，然后他又"哧哧"地怪笑起来。

慕剑云皱起眉头，对方的目光和笑声都让她心中有种发毛的感觉。

"任何故事总有要结束的时候。"黄少平幽幽地说道，"当我第一次看见你，我就知道这幕戏的句号会落在你的身上。"

这算什么回答？慕剑云暗暗摇了摇头，她甚至有些搞不懂面前的这个怪物到底想要说些什么。

这真是令人气恼，自己作为一个心理学专家，却被面前的怪物玩弄于股掌之间。

"照我说的去做吧……等你有所发现之后，再来找我。"黄少平挥了挥手，表达了送客的意愿。

"那就……先这样吧。"慕剑云无奈地站起身，她知道从对方口中已无法获得任何信息。

"三一六贩毒案"，这就是自己此行唯一的收获。

不，也许还不止这些。她忽然又想到："这个黄少平在'四一八血案'中扮演的角色远非一个无辜的受害者，而他现在已不再隐藏这样的身份，这也许才是此行最大的价值所在。"

好吧，就去查查那起贩毒案，无论怎样，这总不至于把事情引向一个更坏的结果吧？怀着这样的想法，慕剑云向着小屋外走去。即将出门的时候，她又转过身来。

"谢谢你对我的信任。"她微笑着说道。对方仍藏着太多的秘密，而要想让他开口，首先得消除他心中的警惕和隔阂——在这方面，微笑常能成为非常有效的武器。

黄少平也笑了，他点了点头，目送对方掩门离去。

小屋再次恢复了一种与世隔绝的状态，屋内孤零零地只剩下黄少平一人。

怪物脸上的笑容消失了……他叹了口气，神色变得凝重起来。

我应该谢谢你才对。他在心中暗自感慨：在那个厉害的角色找来之前，希望这颗棋子还来得及发挥她的作用。

半个小时后，慕剑云回到了刑警大队。此刻韩灏等人正在会议室里守着那个信号接收器，紧张而焦急地等待着目标信号的出现。慕剑云没有打搅他们，她直接去找了曾日华。

曾日华正待在招待所的屋子里，闲看着电视，无聊得很。见到慕剑云来访，他显得颇为兴奋。

“我就知道你还得来找我。”他眉飞色舞地说道，“在这个专案组里面，你最信赖的人，还得是我，对不对？”

慕剑云自顾自地在待客椅上坐了下来，没有搭腔。她知道要对付这样饶舌又自恋的家伙，保持沉默是最佳的选择。

“嘿嘿。”曾日华也坐在了慕剑云对面的椅子上，得意扬扬地跷起了二郎腿，“怎么样，说说吧，你手里的那条线索进展得怎么样了？遇到什么难题了？让我来给你分析分析。”

“我需要你帮忙找一些资料。”慕剑云直截了当地抛出了她此行的目的。

曾日华学着绅士的派头耸了耸肩膀：“说吧，什么资料？”

“关于十八年前的另一起案件，‘三一六贩毒案’，我想调阅相关的案卷。”

曾日华看着她眨了眨眼睛，颇为不解：“你要那个干什么？”

因为答应过黄少平保守秘密，所以慕剑云在回来的路上便想好了应对的理由。

“没什么。”她很淡然地回答道，“只是偶然听说这起案子，想了解了解。”

曾日华“哧”地笑了起来：“今天这是怎么搞的？一个个都对以前的案子感起兴趣来了？”

“嗯？”慕剑云听对方这么说，立刻警觉地反问，“还有谁也要看这个案子？”

“罗飞呗。”曾日华撇撇嘴，“现在可不就我们三个是大闲人吗？不过他要看的不是什么‘三一六贩毒案’。晚饭后他到我这里，让我帮他查了‘双鹿山公园袭警案’的相关卷宗。”

“他看那个干什么？”慕剑云忍不住又追问。

“谁知道？”曾日华顿了顿，又阴阳怪气地调侃道，“或许是要在韩大队长的光荣史中寻找一种报复的快感？”

慕剑云摇摇头，打断了对方贫嘴的机会：“好了，别扯远了。说正事吧……我要的资料，能找到吗？”

曾日华板起脸：“有难度啊，那可是十八年前了……”看到慕剑云皱起眉头，他却开心地笑了起来，话锋一转，“不过有难度才能显出我的本领——嘿嘿，别说是公安系统的内部资料，就算是本·拉登的藏身地，只要美女开了口，我也能帮你找出来，信不？”

慕剑云笑道：“那就少废话，赶紧干活去吧。”

“Yes，madam！”曾日华敬了一个礼，动作神态却像是一只淘气的猴子。然后他来到书桌前，打开了随身携带的笔记本电脑。通过网络他可以足不出户便访问到公安系统的资料库，而身为省厅网络的最高技术指导，他无疑也掌握着顶级的权限。

作为一起已经审结的案子，“三一六贩毒案”本来就不属于什么保密内容，曾日华很快便把相关案卷调了出来。不过他没有直接把慕剑云叫过来浏览，而是在笔记本上继续操作着什么。

慕剑云在一旁看着他，忽然间对这个瘦小的男子产生了一种欣赏的感觉。

的确，虽然平日里多少有些猥琐邋遢，但曾日华坐在电脑面前时却完全换了一种气质。他的双手轻盈地抬着，十指在键盘上不停地交错翻飞，动作轻捷优美，那意境不像是面对着枯燥的数字世界，倒像是一个音乐高手在弹奏着琴键一般。

片刻后他停了下来，转头对慕剑云微微一笑："好了，请到招待所前台去取你要的资料。"

"嗯？"慕剑云愣了一下。

"前台有打印机。"曾日华解释道。

"哦。"慕剑云好像明白过来，"那……我直接把笔记本带过去吗？"

曾日华两眼一瞪，装出非常气愤的样子："你这不是骂人吗？我能干出那么老土的事情？直接过去就行，现在那边已经在打印了。"

"怎么会？"慕剑云又茫然了，"你还没把资料送到前台啊。"

"我是没去，但是它已经去了。"曾日华伸出两根指头，如拈花般将连在笔记本上的那根网线撮了起来，"只要有它，我就能够控制所有网络上的打印机。别说是招待所的前台，哪怕是中南海也不在话下。"他得意扬扬地说道。

是的。慕剑云心中一动，以曾日华的手段，要入侵一台网络上的打印机本不是难事。不过说到中南海也未免有些夸张了吧？看着对方的滑稽样子，她莞尔之余也无意争辩，起身道谢之后便离开房间向前台而去。

而在前台，服务员正面对着莫名开始工作的打印机大感困惑，虽手忙脚乱仍无法阻止相关资料一页页地吐出来，直到慕剑云过来才稍稍解开了她的困惑。

“这是我需要的资料，麻烦你帮我装订一下。”慕剑云一边说，一边展示了自己的证件和房间号牌。

见对方是由内部签单的客人，服务员倒不介意她把资料取走。不过小姑娘还是忍不住问道：“这是怎么回事？你的资料怎么会突然从我的电脑里打印出来？”

“我建议你把212房间里那个客人的电脑网线偷偷剪断，以后这样的怪事就不会发生了。”慕剑云压低声音，故作神秘地跟小姑娘开起了玩笑。她发现自己的情绪也有些受到曾日华的感染了。

小姑娘似懂非懂，她天真地笑了笑，然后按照吩咐将那些资料一张张地码齐，当最后一页纸打印出来的时候，她却愣了一下：“这也装进去吗？”

慕剑云瞥了一眼，立刻知道了小姑娘发愣的原因。最后一页纸并非她想要的资料——那是一页彩打的玫瑰花，花团锦簇，鲜艳欲滴。毫无疑问，这也是曾日华的得意之笔。慕剑云把这张纸接在手中，不免心中一暖。虽只是一团纸花，但还是给紧张的办案气氛中带来了些许难得的温馨。不过慕剑云只是微笑着欣赏了片刻，便将那张满页花团的纸递还给了服务员，同时说道：“这张不用装了。这是送给你的，感谢你的服务。”

小姑娘也开心地笑了起来，表情灿烂无邪。即使是在森严的刑警大队，即使是在这样一个严峻的时刻，快乐仍在遵循着一些简单的法则而传承。

同样发生在十八年前的“三一六贩毒案”和“四一八血案”之间会有什么样的联系呢？黄少平作为爆炸案的受害人，为什么会要将自己的视线引向一个月以前发生的另外一起案件？自从离开那间小屋之后，类似的疑问便一直困扰着慕剑云。好在她终于顺利地拿到了“三一六贩毒案”的相关卷宗，这些疑问也就有了解开的可能。

在离开前台往自己房间而去的路上，慕剑云一边走一边粗略地翻看着那些资料，而她很快便有了令人心跳加速的发现。

“三一六贩毒案”的专案组组长暨督办本案的总指挥官，正是时任省城公安局副局长的薛大林。

薛大林！慕剑云忽然意识到这是一个重要却被警方忽视的名字！在所有与Eumenides相关的案件中，薛大林正是第一个丧命的受害者！

不管是此人的身份还是他在系列案件中所扮演的角色，都本该引起“四一八专案组”足够的重视。但由于当事人罗飞的出现，不管是十八年前还是现在，众人都把注意力更多地集中在了当年那起惨烈的爆炸案上，从而放松了对薛大林被害真相的调查。现在黄少平刻意点出“三一六贩毒案”，是否正是要提示办案人员在薛大林的死与后来发生的爆炸案之间建立起某种联系呢?

这确实是一条非常新颖同时又极具启发性的思路。即使在十八年前老专案组侦破此案的时候，对这两起案件亦是分别调查，从未考虑过两起血案之间是否会存在某种更加紧密的关联。

并不是专案组水平有限。只是他们已经确定，Eumenides此前在警校内操作的四起小案子是毫不相关的，所以他们便没有想到两起血案的本因也许并不是孤立的。

不过慕剑云现在已经知道，警校内的那四起案子本是罗飞和孟芸赌气后的作品，而另有第三人假借Eumenides的构思策划了后来的血案。那此人会不会正是要利用警方的惯性思维，借此隐藏血案之间的联系，从而给警方的侦破制造障碍呢?

就在短短的几步路之间，慕剑云原本僵化的思路竟突然间打开了许多。这使得她对手中的“三一六贩毒案”的相关资料产生了更大的期待。她加快脚步来到了自己的房间中，开始静下心仔细钻研起这份案卷来。

可是后续的情况并不像她预想的那样乐观。在接下来的两个多钟头，她把案卷每一页的内容都细细地过了一遍，却未能获得任何对侦破Eumenides系列血案有价值的线索。仅有的关联仍局限在“薛大林”这个名字上，这使得慕剑云难免沮丧。她原本期望在卷宗里能找到袁志邦或者孟芸的名字，可实际上这两个人和贩毒案毫无关联。

身为公安局副局长，薛大林当时肯定会肩负起许多案件的指挥工作，难道仅仅因为他是“三一六贩毒案”的专案组组长就能把这起案件和薛大林的死亡联系在一起吗？这显然是毫无说服力的。可是黄少平又为什么单单把这起案件点出来呢？慕剑云深信其中必有自己尚未发觉的寓意。

没能理出更多的头绪，而长时间的阅读已使得慕剑云的头脑有些晕涨。她起身走到窗前，拉开玻璃深深地吸了一口室外的空气。深秋的寒意沁入了她的血液中，让她因过度运转而发热的思维渐渐冷却下来。她闭上眼睛，开始回顾“三一六贩毒案”的进程——经过刚才的阅读，相关内容已经印在了她的记忆中。

正如案件代号所显示的那样，这起贩毒案发生在“四一八血案”前的一个月——一九八四年的三月十六号，不过这只是案件结束的时间，而案件的开始要远早于此。

事实上，与案件本身的进程相比，这起案件的社会背景似乎更值得玩味。

二十世纪八十年代早期，国际刑警组织在世界各地加大了对跨国贩毒的打击力度，国际贩毒集团苦心经营多年的“毒品走廊”被一一摧毁，这使得他们不得不开始寻找新的安全通道。而改革开放初显成效的中国也被国际毒贩们纳入了开发的视野之中。

省城是全国贸易的主要关口之一，交通便利，资讯发达。在国际大趋势的背景下，绝迹多年的贩毒案亦开始在市内出现。这很快引起了警方的关注和重视，公安局副局长薛大林被任命为全市禁毒专项打击活动的负责人。

薛大林领导的禁毒小组很快捕获到了一条重磅信息：来自于东南亚地区的贩毒集团将在本市与境内犯罪分子进行一次数量巨大的毒品交易，而交易的时间正是一九八四年的三月十六日。“三一六专案组”由此建立。

这条信息来源于警方安插在犯罪分子内部的一个线人：邓玉龙。根据卷宗里提供的个人信息，邓玉龙时年仅仅二十五岁，但已经为警方当了七年的线人。

据卷宗记载，这个精干的小伙子本来是个辍学的混混，惯于在街头寻衅滋事，并且在当年的流氓团伙中也闯出了一些名声。这样的混混往往都会走向同一个下场，邓玉龙看起来也不例外。

在庆祝自己十八岁生日的晚宴上，喝多了酒的邓玉龙将另一名混混捅成重伤，并因此被警察逮捕。他似乎难逃牢狱之灾的惩罚了。他的人生从此将走向一条无奈的落魄轨迹。

可这时却有一个人出面救了他，这个人便是薛大林——他当时还没当上局长，而只是治安大队的中层领导之一。

薛大林帮助邓玉龙的手段很简单，他更改了出警记录，将邓玉龙伤人的时间从第二日的零点零六分改为了前一日的二十三点五十六分。虽然仅有十分钟的差别，但涉案的邓玉龙由“成年人”变成了“未成年人”，法律给他的惩罚也因此减轻了许多，他仅被判处有期徒刑三年，缓刑两年。

薛大林和邓玉龙非亲非故，他的帮忙当然是有条件的。当邓玉龙走出看守所之后，他表面看起来仍是一个不知悔改的混混，但实际上他已经成了警方的——或者准确地说，是薛大林的线人。

聪颖天资加上早年复杂的社会经历使得邓玉龙在这样一个“工作岗位”上游刃有余。他与薛大林的合作极为亲密，两个人也因此都获得了实实在在的利益。薛大林对辖区内案件的破获率大大增加，自己的仕途前景一片光明；而邓玉龙则在薛大林的暗助下在混混中树立起了威望，并最终赢得了更高层次的“大哥”的青睐。

这位“大哥”名叫刘洪，在当年的省城黑道上绝对可称风云人物。那时市场经济刚刚放开，刘洪凭着灵活的头脑和不怕死的狠劲迅速占领了黑道市场，从最初的敲诈勒索，到后来的收保护费，再到直接参与投机倒把，他很快积累了相当的财富。有些资历的混混亦纷纷投靠，刘洪的野心也越来越大，他开始谋建属于自己的“黑道”王国。

邓玉龙便在这时出现在刘洪的视野中——后者正需要一个既能打又能混的“助手”。于是刘洪将邓玉龙招入了麾下。

警方此时已有意打掉刘洪集团，邓玉龙能涉入集团内部对警方来说无疑是一个天大的好消息。

而更好的消息还在后面。当境外贩毒分子想在省城建立销售渠道的时候，他们无法避开刘洪这条地头蛇，于是便主动与他进行了接洽。受到贩毒巨大利益的诱惑，刘洪决定在这桩买卖中插一手，从而在省城成为垄断销售的庄家。在最初几次小规模的成功交易之后，双方约定在一九八四年的三月十六日进行一次真正意义上的大规模合作。

邓玉龙及时把相关信息传送给了警方。这样重大的信息令警方激动不已，而有了邓玉龙的存在，警方行动告捷的可能性也大大增加了——此时的邓玉龙经过近一年时间的表现，已成为刘洪的贴身心腹，与境外毒贩交易的全过程几乎都有他的参与。

三月十六日当天，刘洪带着邓玉龙和另一名保镖来到了交易地点，与他们碰面的则是来自境外的三名资深毒贩。薛大林带着警方便衣人员早已埋伏在周围，只等邓玉龙发出信号之后，便可展开收网行动。

然而事情却出了一些意外。一名境外毒贩不知如何发现了警方的便衣，交易现场的犯罪分子立刻夺路欲逃，在遭到警方阻击之后，双方展开了枪战。省城警方也第一次领教了国际毒贩的凶狠，面对警方的重重包围，他们明知毫无生机也要顽抗到底，并且击伤了参战的两名干警。

行动原本可能就此失败，但邓玉龙此时发挥出了巨大的作用，他在毒贩内部的反戈一击令凶犯们毫无抵抗之力。最终包括刘洪在内，其他的五名犯罪嫌疑人全都被当场击毙。警方在枪战中大获全胜。

此役共缴获海洛因五千八百千克，毒资七十万元。警方顺藤摸瓜，带有黑社会性质的刘洪犯罪团伙也在外围的战斗中被一举歼灭。

因为此案的成功告破，“三一六专案组”荣立了集体二等功，薛大林更是荣立了个人一等功，他的仕途一片看好。可谁能想到，仅仅一个月后，他却莫名惨死在Eumenides手中。

这就是“三一六贩毒案”的前后经过。

又一阵秋风吹来，呜咽如泣，愈发衬出夜色的沉寂。慕剑云伸出双手在脑门两侧使劲揉了揉，可思维却并未因此而变得通达。现有的资料显示，“三一六贩毒案”是一起完全独立的刑事案件，它与后来发生的“四一八血案”之间的联系到底在哪里呢？

就在慕剑云冥思无果的时候，门铃忽然响了起来，却是有客来访。慕剑云看看手表，已接近凌晨一时，她下意识地问了句：“谁啊？”

“我。”门外的声音传来，倒是熟悉得很——正是曾日华。

这么晚了，这家伙过来干什么？慕剑云不免有些狐疑，不过犹豫片刻后，她还是上前把房门打开了。

“我就知道你还没休息。”曾日华抱着胳膊站在门口，神色嬉笑不羁的样子。

“呵……有什么事吗？”慕剑云礼节性地笑了笑，却没有显出要请对方进屋的意愿——如果对方只是来调笑闲聊的，那她现在确实没有心情。

曾日华像是看出了慕剑云所想，他嘿嘿笑着回答：“我来解答你心中的困惑。”

“哦？”慕剑云掩饰道，“我有什么困惑？”

“好啦，你就不用瞒着我了。”曾日华大大咧咧地踱进屋内，然后找到沙发坐下来，“你这么着急要查阅‘三一六贩毒案’的资料，难道就只是了解了解这么简单？你还真把我当傻子了？告诉你吧，你走了之后，我也把这相关的资料仔仔细细地看了一遍。”

“看就看吧。”慕剑云反身关上门，用四两拨千斤的太极大法化解对方咄咄的攻势，“你这么晚过来，到底想说什么？”她不动声色地反问道。

曾日华伸出两根手指，得意扬扬地在茶几上敲了敲：“我是来告诉你，‘三一六贩毒案’和‘四一八血案’之间到底有什么联系。”

慕剑云心中“怦”地一跳，不过她一时探不清对方的虚实，索性继续装糊涂：“这两起案子会有联系？”

“哎，你这个人有没有意思啊？”曾日华倒恼了，翻起了白眼，“你要再装我可什么都不说了，我走！”

见对方作势要起身，慕剑云忙上前虚拦了一下：“等等……”

曾日华转过头看着慕剑云。

“好吧。”慕剑云无奈地轻叹一声，“我并不是有意要骗你……只是我答应了别人，要保守一些秘密。”

“谁啊？罗飞吗？”曾日华立刻敏感地反应道。

“不，是另外一个人，我不能告诉你是谁。”

“好了好了，我也不想知道。”曾日华摆了摆手，听说那个人不是罗飞，他打探的兴趣似乎一下子小了许多。

“其实吧，你只管保守你的秘密。我把我知道的东西告诉你，这并不会让你有什么为难的吧？”曾日华确实是一副好脾气，转眼就把刚才的不快忘在了脑后，现在反而主动帮慕剑云打起了圆场。

“好吧，你先说，我洗耳恭听。”慕剑云坐在曾日华对面的沙发上，“不过我是真没看出这两起案子间有什么联系。”

“你看不出是正常的，因为这个联系并没有显示在你拿走的资料中。”曾日华把身体往慕剑云这边探过来，显示出很强的表现欲，“我最初把资料看完之后，发现里面有价值的内容，就只有‘薛大林’这三个字。所以我又以薛大林为中心进行了外围的搜索——这用电脑做起来非常容易，然后我有了一个很有趣的发现。”

听对方这么一说，慕剑云的思路也被带了起来。虽然她现在并不想让其他人介入到这条线索的调查之中，可曾日华的表现却令她无法拒绝，略一沉吟之后，她终于还是接上了对方的话题：“什么发现？”

“一个女人。”曾日华故作神秘地压低了声音。

慕剑云皱起眉头，满脸疑惑。

“白霏霏。”曾日华接着吐出了女人的名字，可这个名字对慕剑云来说完全陌生，只能令她满头的雾水更加浓重。

曾日华看着慕剑云茫然的表现，愈发得意地笑了起来，然后他突然又转了话题。“你还记得Eumenides发给袁志邦的那张死亡通知单吗？上面的罪名是什么？”

这个慕剑云倒记得很清楚，她点点头：“玩弄女性。”她还专门就此事与罗飞讨论过。

“我查了一九八四年省警校学员的档案记录，从中找到了那个怀孕后被人抛弃，最后投河自杀的女孩的资料——就是我刚才提到的白霏霏。”

白霏霏。这倒是一个非常动听的名字，想必那个女孩也是很美丽的吧？可是这和自己之前的困惑有什么关系呢？慕剑云凝神思索着，她的疑问通过紧皱的眉头展现在了秀丽的面庞上。

“当年白霏霏是警校行政管理专业的应届毕业生。”曾日华继续说道，“自杀之前，她在市公安局实习，担任薛大林局长的行政秘书。”

“啊？”慕剑云轻呼了一声，白霏霏，这个看似案件外围的小人物现在却被赋予了不一般的意义——她是袁志邦的前女友，同时又是薛大林的行政秘书，那她赫然竟成为了这两个血案最初受害人之间的联系枢纽，而这又意味着什么呢？

慕剑云的思维飞速旋转了片刻，很快便想到了另一个关键点。

“白霏霏死亡的时间是哪天？”她问道。

“三月二十日。”曾日华快速而准确地给出了答复，显然这也是他关注过的问题。

三月十六日，薛大林侦破特大贩毒案；三月二十日，薛大林的行政秘书白霏霏死亡；四月十八日，薛大林死亡；同日，白霏霏的前男友袁志邦死亡。当去除所有附加的外在描述之后，十八年前的那些案件之间竟展现出了如此简单而清晰的关系，这些关系无疑给了探秘者太多的想象空间。

慕剑云的心“咚咚咚”地狂跳起来。是的，这就是黄少平希望她寻找的东西——“三一六贩毒案”与“四一八血案”间的内在关联。可是这种关联又意味着什么？如果黄少平是一个幸存的知情者，又是怎样的力量让他在遭受如此痛苦的戕害之后，还不得不保持十八年的缄口不言？

这些问题萦绕在她的脑海里，纷乱复杂，一时间没有头绪。就在这时，门铃再次响了起来。

曾日华离门口的位置较近，他起身将门打开，却见罗飞正站在屋外，神色极为严峻。

“罗警官？”曾日华颇有些意外，同时也深感懊恼，眼看漂亮的女讲师正被自己的分析、叙述引入佳境，自己还打算继续发挥一番，却突然又被这个罗飞打断了。

然而他并没有把这种懊恼抱怨出来，因为在他的面前，罗飞的表情如冰霜般寒冷，冷得让这个素来大大咧咧的家伙也感到了深深的不安。

“怎么了？”慕剑云也走上前，忐忑地问了一句。

罗飞的目光扫过二人，然后用低沉得令人窒息的声音说道：“小分队出事了！”

十月二十五日凌晨，两点零八分。

省城人民医院急诊室内。

当罗飞等人赶到的时候，这里正沉浸在一片悲伤的情绪中。

熊原在警车上就已停止了呼吸，但柳松仍然坚持要将车开往医院而不是法医检验中心。这个举动仅能在心理上给众人带来些许的慰藉，而且这慰藉亦非常短暂。当值班医生看到熊原之后，未作任何努力便直接宣布了特警队长的死亡。

由于熊原本人在警界的地位，他的死讯被通报之后，立刻在警界高层引起震动，市公安局的宋局长和特警队的其他领导亦纷纷赶到医院，哀悼死者并了解了案发的经过。

柳松已从最初的悲痛状态中挣脱出来，他两眼通红，坐在无人的角落中不言不语。没人敢过去打扰他，因为谁都看得出来，在小伙子沉寂的表象下正隐藏着可怕的愤怒情绪。

而作为专案组的组长，同时也是这次行动的直接指挥官，韩灏正处于极大的压力中。在向宋局长汇报完相关情况之后，他的声音嘶哑，精神看起来已疲惫到了极点。

看到自己的手下爱将被折磨至此，宋局长不禁有些心痛，他叹了口气：“唉，你先回去休息吧。这里的善后，我会安排人去做。”

韩灏默然地点点头，是的，他确实太累了，刚刚发生的事情正如梦魇一般纠缠着他，他要躲到哪里才能摆脱？

他一时找不到答案，只是恍然地往人群外走去。这时他看到了罗飞等人，但他的目光只是无神地扫了一下，似乎连打个招呼的力气也没有了。

“韩灏！”宋局长忽然鼓足中气，高吼了一声。他这一声不仅让被叫者吓了一跳，也把在场所有人的目光都吸引了过来。

韩灏停步转身，神情有些愕然。

宋局长走到了韩灏面前，然后他紧盯着对方的眼睛，一字一句、铿锵有力地说道：“你不要忘了，你还是‘四一八专案组’的组长！你和凶犯的战斗还没有结束！”

韩灏的身体一震，如醍醐灌顶一般。他的双眼又有亮光闪烁起来——愤怒的、坚决的，同时又带有期待的亮光。

是的，要摆脱这个梦魇，只有一个办法，击败那个家伙，彻底地摧毁他！带着这样的想法，他咬着牙，疲倦的腰背重新挺起，紧握的拳头间也充满了力量。

宋局长露出欣慰的神色，他就是要看到对方这样的状态。有了这样的状态，他才点点头放心地说道：“你走吧，好好地睡一觉，明天专案组的同事仍然会等着你。”

不错！韩灏暗暗告诫着自己，不仅是专案组的同事，还有他，Eumenides，他更在等着我。正如宋局长所说，我和他的战斗还远远没有结束。韩灏重新迈开步伐，一股力量正在他的身体里蓄积。我也在等着他！我决不会轻易被击垮的！

与此同时，尹剑正站在不远处目送着队长离去的背影。与柳松的愤怒和韩灏的疲倦不同，刚刚发生的那场惨剧似乎并没有让他陷入某种极端的情绪。相反，他正处于一种高度集中的思维状态中——他那微微凝起的双眼显示出了这一点。

在这样的悲伤时刻，他却在想着什么呢？

罗飞来到尹剑身边，轻轻地拍了拍对方的肩膀。

“呵，罗警官……”尹剑被突然打断思绪，他的神情有些慌乱，似乎很怕被人看透心中所想。

“怎么会这样？”罗飞往熊原的尸体方向看了一眼，声音颇为伤感。这时慕剑云和曾日华也围了过来，等待尹剑讲述事发的经过。

尹剑定了定神，在杂乱的思维中理出一条线索来。然后他把小分队怎样追踪目标，怎样进入矿洞，怎样被迫分开并最终铩羽而归的过程详细地讲述了一遍。罗飞凝神倾听着，跟随对方的讲述想象着现场的情形，他虽然没有身临其境，但相应的画面却在他的脑海中慢慢连贯起来。

正如他先前所担忧的，这场游戏本就是Eumenides精心布置的一个陷阱。当警方遵循他的规则来到游戏现场时，便已注定了此后步步被动的命运。不过熊原的牺牲完全出乎了他的意料。因为警方出动了四名精兵强将，他认为Eumenides是绝不可能与小分队正面对抗的，没想到对手却早已设计好分散警方力量的阴谋，并成功地偷袭得手。

可是他为什么要这么做？费了这么大的周折，他的目的就只是戏耍警方吗？这是罗飞一直在思索的问题。现在的局面无疑完成了Eumenides的设想，虽然结果令人悲伤，但却有助于罗飞解答心中的困惑。

Eumenides想要达到的目的显然就隐藏在这令人悲伤的局面中，可那到底是什么呢？

是熊原的死亡吗？

为什么？

为了在后续的较量中除去专案组中一个强劲的对手？这是最牵强的理由，如果这样，Eumenides又何必刻意挑战警方？

是为了彰显自己的力量，从而给专案组以士气上的打击？也说不通，事实上熊原的死只会激发起众人的愤怒和斗志。

或者，是为了达到某种尚难探询的特殊效果？而对于这一点，罗飞亦有着自己的思路。

在听完尹剑对现场情况的描述之后，他甚至有了一个猜测，只是这个猜测过于大胆，他现在还不适合说出来。

他需要更多的证据，更多的推理。

或者说，他需要静待事态的进一步发展。

在这个过程中，对某些疑点深究下去或许能带来意想不到的突破，而罗飞显然不会放弃在这方面的努力。所以此刻他又拍了拍尹剑的肩膀，轻声说道："我们能不能出去一下，有些事我想和你私下里谈一谈。"

尹剑一愣，不自觉地躲避着罗飞的目光。第一次与这个警校师兄见面的时候，尹剑便领教到了对方的厉害，这个来自龙州的刑警队长总能看到一些别人看不到的东西。对于刑警来说，这是一种令人羡慕的能力，可是现在尹剑却有些害怕对方的这种能力。

可他又没有理由拒绝对方的要求。在踌躇的心态中，尹剑跟着罗飞走出了医院大楼，两人来到了一处僻静的角落。

"你想问什么？"尹剑主动开口。

"刚才我调阅了'双鹿山公园袭警案'的卷宗——"罗飞眯起眼睛问道，"那起案子是你在负责吗？"

"怎么了？"尹剑似乎很意外，不明白对方为什么会突然提起这个。

"案件记载，当时是你勘查的现场，所以有些情况我想和你核实一下。"罗飞顿了顿，一边思索一边说着，"根据案情描述，在那场枪战中，韩灏共打出三发子弹，两发打空，一发打中了劫匪周铭的头部，将其当场击毙；周铭则打出四发子弹，一发打伤了韩灏，一发打死了邹绪，其余两发打空；另一名劫匪彭广福打出一发子弹，打空；邹绪则还没来得及开火就中弹牺牲了，是这样吗？"

尹剑点点头，案卷中的这些材料正是自己亲笔所写，虽然事情已过去一年了，但他还是记得很清楚。

罗飞"嗯"了一声，又继续说道："这些击发出的子弹头都在现场提取到了。其中的三发是重要的物证，分别是打伤韩灏的，打死邹绪和劫匪周铭的，这三颗沾血的弹头证明了枪战的过程。这是沾着邹绪鲜血的那枚弹头，经检验来自于劫匪周铭的手枪，我从案卷中复印了这张照片，你看看对不对？”

罗飞将一张照片递给尹剑，尹剑瞄了一眼，照片上的那颗弹头他是再熟悉不过了，血迹斑斑，凝固着罪恶。

“对，这就是那枚弹头。”尹剑回答道。

“照片上显示出一些情况，但看得不很清楚，所以我想让你回忆一下实物的情况——那颗弹头的头部是否有明显的变形和摩擦痕迹？”罗飞此刻的神情愈发凝重，似乎已经切到了很关键的地方。

尹剑捉摸不透对方的用意，满腹狐疑的同时也如实回答说：“是的。”

罗飞若有所思，然后他停止了对子弹的讨论，换了另一个话题：“在离枪战不远的地方有一个观赏水池，现场的血迹显示，韩灏曾到过那个水池？”

“对。当时他是为了追击逃跑的彭广福，一直跑到水池边才支撑不住的。”尹剑解释道。

“好吧，谢谢你。”罗飞看着尹剑，目光中似乎藏着一些东西。尹剑和罗飞对视着，还是不明所以。

罗飞很想说些什么，但最终还是没有开口。半晌之后他默默地摇了摇头，然后独自转身离去了。

尹剑茫然站在楼角，刚才罗飞所提出的问题又依次回响在他的耳边，与此同时，一年前勘验袭警案现场时的情形也一幕幕地在他脑海中重现出来。猛然之间，他像是领悟到了什么东西，心中蓦地一沉。

看着罗飞渐行渐远的背影，尹剑的眼角不由自主地抽动起来。

十月二十五日凌晨，四点二十分。

省城刑警大队招待所内。

从医院回来之后，慕剑云又单独约了曾日华，两人继续商讨此前未完的话题。

对曾日华来说，今天是个悲喜交加的日子。熊原的牺牲令他感到由衷的悲痛，而另一方面，他成功地把握了机会，大大拉进了与慕剑云之间的距离。在其他人都已各自休息的时候，他仍与这个美女同事独处一屋，秘密分析着与“三一六贩毒案”有关的情况。

“会不会是刘洪的余党在进行报复？”慕剑云提出了心中的一个猜测。这个猜测也是有依据的：Eumenides的目标似乎总有种针对警方的感觉，而且现在看起来，十八年前受害的那几个人都与“三一六贩毒案”有着或多或少的联系。

曾日华抠了抠头发根，顺着这个思路琢磨片刻，然后他弹下一小块油皮，说道：“不排除这种可能。”

慕剑云皱起眉头，显然对曾日华邋遢的举动颇为不满，不过她还是忍住了没有直言出来。

“要不明天开会的时候，我们把这个情况通报一下，正式对此事启动侦查程序。”曾日华提议道。

“不行。”慕剑云想起对黄少平的承诺，连连摇手否决。

“为什么？”曾日华颇为不解，“你到底要为谁保密呢？”

慕剑云犹豫了片刻，决定对曾日华吐露一些事情：“是我的线人……他有顾虑，如果消息扩散的范围太大，有可能会威胁到他的安全。我得表现出保护他的诚意，这样他才会告诉我更多的事情。”

“好吧。”曾日华耸耸肩，显出一种无所谓的态度。其实他觉得不通报也好，因为这样他就成了慕剑云唯一的合作者，这种感觉很不错。

“那你下一步准备怎么办？”曾日华又问道。

慕剑云早已有了主意："有一个人我们应该想办法接触一下，对于'三一六贩毒案'，他是最可靠的知情者。从他身上或许能有新的突破！"

"我知道你在说谁。"曾日华眼睛一转，吐出三个字来，"邓玉龙。"

的确，身为当年警方安插在刘洪身边的内线，没有谁会比邓玉龙更了解"三一六贩毒案"了。如果后来Eumenides的血腥屠杀确实是以这起贩毒案为背景，那么寻找真相的突破口也自然会落在这个人身上。

"让我来查查这个人的资料，看看他现在在哪里。"曾日华一边说，一边起身来到了笔记本电脑前，根据案卷中提供的个人信息，他在网络资料库里进行了一番搜索，很快，这个人的近况材料便显示在了电脑屏幕上。

"怎么是他？"曾日华不禁愣住了。

慕剑云也凑过来，只见屏幕左上角出现了一张中年男子的半身照片，此人神色精干，双目炯炯有神，一看就不是等闲角色。而照片旁的姓名一栏显示的却是"邓骅"两个字。

"怎么名字不对？"慕剑云有些诧异，"你认识他吗？"

"他肯定是改过名字。"曾日华用指尖在桌面上轻轻敲了两下，反问，"是这个家伙——难道你不认识？"

慕剑云摇了摇头。

曾日华轻轻叹了口气："你呀，是在学校里待的时间太长了……好吧，就算你没见过他，'邓市长'这三个字你总听说过吧？"

"邓市长？"慕剑云不免惊讶地低呼了一声，重新打量起照片上的这个人来。的确，在省城范围内，有谁没听说过这三个字呢？

邓市长并不是省城的市长，这个称呼只是好事者为了彰显其地位而给他起的外号。他的合法身份是一个商人，产业涉足房地产、影视投资、海港贸易及餐饮娱乐等诸多领域，身家难以估测，是省内首屈一指的富豪。不仅如此，他在黑白两道都有着非同一般的势力，便是正牌市长见了他也要礼让三分。民间甚至流传着这样的话语："邓市长吼三吼，省委也要抖三抖！"

慕剑云实在想不到，这样一个叱咤风云的人物，竟然是混混出身，而且为警方担任过多年的线人。

可能正是为了掩藏过往这段不光彩的历史，他才会把"邓玉龙"这个名字改成了"邓骅"吧？

这是一个名副其实的大人物。要想请他配合调查一起十八年前的案子，而这案子又牵涉到对方不愿提及的往事，其难度可想而知。

想到这里，慕剑云禁不住皱起眉头，神色有些沮丧：这样的话，光凭自己的力量可就不太好操作了。不过她立刻又转念振作自己，不管怎么样，还是尽力去试一试吧。

第九章 茧破丝出

十月二十五日上午，八点半。

龙宇大厦位于省城市中心最繁华的地段，高二十七层，取三九之数，蕴含着“三阳开泰”的吉祥寓意。整个大厦都是龙宇集团的产业，而龙宇集团的董事长正是有“邓市长”之美誉的邓骅。

慕剑云站在大厦前的广场上，心中暗自思忖：这“龙宇”二字也许就是“玉龙”的翻写吧？看来这个“邓市长”虽然改了名字，却还没有完全忘掉自己的过往。

几分钟前，慕剑云亲眼目睹了“邓市长”的豪华做派。当时她刚刚从出租车上下来，却见一列黑色的豪华车队浩浩荡荡地开进了龙宇大厦的广场。从前后四辆奔驰车中陆续下来十多个身穿黑色制服的青年男子，个个身材壮硕，神色彪悍。他们跑步前进到大厦门口，排成整齐的两队，在门内外形成了严密的护卫之势。然后居中的那辆宾利车才缓缓开上了大厦门前的迎宾台。一个身形伟岸的小伙子首先走出副驾驶的座位，前后观察一番之后，这才打开后座的车门，迎出了他们地位尊贵的主角。此人身材高大却不显肥胖，行动矫健有力，在众保镖的簇拥下疾步走入了大厦之内。

毫无疑问，这就是龙宇集团的首脑人物——邓骅，也正是慕剑云此行想要会见的目标人物。

慕剑云已经充分估算了此行的难度，可事实情况却比她想象的还要棘手。虽然她亮明警察身份之后，顺利地进入了龙宇大厦，但她很快又被阻拦在一层大厅的前台。前台的接待小姐和大厅内的保安要求她必须说出明确的探访目标，并且得到对方的电话核实之后才能进入大厦的办公区域。

没别的办法，慕剑云只好硬着头皮说道："我找你们的老总，邓骅。"

"你预约好了吗？"前台小姐用奇怪的目光打量着慕剑云，她大概从来没见过老板的客人像这样单枪匹马就找上门来的。

慕剑云亮出证件："我是警察，正在侦办一起重要的案件，我现在需要找邓骅了解情况。"估计软的不行，她便故意板起脸，显出非常严肃的样子，以期在气势上压倒对方。

这似乎起到了一点儿效果，前台小姐犹豫了片刻后，拿起电话拨了个内部号码，并进行了一番简短的通话。

"华哥，有个警察想见邓总……嗯，她说侦办案件，要找邓总了解情况……好的，我明白。"

通话完毕，前台小姐冲慕剑云抱歉地笑笑："对不起，请您准备好办案介绍信，并且让你们局长和邓总约好时间，然后再来。"

开介绍信也就罢了，居然还要局长出面约好时间？慕剑云狠狠地瞪了对方一眼，这架子未免也端得太大了吧？

前台小姐虽然一直笑吟吟的，可却丝毫没有可以通融的样子。慕剑云气恼之余，也只能悻悻地撇了撇嘴，看来要想私下接触到邓骅是不可能的了，还是先打道回府吧。

吃了这么一个大瘪，慕剑云连再见的话也懒得说了。她直接转身向大厦外走去，一边走一边思考着下一步的计划。该通过怎样的渠道才能在尽量小的影响下达成与邓骅的会面，让警校领导出面直接去找局长？可这样的话，怎么也得把事情的原委向领导汇报清楚吧？与黄少平之间达成的保密协议还是会被破坏的。

或者暂且放下这头的线索，再去找一趟黄少平？我已经显示出了足够的诚意，他也许会松口说出更多的东西吧？

正踌躇难断之间，一个保安忽然从身后追了上来："对不起，这位警官，请您等一等。"

慕剑云停下脚步："怎么了？"

"我们邓总同意见你了，请您跟我来吧。"保安一边说着，一边侧身做出了引路的姿态。

嗯？慕剑云不免奇怪，她往前台看去，只见那个接待小姐手里拿着电话也在向自己张望着，看到自己转身折回之后，女孩向着听筒那边简单回复了一句什么，然后挂断电话，仍旧是一副笑吟吟的表情。

电话在自己离开之前明明已经挂断，现在却又接通了一次。很显然是电话那边的人改变了主意。可又是什么使其在如此短的时间内态度变化得如此之快呢？

现场的情况并没有时间让慕剑云考虑太多，保安已引着她来到了电梯口。

"请到十八层下，那边会有人接你。"保安很恭敬地说道，然后把女警官让进了电梯。

电梯的内饰十分豪华，从某个侧面显示出龙宇集团非同凡响的实力。在电梯的角落里矗立着一个硕大的摄像头，这意味着自己的一举一动都被纳入监控之内。对此慕剑云多少觉得有些别扭。

十八层很快到达，而那里果然有人正在等待着她。

这是一个身材高大的小伙子，三十岁左右的年纪，长方的脸型，浓眉大眼，姿态挺拔，一举一动都非常精神。慕剑云依稀认出他正是从宾利车前座下来的那名男子，从地位来猜测应该是邓骅贴身护卫的保镖头目。

“你好，我是省警校的讲师，‘四一八专案组’警员，慕剑云。”慕剑云大方地伸出右手，自我介绍道。

“你好。”小伙子和女警官握了手，手掌宽大且有力，同时他的目光非常迅捷地在对方脸上扫了一下，锐利的锋芒稍现即逝。

“你可以叫我阿华。”将手收回的时候，他淡淡地说了一句。

慕剑云想起刚才前台小姐打电话时毕恭毕敬地称呼电话那端的人为“华哥”，便微笑着说道：“也许还是叫你华哥更合适一些。”

阿华依然没显示出什么表情，但神色已柔和了许多：“请跟我来吧，邓总正在等你。”他做了个手势，然后往楼层深处走去。他的步幅很大，慕剑云几乎要小跑起来才能跟上他前进的节奏。

整个楼层看起来都非常清静，看不到其他往来的公司成员。只在一些走道的拐角处三三两两地分散着那些身穿黑色制服的壮硕保镖，看来这一层便只是邓骅的办公之地了。在又转过一个拐口之后，前方出现了一道金属门，门两侧也各有一个黑衣小伙子把守着。

阿华当先引着，进入了门内。慕剑云想要通过时，却有报警器“嘀嘀”地响了起来，门内的小伙子立刻抬起手臂拦住了她。

“对不起，请把身上的金属物品暂时交给本公司员工代为保管。”阿华解释了一句。

慕剑云这才反应过来，原来这道金属门竟然是个安检探测仪！她挑了挑眉头，既惊讶又无奈，但既然到了别人的一亩三分地，还是照主人的规矩来吧——她从衣兜里掏出自己的钥匙，交到了黑衣小伙子手中。

报警的声音停止了。阿华满意地点点头，侧身指了指前方："邓总就在最顶头的办公室里，你自己过去吧。"

从安检门到阿华所指的地方尚有十多米的距离。慕剑云独自过去，廊道里静得只听得见她自己的脚步声。

终于到达尽头的那间大屋子前，却见房门是虚掩着的。慕剑云轻轻地敲了敲，屋内立刻有了浑厚的回应："进来。"

慕剑云应声推开门。出现在她眼前的是一间极为宽敞的大办公室，宽有六米，纵深更在十米以上，看起来几乎如上课用的教室一般。不过这屋内的装潢却是世上最奢华的教堂也无法企及的，脚下是鲜红的高档地毯，一尘不染；清一色的实木桌柜在地毯上整齐有序地排列着，黑中微微透红；金碧辉煌的吊顶上装饰着豪华的欧式顶灯，显露出皇室的富贵气派；最为夸张的是，屋内所有的墙壁全都贴上了炫目的水晶玻璃，屋内的情景在玻璃内反复映射，在漫长的幽深中显示出极为庞杂的叠画图案，初入其中，竟令人有些头晕而不敢踏步。

"过来坐吧。"男子浑厚的声音再次响了起来，他的语句简短有力，虽不生硬却又带着不容违抗的穿透力。慕剑云循声看去，只见在办公室纵深的尽头摆着一张硕大的老板桌，一名男子正坐在桌后，他体态威严，剑眉虎目，正是曾在照片上见过的邓骅"邓市长"。

在这样的环境中见到这样的人物，便是慕剑云这个心理学专家也不免产生了一种惴惴的怯场感觉。不过她很快便调整好心态，不卑不亢地走上前。

"坐吧。"邓骅再次说道，不过他的语气并不像是在招待客人，倒似在命令自己的下属一般。

慕剑云在邓骅对面的客椅上坐下，然后她微笑着起了个开场："邓总的装修真是别具一格。"

"我不希望我的房间内存在任何阴影。"邓骅面无表情地回答道。

的确，当四周装上了这些水晶玻璃之后，无论坐在屋内的哪个角落，整个屋子的情形都能尽收眼底，不会有任何的观察死角。

“从心理学的角度分析，这说明邓总的心里似乎在害怕什么——你不敢让任何事情脱离自己的控制。”慕剑云看向邓骅的眼睛，趁着话势在言语交锋中占据了先机。

邓骅迎向慕剑云的目光，眼神中的某些东西阴沉得吓人。慕剑云一时间竟有些招架不住，于是她假借欣赏室内的豪华装修，将目光避了开去。

邓骅又继续盯着对方看了好几秒钟，然后才开口问道："你是警察？你叫什么？"

“慕剑云，省警校讲师，‘四一八专案组’成员。”慕剑云把自己的身份又报了一遍。

“‘四一八专案组’，我知道。”邓骅点了点头，又补充说，“十八年前就知道了。”

“哦？”慕剑云挑了挑眉头，“十八年前，那起案子应该是绝密的吧？”

“整个省城在我面前不会有任何秘密。”邓骅毫不客气地顶了慕剑云一句，随即他又“嘿”地冷笑了一声，“一起案子拖了十八年，这就是你们警方的办事效率吗？”

这样的责问确实命中了警方的要害，慕剑云一时竟无言以对。尴尬地踌躇了片刻后，她决定借机直接切入此行的主题："我们已经掌握到一些新的线索，会对破案有很大的帮助。但是……需要邓总的协助。"

“哦？”邓骅的眼光跳了一下，“说说看。”

慕剑云难得在交谈中获得了主导权，她连忙把此行的来意抛了出来："我们认为‘三一六贩毒案’中的某些隐情会和这一系列的血案有联系，所以我想更深入地了解一些和‘三一六贩毒案’有关的情况。"

“哧。”邓骅不屑地笑出了声，“这两起案件我都清楚，甚至比你们知道得还多，它们之间根本没有任何的联系。‘三一六贩毒案’是省城警方有史以来最成功的战例，是警队的荣耀；‘四一八血案’只是一个变态自我膨胀后的疯狂行为，至今未破是警方的耻辱，你怎么能将它们混为一谈。”

面对对方轻蔑的眼神和居高临下的气势，慕剑云知道得使出点厉害的招数了。

“在‘四一八血案’中，有一个死者叫袁志邦，他的前女友叫白霏霏。邓总既然号称对两起案件都非常了解，有些情况也该知道吧？白霏霏当时是薛大林的行政秘书。在‘三一六贩毒案’之后不久，此人就投河身亡。这其中隐含的联系难道不值得注意吗？也许白霏霏的死根本就不是自杀，那只是‘三一六贩毒案’的尾声，同时也是‘四一八血案’的序幕呢！”她铿锵有力地点出了案情的关键所在，同时凝神观察着邓骅的反应。

邓骅很久没有说话，他似乎愣住了，虽然多年的磨炼早已使他的喜怒都不形于色，但他目光深处还是透出震惊的感觉来，显然，这些情况或者是他以前未曾了解到的，或者便是他知道却又不希望被别人了解到的。

良久之后，邓骅才眯起眼睛反问道：“这是你们得出的分析吗？你们还找到了什么线索？”

在无法应对别人的言辞时，反问往往是最好的转守为攻的方式。慕剑云在感慨对方老辣的同时，也知道自己的确是戳中了问题的关键所在。她感觉现在自己至少有和对方平等交流的资本了。

“暂时就是这些。我希望你能告诉我更多的事情，不管是什么，只要和‘三一六贩毒案’有关，很可能会对我有所帮助。”慕剑云诚恳地说道。

“哼。”邓骅冷笑了一声，“我不想浪费这个时间，我没必要帮助你，也没有义务帮助你。”

“可是你已经决定浪费时间了。”慕剑云并不气馁，微笑道，“否则你就不会改变主意，请我来到这个办公室，对吗？”

“不不不，你错了。”邓骅连连摇头，似乎对方根本不了解真实的状况，“我叫你上来可不是要帮你，而是因为这个——就在我改变主意之前，有人通过传真把它发到了我的助手那里。”

邓骅一边说着，一边将一页传真纸抛了过来。而纸上显示的内容解释了他的神情为何会如此严峻。

那上面写的是——

死亡通知单

受刑人：邓玉龙

罪行：故意杀人、涉黑

执行日期：十月二十五日

执行人：Eumenides

这突来的变故完全出乎慕剑云的意料，笑容从她的脸上消失了：“怎么会这样？”

“这个问题应该由我来问你——‘四一八血案’组的成员。”邓骅冷言道。

“对不起……”慕剑云忙乱地整理着自己的思路，“我……我需要打个电话。”她边说边拿出手机，迅速拨通了韩灏的号码。

韩灏的声音很快响了起来：“喂？慕老师吗？我正在找你，请你立刻赶回刑警队，我们马上要开一个紧急会议。”

“明白。”慕剑云紧接着开始汇报这边的最新情况，“Eumenides又给出了最新的作案目标，是龙宇集团的老板邓骅。”

“是的，我们刚刚收到了他发来的死亡通知单。”韩灏顿了一下，略有些奇怪地问道，“你是怎么知道的？”

“我正在龙宇集团，和邓骅在一起。”

“你和邓骅在一起？”韩灏愈发诧异，“你怎么跑到那里去了？”

“嗯……我在调查十八年前的案子，其中有些线索，需要找他了解情况。”慕剑云含混不清地解释了两句，很多细节却又不便直言。

不过匆忙之间，韩灏亦不及细究，转而吩咐道：“既然这样，你告诉邓骅，让他先待在安全的地方，不要外出；警方的先头人员很快就会到达，然后我们会给他制订出详细的保卫计划……还有，你就暂时不要回来了，留在现场，等待我们的先头人员进行交接。”

“好的。”慕剑云挂断了电话。得知韩灏等人已经在展开行动，她紧张的心情略微平复了一些。

此时她开始思索这张死亡通知单背后隐藏的信息——当她刚刚顺着“三一六贩毒案”线索找到邓骅的时候，“死亡通知单”亦紧跟而至，这绝非简单的巧合。十八年前的血案，十八年后Eumenides的再现，这两起连环案终于在邓骅这个点上对接在了一起，这个点很可能便藏着解开所有秘密的钥匙。

不过她的思绪很快就被邓骅打断了，后者显然从刚才的电话中听出了端倪，正用锐利的目光看着她，问道：“慕警官，看来你的这次拜访，完全是个人行为，而并不是出自专案组的指挥。”

对方的质疑虽然令人尴尬，但慕剑云还是很快组织好了应对的说辞。“是的，我有自己的线人，有自己的线索，也有单独查询线索的权力。”

“你也有线人？”邓骅“哧”地笑了起来，不知是否想起了自己曾有过的经历，然后他又面无表情地点着头，淡淡地说，“不错，不错。”

慕剑云不愿在这件事上过多纠缠，她话锋一转：“我的同事很快就会过来保护你。在此之前，希望你不要外出。等我们的人到达之后，他们会给你一个详细的保卫计划。"

邓骅却显得无动于衷，反而问道："那就是说，我所有的行动要听从你们的吩咐？"

"是的，至少在今天得这样。"慕剑云刻意强调了一下日期，因为死亡通知单上表明的十月二十五日正是今天。

"好了，慕警官，有几件事情你现在必须明白。我希望你听清楚。"邓骅却冲着慕剑云摇了摇手，语气和神态都透出独断专行的劲头，"第一，没有人可以指挥我的行动。我每天的计划都是早已安排好的，任何变更不仅会带来巨额的经济损失，而且会打乱我后续的全部计划，这对我来说是不可接受的。在今天的大部分时间内，我都不会离开这个办公室，但是晚上八点四十分，我要去机场乘坐航班赶往北京。"

慕剑云也相信，对于这样一个大人物，他的行程是很难因外界的影响而变动的，不过她仍然试图说服对方："可今天是特殊的情况，有人正计划杀你，而且这是一个异常危险的凶手。"

"这正是你需要明白的第二件事情。"邓骅仍不为所动，"有人要杀我，这对你们来说是特殊的情况，可对我来说不是。我的经历你也知道，全是一步一步拿命换出来的。在这个世界上，想要杀我的人不计其数。你知道在黑道上我的脑袋值多少钱吗？一百万！这个价格足够从国外聘到顶级的杀手。如果因为今天有人要杀我，我就必须改变自己的计划，那我这辈子就什么也干不了了。"

慕剑云先是愣了一下，然后又苦笑着摇了摇头。邓骅的说法听起来夸张，但仔细一想，却又合情合理。以他的出身，从混混，到线人，再到今日顶级的富豪，虽然在黑白两道都取得了不容置疑的地位，但在这个过程中，又会经历多少艰难坎坷，得罪多少各方的势力？甚至在那双手上，亦早已沾满不为人知的血腥。现在他站在了万人瞩目的高点上，那些曾被他踩踏过的人，还有那些想要踏过他上位的人，谁不是要除他而后快呢?

一份来自杀手的死亡威胁，足以让任何人惊慌失措，可在邓骅面前，却如吃饭睡觉般平常。

而这个权势大亨还在继续说着:“我想强调的第三件事情是，虽然有那么多人想要杀我，但我现在仍然活着。事实上，现在已经没有杀手再垂涎那一百万元的悬红。因为他们知道，要杀我邓骅，根本就是一个不可能完成的任务。”

“不，这次这个人不一样。最近几天，他已经连作了两起案子……”

慕剑云话还没说完，便又一次被邓骅打断了:“用不着你介绍，他的情况我知道。前天下午，他在德业大厦前的广场上，杀死了一个叫作韩少虹的女人;今天凌晨，在远郊的一个矿洞内，他杀死了‘双鹿山公园袭警案’的嫌疑人彭广福，负责守卫的特警队长熊原也同时遇害;此外，他还杀了十多个负案在逃的犯罪分子。”

慕剑云惊讶地看着对方，这些都是警方的保密内容，怎么此人竟了解得如此清楚?难道真如他所说的一样，整个省城对他而言都不存在任何的秘密?

“从Eumenides在网上发帖之后，我就在关注这起案件了。”邓骅看出了慕剑云心中所想，带着炫耀的口吻解释道，“而我的能力远远超出你的想象，从现在开始，你对此不该再有任何怀疑。”

是的，慕剑云只能无奈地忍受对方的张狂。连警察办案都需要公安局长亲自打电话预约的人物，对他来说又能有什么了解不到的事情呢?

慕剑云轻轻地叹了口气:“既然你知道这么多的事情，你应该明白自己所面对的危险。到目前为止，他的所有杀人预告还从未失手。”

“那正是因为受害人过于信任警方所提供的保护，而我则不会重蹈这样的覆辙。”邓骅凛起目光，显示出心中的坚定与自信，“我手下有一帮小兄弟，他们将负责我的安全。所以，如果警方要参与，只能配合我们的行动，而不是要我去执行警方的计划。你们的人到来之后，可以与我的助手阿华联系，他会告诉你们需要做些什么。”

让警方精英在自己的护卫体系中成为配角，这种要求在任何人听来都未免荒唐。可慕剑云回想起邓骅进入龙宇大厦时的阵仗以及大厦内的严密保安措施，又觉得对方的确有资格说出这样的话语。

即便是警方提供的防卫，还能怎样做到更好呢？更重要的是，那些黑衣保镖，他们的工作便是保护邓骅的安全，他们可以一年到头寸步不离地守护着对方，而这一点是警方绝对无法做到的。在遭遇刺杀威胁的时刻，邓骅确实没有理由放弃自己的人马而去信任并不熟悉的警方。更何况他的人这么多年来一直成功地保证了他的生命安全，而警方却刚刚连续遭遇了两次失败的惨剧。

慕剑云看着邓骅，一时间无言以对。她的心中涌起一股复杂的感觉，不知是该敬畏、羡慕，还是为对方感到悲哀。的确，这个人已经拥有了常人无法企及的权势和地位，并且他有足够的力量保护自己；可是他每一天都要处于这样的防范中，这与坐牢又有多大的区别？当他再也不能在缤纷的世界中呼吸，当他已经失去了生命中最本质的自由和快乐，这种权势和地位又是否真的值得去拥有呢？

这也许不该是她现在去想的问题。

轻轻的敲门声打破了办公室内沉默的气氛。

“进来。”邓骅的声音仍旧威严。

门被推开了，阿华走了进来。他的脚步迅捷有力，浑身上下弥漫着逼人的精气，但当他看着邓骅的时候，脸上却只有崇拜和恭敬。

“邓总。我已经查了那个传真，是从正泰街一家图像办公店发出来的。不过店里的人对这个传真并不知情，他们的电脑中了肉鸡，被人远程控制了。对方是一个电脑高手，没有留下任何可供追踪的痕迹。”

“嗯，意料之中。”邓骅点了点头，然后他看向慕剑云，“好了，慕警官，我的意思已经表达得很清楚，现在你可以到楼下大厅里去等你们的人。我这里还有很多正事要处理。”

很显然，这是一个逐客令。慕剑云也只好起身告辞，阿华把她送出了办公室，然后又折回到自己老板身边。

邓骅盯着桌上的一个监控显示器，屏幕上显示出慕剑云通过安检门，在一名黑衣男子的引导下，最终进入电梯的全过程。然后他问了一句："你觉得这个女人如何？"

“很聪明，洞察力很强。”阿华给出了简洁的评价，然后又补充道，“如果是朋友，要注意留一手；如果是敌人，那会非常麻烦。”

邓骅未置可否。沉默片刻之后，他开始转而介绍起慕剑云的背景："这个女人是‘四一八专案组’的成员。现在她查到了十八年前的另一起案子，‘三一六贩毒案’。她已经查出，当年爆炸案中的死者袁志邦曾有一个叫作白霏霏的女友，而此人正是薛大林的行政秘书。”

阿华的眼神凛了一下。

“她有一个线人，这个线人可能会知道更多的事情。”邓骅有些阴沉，“你去查一查，把这个人找出来。”

阿华点点头。他已经跟随邓骅多年，很多事情不用老板明言，他也知道该怎么做。

“现在就去吧。”邓骅不再多说什么，他知道阿华的能力——无论是侦查、格斗、射击，他都不会逊于最出色的警员，他也知道阿华的忠心——这是一个随时都会为自己挡子弹的小伙子，有这样一个助手在身边，他还有什么好担心的呢?

与此同时，刑警大队会议室内。

“四一八专案组”正集结于此召开紧急会议。因为不久之前，他们也收到了那份以邓骅为目标的死亡通知单。

Eumenides仍然保持了他一贯的张狂本色，杀人之前，不但通知受害者，还要通知警方。

与前两天相比，出席这次会议的专案组人员已有所不同，除了慕剑云因先行到达龙宇大厦现场而缺席外，柳松则顶替了牺牲的熊原，成为专案组中特警方面的代表。

矿洞之战的失利给众人在心理上造成了不小的阴影，他们的双眼都布满血丝，看起来一夜未曾踏实入眠。而众人中又以柳松的情绪最不稳定，当韩灏通报案情的时候，他始终是一副魂不守舍的样子，目光游离，呼吸散乱，思维也显然没有集中在议题上。他的反常情况引起了罗飞的注意，后者皱起眉头暗暗担忧，新的战斗即将打响，小伙子这样的状态可难堪重任。

在展示了最新收到的那张死亡通知单后，韩灏又花了几分钟时间介绍了Eumenides这次选定的目标人物：邓骅。由于此人在省内的影响力，此案再次引起了高层领导的关注。而专案组也得到了上层的死命令，这次且不管案件侦破与否，必须保证邓骅的生命安全。

等韩灏讲完这些之后，会议进入了自由发言的讨论时间。这时柳松第一个站了出来，他有些话似乎已在心里按捺了很久。

“尹剑，我有几个问题想问你。”他直斥其名地说道，语气很不友好。韩灏和曾日华都是一愣，颇为诧异，罗飞则挑了挑眉头，精神进一步集中在这个新近加入专案组的小伙子身上。

“什么问题？”尹剑勉力维持住平淡的语气，可看得出来，他的内心正处于激烈的震荡之中。

“今天凌晨在矿洞的时候，我、韩队长还有你，我们三个人分别去按动三个不同的开关。为什么你的动作会比我们两人落后那么多？”柳松顿了顿，进一步强调说，“你已经是第二次进入那个洞穴了，怎么会比韩队长更晚找到相应的开关呢？”

尹剑对这个问题似乎早有准备，坦然答道：“我的手电坏了，只能用打火机照明。在那样黑暗的环境中，行动很不方便。为此我还和韩队产生过误会，在岔口处有过短暂的交手——这一点韩队可以证明。”

众人的目光随之看向韩灏，后者则立刻点了点头：“是的，我可以证明。而且那个手电已经送到设备处，确实是发生了意外的故障。”

“嘿，故障？”柳松看起来不会轻易罢休，他冷笑了一声，又说道，“那好，我再问你，当我们按下开关之后，对讲机里已经听不到熊队的回应。我和韩队长立刻赶往洞口，我们几乎是同时到达，而熊队此刻已经奄奄一息。我们两人合力把他抬到了警车后厢里，而你则直接进了驾驶室，打火开车。在这个过程中，你并没有接触到熊队，对吗？”

尹剑干咽了一口唾沫，沉默片刻后，答道：“是的。”

柳松的双眼忽然缩成了一条缝，目光则变得锐利吓人：“那为什么在警车的挡杆上会出现你的血指痕？你手指上的血从何而来？”

随着柳松的质疑，罗飞等人的第一反应便是看向了尹剑搭在桌边的双手——那手上干干净净，并不见任何伤痕。如果真的有尹剑的血指痕印在挡杆上，那只可能是别人的血。

“我……”尹剑这一次却答不上来了，他怔了片刻后，再次把目光投向身边的韩灏，似乎对方还能帮自己给出个答案。

韩灏正看着柳松，他也没料到会场上突然出现了这样的气氛，他没有再继续这个话题，而是反问道：“柳松，你问这些问题想表达什么？不妨直说。”

柳松咬咬牙：“我觉得熊队不可能那么轻易地被人杀死！他当时正处于严密防守的状态，怎么可能被人在那么短的时间内割断了喉咙？！除非……除非凶手是一个让他毫无防范的人！”

柳松的话语显然在直指尹剑杀害了熊原。而他的证据听起来也能成立——当韩灏到达开关处时，尹剑落后了一段时间，这段时间足以用来作案；而挡杆上莫名出现的血迹更会令人觉得疑窦重重。

可是不管证据如何，要说是尹剑杀害了熊原，这确实是一个过于无理的猜想。一贯口无遮拦的曾日华此时都晃起了脑袋："这……这怎么可能？那挡位上的血迹是不是以前就有？你怎么肯定就是尹剑后来留下的？"

"去的路上是我开的车，我记得清楚，当时的挡杆上绝没有血迹。"柳松非常肯定地说道，"那血迹是我刚刚又路过警车的时候，才无意间从窗口看见的。"

"可事情并不像你想的那样！"韩灏突然间提高了声音喝道，他似乎有些愤怒，看起来对柳松的态度非常不满。而后者也被他威严的样子镇住了，小伙子舔了舔嘴唇，咄咄逼人的气势收敛了许多。

韩灏轻叹一声，情绪也平缓了一些，然后他解释说："昨天尹剑把车开到医院之后，因为匆忙，他没有摘挡就跳下驾驶室，赶到后面帮我们抬熊队长。是我发现以后，伸手探到驾驶室把挡摘下来的。所以挡位上如果有血指痕，那应该是我留下来的。"

曾日华舒了口气，打起圆场："你看看，全都是误会。柳松，你有些过于紧张了。"

柳松没想到会有这个茬，他一下子也愣住了。还想再说什么，一时又不知怎么开口，只能神色尴尬地踌躇着："这个……我……"

"好了。"韩灏换上一种劝慰的语气，"你的心情我理解。熊队长的遇害，我们也同样悲痛。可是你不该随便就怀疑自己的同事。我们谁也不否认熊队长的本领，但这次的对手，他的狡猾和狠毒超出了我们的想象。前一起案子，对韩少虹的保护，大家也是一致认为万无一失的，可他还是得手了……在矿洞的时候，我同意熊队长单独留下，也是出于对他的信任……唉，要说这两次的责任，我才是最主要的……"

韩灏的声音逐渐低沉，悲伤的情绪感染了众人，柳松也低下头，眼圈有些发红。

“我已经决定了，等这起案子侦办完，我就会辞去刑警队长的职务，我会退出警界……”韩灏继续说着，然后他眼角的肌肉抽动了一下，语气重新变得高亢起来，“可在此之前，我一定要找到那个家伙，我一定要亲手让他受到惩罚！”

韩灏的斗志似乎鼓舞了众人，尹剑和柳松纷纷抬起了头，曾日华也欣慰地笑了，唯有罗飞尚微蹙着眉头，他还在思考着什么事情。

“好了，我们正面临着新的战斗，我希望这是扭转战局的最后一战！”韩灏的目光在会场上扫了一圈，“现在大家听我分派任务：柳松，你带着特警队的参战人员先行赶到龙宇大厦，保护目标人邓骅；罗警官，你也跟着去，协助柳松协调现场的事宜。”

柳松大声应了句：“明白！”罗飞却未应声。韩灏皱了皱眉头：“罗警官，你还有什么意见？”

“哦，我没意见。”罗飞似乎才回过神来，他看了看尹剑，又看看柳松，“我会配合好柳警官，完成任务。”

“很好，那你们现在就出发吧。”韩灏又转头看向曾日华，“你还是留在总部，负责信息的传递和查询。”

“好的。”曾日华点点头，对这样的安排他并不意外。作为文职人员，他本来就很少参与现场外勤。

分配好其他人的任务之后，韩灏最后才对尹剑说道：“你还是跟着我，我们刑警队再单独开个会，商讨详细的作战事宜，然后便赶到现场增援。”

尹剑无声地看向韩灏，两人目光对视的那一刻，似乎多了些心领神会的东西。

十月二十五日上午，九点十五分。

在简单准备之后，柳松和罗飞带着六名精干的特警战士立刻奔赴龙宇大厦而去。这六人都参加了前天在德业大厦广场上的战斗，那次战斗的失利以及后来熊原队长的牺牲早已点燃了他们心中愤怒的火焰。因此不需要做任何动员，他们的斗志已足以将任何敌人撕得粉碎。

罗飞坐在柳松身边，刚才在开会的时候，他就有一些疑虑，但鉴于会场的气氛不方便提出来。现在和柳松单独相处，倒是一个不错的机会。

“小柳，我想问你一点事情。”他轻轻地碰了碰对方的胳膊肘。

“什么？”柳松正看着窗外，此刻回过头来。

“韩灏说他到医院之后，动过那个挡杆。当时你也在车上，你对这个事情有印象吗？”

柳松摇摇头：“在我印象中是没有，但我也无法确定……当时我只顾抱着熊队长的尸体，根本就不会注意车上其他人在干什么。”

罗飞理解地点了点头。的确，当时柳松正处于一种极端激动的情绪中，不可能清晰地记得身边的细节——所以他只能把质疑留在心里，却无法在会议上对韩灏的解释再进行反驳。

“你也怀疑这个事情里面有蹊跷吗？是不是韩灏故意在包庇尹剑？”看到罗飞沉思的样子，柳松品出了些什么，于是忍不住追问了一句。

罗飞知道对方是个心无城府的直率小伙子，于是自己也不遮遮掩掩的，把心中所想都说了出来。

“我非常认同你的判断——很难想象熊队长会如此轻易地被人割喉而死。不过，这件事虽然疑点很多，却没有一条能够砸实的证据。所以在开会的时候我什么都没有说，在这样的关键时刻，如果确实误会了自己的同志，那就非常不好了。”

柳松颇为无奈地叹了口气：“我也不希望真的是内部出了问题。”

“现在有个方法，可以验证韩灏的话。”罗飞忽然又拍了拍柳松的肩膀，“不过我需要你的帮助。”

柳松的眼睛亮了起来：“什么方法？”

“如果韩灏说的是真的，那么挡杆上留下的应该是他的血指纹；如果他撒谎，那么挡杆上的血指纹就是尹剑的——这是谁都明白的简单道理。”

柳松却失望地摇了摇头：“你想做指纹鉴定吗？这个我早就想到了……可是现在根本不可能进行这样的指纹鉴定。因为做指纹鉴定是刑警队的任务，而韩灏本身就是刑警队的队长，他怎么可能鉴定出一个对自己不利的结果呢？而且除了你，没有任何人会支持我的怀疑，我连做鉴定的要求都没法提。”

“不需要进行指纹鉴定。”罗飞微笑道，“我只需要你找个熟悉的朋友，到那辆警车旁去看一看——你知道我是从龙州来的，在这里再找不到其他可以帮忙的人了。”

“找人是没问题，可是……看什么呢？”柳松不太明白对方的意思。

“看那挡杆上的血指痕还在不在。”罗飞停顿片刻，容对方想了想，然后进一步解释道，“如果血指痕仍然在，说明韩灏他们并不担心别人去查证这件事，我们的怀疑很可能真的就是误解；如果血指痕不在了，在这么紧迫的情势下，他们仍然要抽时间刻意去擦掉这个指痕，那就非常有问题了。”

“不错，太有道理了！”柳松佩服地看了罗飞一眼，然后他拿出手机，开始在号码簿中寻找能够帮得上忙的朋友。

与此同时，在刑警队长的办公室中，韩灏和尹剑正相对而坐。屋内的气氛压抑，就连空气也似乎要凝固在了一起。

良久之后，随着一声沉重的叹息，令人窒息的沉默终于被打破了。

“你全都知道了，是吗？那些血迹，你当时就看见了。”

“是的。”

“……谢谢你帮我掩饰过去了。”

“这有什么好谢的，我自己都不知道是对是错。”

“嘿……很多事情怎么说对错呢？说不清楚，真的说不清楚。”

“我只想知道为什么，你为什么这么做？”

“……我没有别的选择。”

“你被那个家伙胁迫了？”

“算是吧……一个小错误，造成了一个大错误，紧接着，又是一个更大的错误……当你第一步走错了之后，就无法再回头。”

“无论如何，我希望你停下来。”

“不，现在还不能停！我还有机会，我要亲手让它结束。”

“你必须停下来。这次的行动你不能再参与……你可以找个理由。”

“那已经发生的事情呢，怎么办？”

“……我也不知道，我还没想清楚……也许我会永远守住这个秘密，我会犯下一生中最大的错误……”

十月二十五日上午，九点三十分。

龙宇大厦内。

柳松和罗飞等人终于赶到了，慕剑云早已在一楼大厅中等着他们。

保安和前台人员照例将这一行人拦了下来。虽然柳松出示了警官证，但仍然无济于事，对于出现这样的局面，众人都感到非常惊讶。

“现在你们知道邓骅‘邓市长’的做派了吧？”慕剑云苦笑着说道，“我可是早就领教过了。要想见到他，你们必须首先让前台请示一个叫作‘华哥’的人。”

自己风尘仆仆地赶来保护目标的安全，结果却受到对方的如此冷遇，柳松不免有些愤愤不平，这种情绪直接摆在了他的脸上。不过罗飞却有另外的看法。

“这倒也是好事。”他说道，“连我们想见他一面都这么难，那么Eumenides下手的机会当然也会少很多了。”

“你还没看到大厦里的防范措施呢，连安检门都有。如果他一辈子都活在这个大厦里，那真是神仙也杀不了他。”慕剑云调侃道，“不过他今天还要赶一班前往北京的飞机，晚上八点四十分起飞。”

罗飞暗自点头，在心中思忖道：Eumenides显然是掌握了这个信息，才会把死刑执行的日期定在了这一天。机场，这又是一个无法回避的公众场所，也必将是双方争斗的焦点之地。

此时柳松的手机响了起来，他退到一旁接听。而罗飞则又想到了另外一件事情。

“你怎么会提前到了这里？”他问慕剑云。

“我掌握了一条新的线索。”慕剑云略有些得意，“现在看起来，这条线索还真是有些靠谱。”

新线索？罗飞心中一动，正要详细问个明白时。柳松急匆匆地赶了回来，他的神色显得非常激动。

“那个血指痕不见了！”他冲着罗飞叫道，“他们真的擦掉了那个指痕！”

罗飞凛然了一下，他终于有理由确定心中的那些怀疑了！同时，这也意味着他将面对一个非常棘手的难题。

“我们该怎么办？”柳松满怀期待地看着罗飞，虽然与对方相处的时间不长，但他对这个来自于龙州的刑警已产生了完全的信任和尊敬。在他们旁边，慕剑云则是一脸茫然的表情。

罗飞紧张地思考了片刻，然后他看了看身边的两个同事：“我们必须联系上高层的领导。你们能不能找到这样的路子？必须是能够跳过韩灏的关系。”

柳松痛苦地摇摇头，这件事如果在昨天他还可以办到。可是现在他最亲密的领导熊原却已经惨死在敌人的利刃下。

柳松这边不行，罗飞只能把目光聚焦到了慕剑云的身上。

“我可以试试。”慕剑云不明就里，也就没有把话说死，她质疑道，“可是别急……不管怎样，你们先得让我明白是怎么回事吧？”

罗飞倒无意对慕剑云隐瞒什么，可是他们的话题暂时无法再进行下去了，因为一个身材高大的陌生小伙子已经走到了他们的身边。

慕剑云认识那小伙子正是邓骅的贴身保镖——华哥，她也只好先把疑惑按捺在心里，替双方做了一个简短的介绍。

“你就是罗飞？”和警察们一一握手之后，华哥的目光长久地停留在了罗飞的身上。

罗飞被他看得有些别扭，诧异地反问：“你认识我？”

“我们邓总正要找你，就请你先跟我上去一趟吧。至于其他的警官——请你们先在大厅等待，我们邓总吩咐了，等专案组的韩组长来了之后，由他单独上来商讨合作护卫的事宜。”华哥仍然是一副淡淡的语气，言辞间不带任何感情。

慕剑云是早有心理准备，可柳松倒着实被对方的倨傲态度气得够呛。可他是为执行任务而来，又不便发作，只能愤愤地哼了一声。

“能不能稍等五分钟，我们正有一些事情要商量。”罗飞对华哥说道。

“不，我们邓总有非常着急的事情，还是请罗警官先抽空见一见邓总。你们的事情，等会儿再下来商量也不会迟的。”华哥措辞虽然彬彬有礼，但言行间却透出一种不容否定的霸道气质，想是在邓骅身边待得久了，耳濡目染之故。

罗飞见华哥说完话之后，便伫立不动，只顾看着自己。他知道自己如果现在不上楼，那华哥也就会一直不离去。他略一思忖，这边的事情虽然重要，但一切的关键点现在都落在了目标人物邓骅的身上，只要守住这个人，就不会再出什么乱子。这样的话，先去会会这个“邓市长”倒也未尝不可。

想到这里，罗飞转过头来看着柳松：“那我就先上去吧。你们暂且稳住，一切等我回来之后再说。记住，千万不要轻举妄动，真实情况并非你想得那样简单！”

柳松点点头，几个来回下来，他对罗飞已是言听计从了。

罗飞又看了看慕剑云，再次强调说：“等我回来。”他的目光坚定而自信，给人充分的信赖感。然后他跟着华哥，向大厅东侧的电梯走去。

在行进的路上，华哥已通过公司内部的对讲机把罗飞到来的情况向邓骅作了汇报。邓骅亦有些意外，因为罗飞确实是他正在寻找的人，而他没想到对方这么快便自己送上门来了。

邓骅要见罗飞，是因为他迫切想找出慕剑云所说的那个“线人”。根据阿华的调查，慕剑云在进入“四一八专案组”之后，曾接触过两个和十八年前的往事有瓜葛的故人，其中之一就是罗飞。邓骅在了解过阿华的调查结果后，初步判断罗飞很有可能便是自己想找的人，现在此人主动找到了龙宇大厦，倒也少了一番周折。

邓骅坐在宽大的老板椅上，以逸待劳地等待对方的到来。

几分钟后，敲门声响起，在得到邓骅的许可之后，阿华把罗飞引入屋中。同所有的初次来访者一样，罗飞也为办公室的宽敞、豪华以及风格另类的墙面装修惊讶了一番，不过他很快便凝住心神，在邓骅对面的客椅上坐下。阿华则垂手侍立在邓骅身边。

“罗飞罗警官。”邓骅上下打量着罗飞，然后他略一点头，算是行了主人的礼数，“你好。”

“你好。”罗飞也端坐在椅子上，同样仅稍稍点了点头。他已对邓骅的倨傲作风有所耳闻，现在是对方请自己前来，所以不妨将姿态拿得高一点儿。

“你是龙州市的刑警队长，为什么会跑到我们这里来？”邓骅开始直视罗飞的双眼，很不客气地问道。

“因为我收到了一封署名为Eumenides的信件。”罗飞与邓骅对视着，丝毫没有怯然的感觉。

“Eumenides？”邓骅进一步追问，“他为什么会写信给你？”

“你也收到了Eumenides的信，你能告诉我，这是为什么吗？”罗飞仍是淡淡的语调，可攻防的形势却在不经意间转了过来。

邓骅轻轻地“呵”了一声，皮笑肉不笑地说：“看来我们倒有不少共同点了？Eumenides都给我们写过信，而十八年前，最先收到Eumenides死亡通知的人，正好又分别是我们两人的好朋友。”

“我们两人的好朋友？”此前韩灏在介绍邓骅身份的时候，并没有提到他的过往。所以罗飞乍听对方这么一说，不免有些诧异，他愣了片刻后才回过神来，“你什么意思？难道你曾是薛大林的好朋友？”

“哦？”邓骅看着罗飞的表情，一时间也有些奇怪，然后他又问道，“十八年前的‘三一六贩毒案’你不知道吗？”

“我知道，那是省城警界的一段传奇。”罗飞不假思索地回答，“当时我还是省警校的学员，这起案件一度是整个刑侦专业的谈资，它是警方利用内线破案的一次经典战例。”

听到罗飞的这番话，邓骅脸上竟难得地露出一丝由衷的笑意，这段往事正是他生平最为自豪的事迹，同时也称得上他人生旅途的转折点。在十八年后，后辈刑警中的顶尖角色仍对此津津乐道，令邓骅心中漾起了一种难以描述的满足感。

“我就是当年的那个内线，邓玉龙。”邓骅挑起嘴角，显出神秘而兴奋的神色，“而这起案件到底有多经典，你永远也不会知道。”

罗飞着实吃了一惊。他无论如何也没有想到，眼前的这个邓骅居然就是当年在警界盛传的“孤胆英雄”邓玉龙。而他的思维敏动，立刻又联想到：薛大林在十八年前遇害，邓骅现在又收到了死亡通知单，两人又同为“三一六贩毒案”的参与者，这里面是否会藏有什么内在的联系呢？

不过邓骅并不容罗飞多想，他很快又抛出了另外一个问题：“白霏霏你认识吗？”

“白霏霏？”这个名字确实有些熟悉，罗飞蹙眉思索了一会儿，终于回想起来，“她是袁志邦的前女友吧？袁志邦的死亡通知单上所列的罪行，就是针对她而言的。”

邓骅一直在仔细观察着罗飞，此刻他终于释然了。

通过这番简短的交谈，他已经可以肯定罗飞并不是自己要找的人。这样的话，自己的目标就只剩下唯一的那个角色，无论从哪个方面看起来，那个家伙都比罗飞要容易应付得多。

“好了，罗警官，我们今天的碰面该结束了，我很高兴和你有这次交谈。”他表达了送客的意思，比起不久前对待慕剑云之时，态度明显委婉。

省城警界的传奇。邓骅想起从罗飞嘴里吐出的这个词组，心中便有种按捺不住的激荡，这种感觉他已经很多年没体会过了。

所以他不由自主地对这个初次见面的警官产生了不少的好感。

可罗飞对邓骅就不太理解了。

“这就结束了？”罗飞有些摸不着头脑，对方这么着急叫自己上来，难道就是要问这几个没头没脑的问题？这究竟是什么意思？

“是的。”邓骅抬腕看了看手表，歉意地点点头，“十点钟我要召集集团的管理层开个会议。现在只剩五分钟了，我马上得到隔壁的会议室去。”

罗飞也下意识地看了看自己的腕表，然后他善意地提醒道：“你的表快了，现在的准确时间是九点五十分。”

邓骅再一次笑了："这是我的习惯。我的表永远比正常情况快五分钟，这样即使我自己晚了五分钟，在正常的世界里，我仍是准时的。”

把表拨快，从而让自己的时间总是领先于其他人，这确实是个好习惯，很多成功人士都喜欢这样做。不过罗飞并不喜欢这个习惯，作为一名刑警，他必须始终保持自己的时刻表与准确的时间分秒不差。

罗飞本想接着邓骅的话茬再客套两句，可忽然之间，他的脑子里像被闪电过了一下，某些以前从未想到过的念头“噌”地一下蹦了出来。

罗飞张大了嘴，他呆呆地坐在椅子上，神情变得恍惚起来。

“罗警官。”阿华见来客有些失态，便向前走了一步，“你现在可以回去了，你不是还有事情要交代你的同事吗？”

“是的，我该离开……我该离开了！”罗飞猛地从椅子上弹了起来，然后他大步流星地向着办公室外走去，最后竟变成了小跑。

“他这是怎么了？”阿华诧异地看着罗飞的背影。

邓骅也费解地摇了摇头，片刻后他看了看阿华："这是一个有趣的、厉害的家伙，我很高兴，他并不是我们要找的那个人。”

阿华明白老板的意思，他点头道："那剩下的目标就非常明确了。阿胜他们半小时前就已经出发，我想他们应该很快就会有好消息反馈回来。”

“除了你之外，阿胜也算是个得用的人了，他应该不会让我失望的。更何况，他们要对付的不过是个只剩半条命的废物。”邓骅一边说着，一边从老板椅上站起来，“好了，先不用操心那边了，你陪我去会议室吧。”

阿华护着自己的老板向隔壁的会议室走去。而与此同时，罗飞已经坐电梯来到了一层大厅，见到他之后，柳松和慕剑云等人立刻围了上来。

慕剑云关心邓骅和“三一六贩毒案”的秘密，她试探着问罗飞："怎么样，你们聊什么了？”

柳松的心思则完全在另外一件事上，他急吼吼地嚷嚷着：“罗警官，我们现在该怎么办？是不是要尽快联系上层的领导？”他已在心中认定尹剑和熊原的死脱不了干系，迫不及待要逮住尹剑，将事情的真相查个水落石出。

罗飞却让慕、柳二人同时吃了闭门羹。“不，现在来不及说了。”他大口地喘着粗气，显然是刚刚剧烈地奔跑过，“有要紧的情况，我必须立刻离开。你们在这里守着，一切的事情，等我回来说。”

“什么情况？”慕剑云自认识罗飞以来，还从未见他如此的着急，心中不免有些打鼓。而柳松则愣了一下，不甘心地追问：“那尹剑的事怎么办，难道就不管了？”

罗飞的大脑实在有点儿乱，他强迫自己冷静下来，略一思索后又急促地说道：“邓骅是晚上八点四十分的飞机，我会在五点之前赶回来。只要他不出这个大厦，就不会生乱子。柳松，你不用着急，那件事急不来，但跑也跑不了。好了，我真的没时间了，记住我的话，一切等我回来，明白吗？”

见罗飞这副架势，慕剑云和柳松只好先后点了点头。而罗飞也略略放下心来。是的，他已经见识了邓骅的保安力量，只要不离开大厦，此人就不会有任何危险。同时他相信，只要邓骅不出事，那局势就乱不起来。而现在最重要的是，他自己必须立刻赶往一个地方，他已经相信，那里正是所有罪恶的源头。

就在刚刚的一瞬间，在邓骅言语的提示下，曾苦苦纠缠着罗飞的困惑竟豁然开朗。那两分钟的时差，十八年的等待，一切都有了合理的解释。

他恨不得立刻就飞到那个人的面前，所有的情绪正在他的胸膛中堆积，几乎要让他郁闷得爆炸起来。他再也无法忍受片刻的拖延，他只想问一句：为什么？

二十分钟后，罗飞来到了目的地。

那个破败的小巷，那间阴暗的小屋。可是他原本沸腾的心此刻却冷了下来。

因为他知道自己来晚了。

小屋门大开着，可屋里却没有人。当罗飞进入小屋之后，发现与前几次的拜访相比，小屋显得愈发的杂乱，桌椅被放翻了，被了被撕开了，那些杂七杂八的垃圾也被胡乱地抛的满地都是。

罗飞知道自己不是来晚了，而是来得太晚了。

不仅那个人已经离开了，而且在此之后，还有另外一些人来过这里，这些人显然想要寻找某些东西。

那个人去了哪里？后来的人在寻找什么？他们找到没有？

一个个疑问萦绕在罗飞的脑海里，他冥思苦想，可一时间又没有任何的头绪。

是的，那个人知道自己会找来，当上次自己提出那两分钟时差的疑问之后，他就一定知道自己会找来。因为那个家伙太了解自己了，他深深地知道，那两分钟的时差必将成为自己突破所有谜团的关键点。

所以他已经提前离开了。

也许，他现在正在某个角落里窥伺着自己，同时在得意地窃笑吧？

罗飞痛恨自己的拙劣表现。那么关键的线索已经暴露在眼前了，可自己却没能及时破解。他甚至还跑到那个人面前去寻求答案，那简直就是与虎谋皮。

再仔细回想，其实还有一些线索本也如此明显，可自己却偏偏视而不见。

比如郑郝明留下来的探案日志，罗飞清楚地记得那上面有关爆炸案幸存者的描述。

一九八四年四月二十五日 小雨

前几天的调查一直没有什么收获，而今天终于有了转机。

下午，爆炸现场的那名男子终于苏醒了。可是我对他进行询问时，他却什么也想不起来了，他甚至说不出自己的名字。医生说这是重伤病人正常的失忆现象，我必须采取一些积极的办法去加速唤醒他的记忆。

我去水泥管里拍了一些照片，最快也要等到明天才能冲洗出来。

一九八四年四月二十六日 多云

我把水泥管的照片给那名男子看了，他开始仍有些茫然。后来我又向他展示了那些铜线，告诉他那是他口袋里的东西。我鼓励他努力去回忆，想想昏迷前的事情。

他的表情显得想起了些什么，很费力地要说出来。我把耳朵贴在他嘴边，他说的第一句话是："那些……水泥管，我……我住在里面。"

我当时真是高兴坏了。后来他又陆续告诉我，他叫黄少平，来自安徽农村。家里的父母都去世了，一个人来省城谋生。因为找不到工作，只能暂住在水泥管里，靠捡破烂儿过日子。

我又问他案发当天发生了什么。可他的记忆似乎又出了问题，只摇头不说话。也许明天我得带些爆炸现场的照片过来。

一九八四年四月二十七日 晴

我向黄少平出示了爆炸现场的照片，他显得很惊恐。我告诉他：有两个人，一男一女，在这个工厂里被炸死了。他当时也在现场，被炸重伤。黄少平终于慢慢回忆起了那天的情况。

案发当天下午，黄少平看到有三个人（两男一女）先后进入了那个废弃的工厂，他便觉得有些奇怪。最后当那个女子进入工厂后，他终于按捺不住好奇心，于是悄悄地进去窥视。他看到了后来的那一男一女，也听到了一些对话（对话过程与罗飞的描述基本吻合），但还没等他弄明白是怎么回事，爆炸便突然发生了。

…………

多么明显，多么明显！

那个幸存者根本就不是拾荒者黄少平！

他并没有失忆，他一开始说什么也想不起来，只是还没有想好该如何隐藏自己的身份而已！

而后来他所说的个人信息，全都是来自于郑郝明警官的提示。郑郝明太急于唤醒幸存者的记忆，他向对方展示了过多的东西：照片、口袋里的铜丝，这使得那个家伙在绝境中顺势摇身一变，成功地窃取了拾荒者黄少平的身份。

然后他仍然通过伪装失忆的老办法，一步步地试探出警方所掌握到的资料，他自己再根据警方的资料来编造对自己有利的目击者证言！

…………

是的，就是这样，一定是这样！

可是为什么？他为什么要那么做？为什么？

罗飞只想当面问个明白。

带着满腔的愤懑，罗飞走出了小屋，他抬头四下张望了片刻，然后大喊起来：“你在哪里？你为什么不敢见我？你出来！”

他喊得声嘶力竭，几乎要把浑身所有的力气都爆发出来。

周围有行人路过，他们诧异地看着罗飞，像是在看一个疯子。

可罗飞并不是一个疯子，他知道那个家伙一定会在暗中窥伺着自己，一定的。

他一点儿也没有猜错。

那个人确实就躲在附近一个隐蔽的地点里。那是小巷外一处居民楼六楼的楼道窗洞，此处不仅居高临下，而且带有强烈的逆光，所以这个人可以清楚地看到小巷内的情形，而罗飞却绝不可能寻找到他的所在。

在刚刚过去的几十分钟里，这个人先是看到几个黑衣男子进入了自己曾居住多年的小屋，他知道那些人是谁，他也知道他们为何而来，他甚至为此而长出了一口气，因为这意味着自己的计划又多了一分成功的可能。

是的，这是他临时应对的一步棋，非常仓促，但是看起来又非常的成功。

慕剑云就是他的棋子。

他本不需要这步棋的，但他在面对一个难缠的对手，是后者逼着他祭出了这最后一招。

那个对手终于也寻到了小屋，这也印证了他的判断——当他听到那两分钟的时差之后，他就知道罗飞一定会找回来的。

他们之间终究是躲不过那一场对决，面对面的对决。

“我并不是不敢见你，只不过这里不是合适的地点。”他喃喃自语着，声音如鬼魅般嘶哑。然后他一步步地向楼下走去，拄着拐杖，步履蹒跚。

该结束了，让我们共同谱完这最后的乐章吧。他在心中暗暗感叹道，不管之前的乐章多么华美，如果缺少一个漂亮的休止符，那终究不会是一件令人满意的作品……

第十章 Eumenides的诞生

十月二十五日中午，十一点零三分。

兴城路碧芳园饭店。

兴城路位于省城开发区中心位置，周边聚集了许多新兴的高尖企业，其员工多为年轻的白领，因此这条路也被市民们戏称为“白领路”。

碧芳园饭店位于兴城路南路口内行一百米处，饭店规模不大，但装修典雅别致，颇受白领阶层的钟爱。此刻过了十一点，已有三三两两的男女陆续前往店内，虽还没进入上客高峰时段，但店内的工作人员已井然有序地忙碌了起来。

这时他们迎来了一名特殊的男子。

这名男子穿着长襟风衣，宽大的连衣帽罩在头上，顺带遮住了上半个脸庞。而他的脸上又戴了一副白口罩，将下面半张脸也遮挡了起来。他低着头，将整个身体紧紧地缩在那件风衣中，像是一个经不得半丝秋风的虚弱病人。

而男子的行动进一步证明他的身体确实存在着某些问题。他拄着拐杖，右腿在地上虚拖着，似乎很难用上力量。他就这样侧歪着身体，艰难地一步步挪到了饭店之内。

在这个白领聚集区很少见到这样的客人。尽管感到有些奇怪，可是服务员小红还是热情地迎了上去。

“先生，您一个人吗？”她彬彬有礼地问道。

男子却不理不睬，他径直向着饭店角落里的一张餐桌走去，那张餐桌的位置非常闭塞，接触不到任何对外的窗口，所以客人们都不愿意在那里就餐。

可那名男子却偏偏在那张桌子前坐下了。不仅如此，他还特意选了贴近两侧墙边的那个位置。这样他就窝在了一个狭小的角落里，不过他从那里却可以轻松地看到店内的全貌。

小红把菜单送到了男子面前，却被男子轻轻地推开了。

“我不吃饭。”他嘶哑地说道，气若游丝，像是从肺管深处竭力挤出来的一样，“我找你们老板。”

“您找她有什么事吗？”小红诧异地打量着对方，难道是老板的熟人？可男子还没有摘下口罩，而且他一直低着头，实在是看不清半点儿相貌。

那男子又吐出两个字来：“要债。”

小红摇摇头离开了，既是要债，她便没有能力处理此事了。于是她前往后堂通知了老板娘。

饭店的老板娘叫郭美然，是一个二十七八岁的女子，性格泼辣，也有着几分姿色。每天临近中午的时候，她都会来店里查看一天的准备情况。听到小红的汇报之后，她便从后厨走了出来，先是在柜台后远远地观察了一番，可记忆中却搜不出与这样的男子有什么债务瓜葛。犹豫片刻之后，她决定上前当面问个明白，争取在中午高峰前把事情解决了。

郭美然并不惧怕这种人，虽然她只是一个女流之辈，但处理这种对外的事宜却是颇有两把刷子。

“先生，你找我吗？”她走到桌边问道。

男子略略侧头瞥了她一眼：“我来讨债。”

郭美然笑了起来：“我什么时候欠你的？”

“你不欠我的。我是帮别人要债——”

“哦？”听说是给别人要债，郭美然就更不惧了。她眯起桃花眼问道，“帮谁？”

“一个叫作许韵华的女人。”男子说出债主的名字后，忽然间抬起头来，一双眼睛殷红如血，令人不寒而栗。

郭美然蓦地变了脸色，语气也陡然间严厉起来：“你是谁？”

男子没有答话，他靠外侧的右手突然翻出，一把攥在了郭美然的左手手腕上，后者只觉得一阵冰凉的感觉传来，低头一看，竟有一副手铐将自己和那男子的一只手铐在了一起。

“你干什么？”郭美然呵斥了一声，想要挣脱掉那副手铐，但那男子一使劲，力量却大得惊人。女老板的身体把持不住，一个趔趄，被迫坐在了男子身边。

“你干什么？！”郭美然惊惧更胜，再也无暇顾及会不会惊扰到店内的客人，只管扯起嗓门大喊起来，“快，快去叫人！”

不远处的小红如梦初醒，急匆匆地跑向了后厨。而店内的客人则纷纷向这边好奇地张望着。

那男子右手按住郭美然，左手将帽子翻去，然后又慢慢摘下了口罩，现出了他的庐山真面目。店堂内立刻响起一阵惊呼，一些胆小的女客已急匆匆地掩面离去，顾不上自己的午饭尚未吃完。

这是一张如魔鬼般恐怖的面容。残缺凹凸，处处遍布着伤痕，双颊附近肌肉扭曲，嘴角斜斜地豁拉着，露出大半个牙床。

不会有人愿意与这样的面容对视第二眼。

可这张面容此刻却死死地盯着郭美然，那裸露的牙床甚至在森然地磨动着，似乎想要将对方撕咬吞噬一般。

“啊——”郭美然歇斯底里地尖叫起来，“你……你到底是谁？！你要干什么？！”

在她变了调的叫喊声中，几个小伙子从后厨冲出，抢在前面的是一个面相凶恶的胖男子，他的手里还赫然握着一把菜刀。

见到来犯者的这副尊容，小伙子们也吓了一跳。不过那胖子还是硬着头皮走上前，挥舞着菜刀威胁道：“你干什么？快把我们老板放开！”

食客们纷纷撤离是非之地，但仍有几个好事者远远地围观着。

男子不说话，他的左手伸进风衣口袋里，似乎掏出了什么东西，自顾自地牢牢握在手心。

胖子有些紧张了，他将菜刀护在胸前，厉声喝问着：“你掏什么呢？快给我放下！”然后又回头向身后的同伴们吼了句，“快，快去报警！”

男子残缺不全的嘴角咧了咧，似乎在笑，然后他将左手中的东西挥了挥：“我不能放下。”

怪物谈笑自若的态度让胖子更加紧张了，他吞了口唾沫：“那……那是什么东西？”

“引爆器，炸弹的引爆器。”男子一边说着，一边侧手撩起了风衣的衣襟，在他腰间别着一个塑料盒子，盒子上有引线一直连接到他的手中，然后他又补充解释道，“只要我一松手，炸弹就会爆炸。”

他的声音虽然嘶哑，但却清清楚楚地传到了在场每一个人的耳中。店内立刻响起一片惊慌失措的叫喊声，人们争先恐后地往店外逃去，胖子也仅仅是犹豫了片刻，随即也加入到了逃亡大军之中。同时大概有十多人纷纷拨通了110的电话。

短短几十秒钟的时间，小店内已变得冷冷清清，只剩下角落中的男子和郭美然，而后者早已失魂落魄，她连挣扎的力气也没有了，只能带着哭腔惊叫着："救命！救命啊……"

与此同时，龙宇大厦内。

韩灏带领的刑警队增援力量也赶到了大厦现场，可是尹剑却不在其中。

"尹剑呢？"柳松在队伍中寻找着，这可是他目前最关注的目标。

"我也不知道。"韩灏皱着眉头，"开完会之后他就不见了，现在打他的手机也打不通。"

"他跑了，他一定和熊队的死有关！"柳松激动地嚷起来，"你为什么不派人去抓他？"

"我的人跑没跑还轮不到你来判断！"韩灏瞪了柳松一眼，毫不客气地说道，"现在我们的首要任务是保证邓骅的安全。这是上级一再强调的精神，希望你明确这一点，否则我有权将你清除出'四一八专案组'！"

慕剑云上前拉了拉柳松，用眼神示意对方冷静下来。她虽然还不知道原委，但也觉得此刻专案组的力量应该一致对外，即使尹剑真的负案在逃，要追究韩灏的失职也得等打完了眼前的关键战役再说。

柳松做了一个深呼吸，把心中的气闷压了回去。他认定韩灏是在有意袒护尹剑，甚至是放任了尹剑的出逃，可对此又无能为力。同时他也想到了罗飞临走前的话语。

"一切等我回来。"

是的，他相信那个来自龙州的警官有能力控制住局势，只要他能够及时赶回来，真相便能够被揭开，那些犯下罪恶的人谁也无法逃脱。

而自己现在最重要的任务，也的确就是守护住目标人物的安全，这才是敌我双方目前争斗的焦点所在。

想通了这一点，柳松的情绪慢慢平静了下来。

阿华也来到了大厅中，他奉了邓骅的命令，要带韩灏上楼，共同商讨护卫的事宜。

韩灏已经得到上级的指示，要对这个“邓市长”保持足够的尊敬。所以对方的倨傲倒没有引起他过度的反应。不过就在他准备进入电梯的时候，手机铃声却突然响起，一看电话号码，却是从刑警队总部打来的。

韩灏接通了手机，对面传来曾日华的声音。

“韩队长，现在有一个新情况。”从对方的语气听来，那似乎不是什么小事。

“快说。”韩灏措辞简洁。

曾日华道：“兴城路碧芳园饭店内刚刚发生了一起劫持人质的事件。疑犯身负炸药，劫持了饭店的女老板。”

“让当地分局先处理啊！”韩灏不免有些恼火，“现在是什么时候？与‘四一八案件’无关的事情不要来找我！”

“这可不是无关的事情！”曾日华在电话那边加重了语气，“开发区分局的同志已经赶到现场，并且和疑犯进行了初步接触。疑犯也提出了他的要求，他要见三个人。”

韩灏预感到了什么，立刻追问：“哪三个人？”

“慕剑云、邓骅、罗飞。”曾日华依次报出了三个名字，然后他又补充了一句，“还有，这个疑犯就是‘四一八爆炸案’的幸存者——黄少平。”

韩灏愣住了，黄少平？他怎么会突然蹦出来搞起这么一出？这可真是一波未平，一波又起，形势变得愈发复杂。紧张地思考了片刻后，他下达了命令：“你立刻通知慕剑云和罗飞，赶到现场协助处理。”

“那邓骅呢？”曾日华又追问了一句。

“他是绝不可能去的。”韩灏毫不犹豫地回答，这是警方正竭力保护的对象，怎么可能前往这样一个危险的现场？

“我会去，我能代表我们邓总。”一旁的阿华忽然插了一句话。他显然是听到了韩灏与曾日华的交谈，而黄少平正是他们想要找却又未找到的目标。

韩灏正打量着阿华，惊讶于对方的敏锐听力。至于阿华代表邓骅前往兴城路现场，他倒没有什么异议。他深深知道，现在一切的关键都集中在楼内的那个人身上，外围的局势再怎么变幻，终究也是为了那个目的而服务。所以不管其他人如何行动，他必须守着邓骅，守着自己这个唯一的翻盘机会。

中午十一点四十二分，兴城路碧芳园饭店。

当罗飞赶到的时候，开发区公安分局的刑警们早已把现场团团围住。考虑到疑犯身负炸药，他们还在方圆百米的范围内疏散了人群，并拉起了警戒线。尽管如此，看热闹的闲人仍然不断在警戒线外聚集，任凭如何劝说也不肯离去。而各路记者也纷至沓来，忙碌地抢占现场报道所需的最佳位置。

罗飞向现场负责的陈警官表明了身份，陈警官亦正在等待罗飞的到来。不过他并没有让罗飞立刻进入饭店，因为根据疑犯的要求，他第一个要见的人是慕剑云。

罗飞也看见了不远处的慕剑云。她刚刚穿上警方提供的防爆衣，看样子正准备进入现场。罗飞走上前去，轻轻拍了拍对方的肩膀。

慕剑云回过头，欣慰地笑了笑。在这样的气氛中相见，他们很容易在心理上获得一种相互间的支持。

“你不用担心，他不会伤害你的。”罗飞为对方宽心。

“不，我并不担心自己。”慕剑云却摇摇头，她用明亮的眼睛回视着罗飞，“最危险的人是你，因为你是他最后要见的那个人。”

是的。既然凶犯想要见三个人，那他当然不会在和第一个人会面时便引爆炸弹。从这个角度来分析，最后会面的那个人才是最危险的。

罗飞苦笑了一下，只是谁又真正了解他和那个人之间的恩怨呢？而这场戏最终又会走向一个怎样的结局？

在罗飞惘然的思绪中，慕剑云已迈步向着饭店走去。这段路途并不远，片刻后她便穿过店门，独自来到了大厅内。

魔鬼般丑陋的男子仍坐在那个角落里，这是他精心选择的位置，隐秘而安全——因为对于饭店外的警方来说，这里是一个无法窥探的视觉死角，即便是狙击手也没法瞄准射击。郭美然瑟缩在怪物的旁边，因为承受了巨大的恐惧，她的身体一直在微微地颤抖着。

见到终于有其他人进来了，郭美然猛地抬起头，脸上写满了求生的渴望。

男子抬了抬手，招呼慕剑云过来，他的神情平静，甚至带着几分友好。

慕剑云走上前，在二人对面坐下，然后她看着男子问道："你要干什么？"她的目光明亮犀利，像是要穿透到对方的心灵深处。

"我无路可走了。"男子眯起自己的眼睛，"只有你能够帮我。"

"你什么意思？"慕剑云一边反问，一边揣摩着男子的话语。在现在的局势下，她不知是该继续把对方当作线人呢，还是把他当作一个危险的爆炸案制造者。

可不管怎样，这男子一定掌握着"四一八血案"中至关重要的秘密。慕剑云很希望能从他口中获悉更多的真相。

"对方已经发现了我，我的生命正受到威胁。"男子从喉咙里挤出嘶哑的声音，"那是可怕的势力，我无法抗拒。我只能躲在这里，让这么多人关注到我，我才可能活下去。"

慕剑云半信半疑地看着对方。是自己的行动暴露以致连累了这个可怜的人吗？可即使他说的是真话，这种举动也未免过于夸张了吧？

"你不应该伤害到无辜的人。"慕剑云指了指郭美然，"快把她放了——外面来了那么多警察，难道还保护不了你吗？"

郭美然配合着女警官的话语，她转过头，乞求似的看着身边的怪物。

可怪物的反应却令柔弱的女人无比失望，他坚定地摇摇头："不，我现在不相信任何人，我只相信你。"

慕剑云苦笑起来，面对男子的这种信任，她不知是感到荣幸还是悲哀。沉吟片刻之后，她趁势转变了方案："既然你信任我，那你就放了这个女人，让我作为人质，我陪着你。"

可她的提议仍然被对方断然拒绝："不行，你还有更重要的事情——你必须尽快查出那个幕后的人物，帮我解除威胁。我已经告诉过你，突破口就在'三一六贩毒案'上。"

"我正在查。"慕剑云诚恳地看着对方，"而且我也遵守了诺言，并没有向别人泄露你的情况。你也许是过度紧张了，你得给我更多的时间——我已经查到一些线索了。"

"不，我不能给你更多的时间了，不过——"男子忽然压低了声音，"我可以给你更多的线索。"

"什么线索？"慕剑云的情绪兴奋起来，这正是她渴望得到的。她深信对方知道更多的秘密，难道此刻就会有新的突破吗？

男子转过头，命令似的看着郭美然："把我风衣口袋里的东西掏出来。"后者不敢有任何抗拒，乖乖地把右手探到了男子的口袋里，略作摸索之后，掏出了一封信笺和一个捆扎起来的塑料袋，然后她又在男子的吩咐下，将那个塑料袋交到了慕剑云手里。

塑料袋一层层地卷成了一团，里面似乎藏着什么东西。慕剑云正要动手拆开时，却又被男子制止了。

"不，你不能在这里看。"他郑重地说道，"你出去之后，找个没人的地方再打开。记住，绝对不能让第二个人看到里面的东西。"

究竟是什么样的秘密？慕剑云皱起眉头："那我现在就去吗？"

"现在就去，然后叫邓骅的人进来。"男子凝起目光看向慕剑云，幽幽地说道，“你将决定这场游戏最后的结局。”

慕剑云被对方那双血红的眼睛看得很不舒服。不过犹豫了片刻之后，她还是按照对方的意愿起身离去了——既然有了新的线索，她的第一选择当然是先看看里面到底提供了什么。

慕剑云知道自己必须快去快回，因为她的线人已经失去了控制。如果真的发生意外，无辜者的死亡固然可悲，而连环血案的侦破也会因此而再次陷入僵局。

想到这里，她的行色便愈发匆匆起来。男子目送着她的背影，嘴唇缓缓地翕开，露出比哭还要难看的笑容。

见到慕剑云走出碧芳园饭店，守在外围的陈警官立刻迎了上来：“怎么样，他有什么新的要求吗？”罗飞也跟在陈警官身后，一脸关注的神情。

“他不肯放人……他要见邓骅的人。”慕剑云含糊地应付了两句，便急匆匆地分开人群而去，此刻四周围满了警察和记者，实在找不到什么清静的地方去查看那个线索。她快跑了几步，到大路上拦了一辆出租车，总算把蜂拥在身后的一帮记者甩开了。

“怎么回事？”陈警官无奈地摇摇头，罗飞也觉得有些诧异。而在离他们不远的地方，一个三十岁左右的精干男子正目送着慕剑云离去，神情敏锐而专注。

此人正是邓骅的得力助手——阿华。他将代表他的老板去与那个神秘男子会面。

当乘载慕剑云的出租车驶出众人的视线之后，阿华也穿上了防爆衣，向着碧芳园饭店而去。

一分钟后，阿华坐在了男子的对面。

“我们邓总是不会来见你的，所以，我来代表他。”阿华淡定自若地说道，虽然他面对着一个长得像魔鬼一般的怪物，虽然怪物手中还掌握着随时都可以引爆的炸弹，但他却没有显出丝毫的紧张和不安。

“我知道他不会来，他早已是千金之躯了。”男子看起来并不意外，他的双眼诡谲地闪动了一下，又道，“能够让华哥亲自来，已经是很给面子了。”

“哦？你认识我？”阿华心中略有些诧异，表面却不动声色。

“你原名叫饶东华，早年父母双亡，五岁就进了孤儿院，是邓骅把你接出来，然后供你读书，同时出钱让你参加了格斗、驾驶、射击等多项技能的培训。作为一个保镖，你各方面的本领都不会逊于第一流的警察。而你自己则对邓骅感恩戴德，你死心塌地地追随着他，甚至把他当成了自己的再生父亲。”男子虽然声音嘶哑难听，但说话时的条理却异常清晰。

“呵。”阿华笑了起来，“没想到我这样的贱命也会被别人关注。”

男子看着阿华，血红的眼睛中闪现出些奇怪的神色，然后他轻叹一声：“从某些方面来说，你们俩倒是很像。”

阿华却不愿再跟对方兜圈子，他的目光突然变得锐利起来：“那你呢，你又是谁？”他咬着牙，声音显得有些阴森。

“我是谁并不重要，重要的是我是一个知情人。”男子咧开嘴唇，似乎有些得意，“我知道与‘三一六贩毒案’有关的所有秘密。”

“秘密？”阿华冷笑着，“已经十八年过去了，谁还相信秘密？尤其是从你这样一个废人嘴里说出的秘密。”

“是的，你们拥有着惊人的权势，和你们相比，我确实太渺小了。”男子忽然用幽邃的目光看着阿华，“可是那卷录音带呢？它是否有着令权势也害怕的力量？”

阿华的眼角微微地抽动了一下，虽然不明显，但已足以透露出他内心的变化。

“什么录音带？”片刻后，他稳住心神问道。

“要命的录音带。”男子从牙缝里挤出可怕的声音，“要了白霏霏的命，同样也能要邓玉龙的命。”

听到邓骅的本名在这个情境下被提出，阿华的瞳孔开始收缩。

“我有那录音带的复制件。”男子抬起头直视着阿华，眼神中带出一种挑衅的意味来。

阿华的目光在男子身上扫动着，从残缺的面容，到扭曲畸形的肢体，上上下下全都看了一个透。然后他说道：“你这样的人，能活到现在真是不容易。”

“很不容易。”男子附和着阿华的话，竟也颇为感慨。

“那你应该好好珍惜自己的生命，去享受一些以前没享受过的东西，美女、美酒……或者其他什么，只要你想得到的，我们都可以满足你。”阿华脸上浮出了笑意，眼神中也闪烁着诱惑的光芒。

没有人怀疑龙宇集团的实力，作为邓骅的代言人，阿华的确有能力帮助一个人实现很多梦想。

可那男子却丝毫不为所动。

“我要的是邓骅的命。”他淡淡地说道，那神态就像已手到擒来一般。

“你正在拿自己残余的半条命开玩笑。”

阿华的眼神突然变得如冰锥般刺人，说话的语调更是让人不寒而栗。坐在对面的郭美然虽然与这场争斗无关，但也被阿华的样子吓坏了，那种压迫感甚至要超出身边那个怪物带来的恐怖感觉。

可那个怪物却并没有被对方的气势吓住，他从损坏的胸腔中发出如毒蛇一样的“嘶嘶”的冷笑声。

“我早已经是一个废人了，十八年的时间，生不如死。我之所以苟延残喘，就是要等着看到‘三一六贩毒案’真相大白的那一天。我曾经失去了希望，可最近我找到了一个可以信赖的人，她有能力，有决心，也有胆量去揭开隐藏多年的秘密。我相信她，即使我死了，她也能帮助我实现这个愿望。”

“你把东西给她了？”阿华的神色一凛，他想起了此前刚刚与男子会面的慕剑云，想起了她走出饭店时手里拿着的那个塑料袋。

男子“嘿”的一声，没有回答。他知道，有时候缄口不言反而能传递出更多的信息。

阿华“腾”地站了起来，盯着那个男子冷冷地说道：“你不但自己找了死路，还害死了她。”抛下这句话后，他便急急地冲出了饭店。

饭店外的陈警官再次遭遇了尴尬的时刻，第二个进入饭店的人同样没有理睬他的任何询问，而是自顾自地快速穿过了警戒线而去。

人群之中有几个小伙子此刻也动了起来，他们很快便聚集在了阿华身边，在聆听了阿华的吩咐之后，一行人分上了几辆小车，向着先前慕剑云消失的路口疾驰而去。

看着阿华等人离去，罗飞禁不住深深地吸了口气，他知道，终于到了自己去面对那个人的时候了。

罗飞拒绝了现场警方提供的防爆衣，他和那个人之间本不需要过多的防范，而且即便是要防范，这一件小小的防爆衣在那个人面前又能起什么作用呢？

所以罗飞就这样独自一人，没有任何防护地走进了碧芳园饭店。

男子也在一种复杂的情绪中等待着罗飞。当看到对方的身影出现的时候，他撇了撇嘴唇，挤出一丝难看的苦笑。

罗飞的目光落在了男子丑陋的面庞上，他在大脑中搜寻着曾经的记忆，想把这面庞与多年前的某个形象吻合在一起。可他却无法完成这个工作，因为那两个形象间根本就不再有任何的共同点。当年的爆炸已经彻底毁去了对方的面容，把一个英俊倜傥的小伙子变成了令人不敢卒睹的魔鬼。

罗飞本来永远也不会再有机会知道这个人是谁，可那两分钟的时差最终还是泄露了对方的秘密。

尽管包括慕剑云在内的其他人都对那两分钟的时差不以为然，但罗飞却始终坚持着自己的观点。他知道那两分钟的时差是存在的，而这个时差正隐藏着某些重要的问题。他曾猜测孟芸并没有在爆炸中丧身，这个猜测让他激动不已。但物证中心保留的牙模却击破了他的这个幻想，同时也让真相变得愈发的扑朔迷离。

警方记录的爆炸只有一次，时间是下午十六点十三分，而罗飞听到对讲机中传来爆炸声的时间是十六点十五分，很显然，当这两个时间不一致的时候，警方记录中的爆炸绝对是真实的，而对讲机中听到的爆炸却有可能作假。可另一个问题在于，十六点十五分，罗飞听到爆炸声之前，他一直通过对讲机与孟芸保持着交谈。这便形成了极不合理的悖论。十六点十三分时，真实的爆炸发生，孟芸已死！而她与罗飞的对话却一直持续到了十六点十五分！

罗飞被这个悖论深深地困住了，昨天下午，他把自己在招待所房间里锁了好几个小时也没想出一个头绪来。他甚至开始怀疑自己对时间的判断是否过于自信，那个时差也许根本就并不存在。

怀疑自己的判断，这对罗飞来说是难以接受的。一定是还有什么被忽略掉的问题。

直到今天上午，邓骅给了他一个关键的提示。这个提示不仅化解了那个悖论，更让罗飞顺藤而下，剖开了一连串的谜团。

在恍然大悟的同时，罗飞也有些懊悔，他应该能够早点儿想到的。

孟芸死于十六点十三分，已经死去的人当然无法再与别人通话，可罗飞却看到通话结束时挂钟显示在十六点十五分。

那根本只有一种可能。

有人调动过挂钟的时间！

十八年前的挂钟需要人工上弦才能走动。罗飞每天晚上都会给挂钟上弦并且校准挂钟的时间。如果有人在案发之前调快了挂钟，那么就会造成前述的时差悖论。调钟者知道他的行为不会被任何人发现。因为案发之后，挂钟所在的宿舍因为留有孟芸的字条和死亡通知单，肯定会作为第二现场被警方封闭调查；而罗飞作为涉案人员，也会被带回警局接受长时间的询问。当罗飞再次回到宿舍的时候，无人上弦的挂钟早就停了，时间曾被调快的秘密就此掩藏。

所以罗飞才会认定爆炸发生在挂钟显示的十六点十五分，才会对死于十六点十三分的孟芸仍能和自己通话这个现象困惑不已！

弄明白这件事之后，下一个值得玩味的问题是，那个人为什么要把挂钟调快？

毫无疑问，这个人想给罗飞造成时间上的错觉。

是谁？

一个人的名字无法回避地冲在了最前面。

袁志邦！

作为罗飞的室友，他是最有机会调动挂钟的人；同时他也了解罗飞有着对时间精确把握的日常习惯；更重要的是，除了罗飞，只有他知道那个挂钟的走时是如此的准确，即便是短短几分钟的调动也能对罗飞的时间判断产生意义非凡的影响。

可他想干什么？

既然已经将袁志邦设定在策划者的角度上，罗飞首先便猜想到袁并没有死于那场爆炸中，进而怀疑对讲机中听到的爆炸是不真实的。因为孟芸的对话显示，袁志邦当时一直身负炸弹捆缚在她的身边，如果发生爆炸，两人都不可能生还。

所以确实存在着两次爆炸，一真一假。假爆炸自然应该发生在真爆炸之前，当罗飞认为袁孟二人都已经在假爆炸中身亡的时候，袁志邦却还有几分钟的时间制伏孟芸，并且在真爆炸发生之前逃走。

这就给了袁志邦要将挂钟调快的理由，他的目的很简单，就是要掩饰真假爆炸之间的时差，对讲机中的假爆炸虽然提前发生，但当罗飞看到宿舍的挂钟时，却会认为其正好发生在真爆炸的同一时刻。

可是悖论随即又出现了，罗飞看挂钟的结果却是假爆炸发生在了真爆炸的后面。这又与设想中袁志邦的目的背道而驰了。

难道是袁志邦没有控制好时间?

假爆炸发生时，被调快的挂钟显示在十六点十五分，这是袁志邦想让罗飞认为的爆炸发生时间，同时也就是袁志邦计划中真爆炸发生的时间。

可是真正的爆炸却发生在了十六点十三分。

时差是存在的，却是提前了两分钟。

真正的爆炸比袁志邦的计划提前了两分钟到来。

罗飞了解袁志邦，他知道对方思维和行事的缜密。如果这场爆炸是出于他的计划，那么爆炸的提前绝不会是他计算疏漏的结果。

同样，在他的计划中，也绝不可能莫名地出现一个毫不相干的偷窥者，而这个偷窥者甚至还能在他设计的爆炸中幸存下来。

罗飞在诸多猜想中找到了最合理的解释：那是一个意外。现场发生了某个意外，这个意外竟让行事滴水不漏的袁志邦也无法防范。意外的结果使得爆炸提前了两分钟发生。而此时意欲金蝉脱壳的袁志邦尚未来得及走远，于是他便成了那个面目全非的“幸存者”。他从此不得不盗用黄少平的身份存于世间。

同时这两分钟的时差也给袁志邦完美的计划留下了无法抹去的疤痕。这个疤痕在其他人眼中是如此的微不足道，但却足够让罗飞窥看到疤痕后隐藏的真相。

当然，尚有更多的困惑还未解开，那是只有当事人才可能知道的答案。

罗飞盯着那个坐在墙角的“怪物”，一步步地向着对方走去。那个人曾经是他最亲密的朋友，他们互相欣赏，互相钦佩，可他却又谋害了自己挚爱的女友，并且让自己承受了十八年的痛苦折磨。

直到在那“怪物”面前坐下，罗飞的目光都一直没有离开对方的脸。他似乎想看穿那丑陋的面庞，看清自己心中所有的疑问。他还想看到，当那个人再次面对自己的时候，他会出现怎样的神情?

可罗飞什么也看不出来，袁志邦用血红的眼睛和他对视着，他的脸上似乎罩着一层僵硬的死皮，竟显示不出任何内心的情感。

或许他的所有情感也像面部的神经一样，早在那场爆炸中便已被摧毁殆尽了?

良久之后，袁志邦先开口了，他用那折磨人耳膜的嘶哑声音问道：“你恨我吗？”

恨？罗飞一时竟答不上来。是的，他曾经恨过那个凶手，恨得牙根发痒，目眦流血。因为那个凶手“杀死”了自己最挚爱的恋人和最亲密的朋友。可是现在，讽刺性的真相却出现在他的面前。

正是那个朋友杀死了自己的恋人。

罗飞的心中一片混乱。他不知该如何面对自己的情感，那仇恨该如何与四年的无间真情以及十八年的怀念与追思糅合在一起?

袁志邦却又说道：“你了解我，你该知道，我并不是你们想象中的那个恶魔。”

是的，他们曾是同吃同住四年的好兄弟，那种感情甚至已不逊于血水相融的亲人。他们也确实互相了解，他们之所以进入警校，正是因为有着相同的理想和追求：用自己的力量去惩罚罪恶。

谁能想到，这两个兄弟会有一天像这样面对面地坐着？！

“你不是恶魔吗？”半晌之后，罗飞才咬着牙反问，“可你做了恶魔才会做的事情！”

袁志邦摇了摇头，似乎并不认同对方的责问，然后他说道：“你已经当了十八年的警察，抓获的罪犯也是不计其数了。你该知道，很多罪犯，他们并不是恶人，当他们触犯法律的时候，只是因为他们面前已经没有更好的选择。”

罗飞心中一凛，他明白这个道理。在人生的旅途中，每个人都会面临着很多的路口，他们会选择看上去最好的那一条走下去。可是，如果最好的那条路却要触犯法律的时候，这些人的命运便会蒙上浓重的悲剧色彩。他想到了明泽岛上的叶梓菲，想到了恐怖谷里的李延晖……这些人之所以犯下不可饶恕的罪行，并不是因为他们的天生恶性，而只是因为他们遭遇了常人不会遇见的人生选择。

可是这就能使他原谅面前的这个人吗？不，只要一条理由就可以驳斥所有。

“你为什么要炸死她？为什么要让我承受如此的痛苦？为什么？！”罗飞瞪着袁志邦的双眼，他的痛苦似乎要随着那凸出的眼球一块喷发出来。

“因为我需要有人来证明我的死亡，这样我才能继续自己的计划。”袁志邦却是如此的冷静，他甚至反问了一句，“你认为还有比你们俩更合适的人选吗？”

罗飞愣住了，然后他的脸上露出一丝无奈的惨笑。是的，还有谁会比他和孟芸更胜任这样的角色呢？他们与袁志邦熟识，传达出的死讯才会被警方所深信；他们拥有对讲机，这使得虚假的爆炸信息因为电波的传递而显得真实；更重要的，他们正是Eumenides这个虚构人物的创造者，所以他们才会在发现异常之后，互相以为是对方所为，所以他们没有第一时间向警方报案，从而在不知不觉中配合袁志邦演完了所有的戏份儿。

的确再没有其他人能够在这幕戏中达到如此完美的效果。而袁志邦选择牺牲孟芸却留下了罗飞，似乎还是顾及了那四年的同窗深情。

那这痛苦和仇恨应该往哪里去追溯呢？

“计划，为了你的计划……”罗飞看着袁志邦，难以理解地摇着头，“就是为了成为所谓的Eumenides吗？”

“你以为Eumenides就是我？”袁志邦幽幽地叹息一声，“你错了，Eumenides本来就是你们所创造，你自己就是Eumenides，孟芸也是……甚至很多人心里都有Eumenides，因为这个世界上存在着太多的罪恶，人们需要Eumenides的存在。”

“不。”罗飞敲了敲桌子，“人们需要的是法律。”

“法律惩治不了所有的罪恶。权势高的人可以凌驾在法律之上，狡猾的人可以躲在法律照耀不到的阴暗角落中。”袁志邦的语气也变得严肃起来，“这个道理我十八年前就明白，而你做了十八年的刑警，难道还不明白吗？或者，你只是因为失去了心爱的恋人便放弃公允去驳斥我的理论？”

罗飞竟不知该如何回应对方。他是法律的捍卫者，可是法律真的能惩治所有的罪恶吗？

袁志邦的右手忽然抬了起来，与他铐在一起的郭美然也被牵动了。由于长时间处于高度紧张的状态下，这个女人的神情已经有些恍惚，此刻受到惊扰，便神经质一般“啊”地尖叫了一声。

“你看看这个女人。”袁志邦冲郭美然撇了撇嘴，“她原本只是这家饭店的服务员。可她凭着自己年轻，有几分姿色，就勾引了饭店的老板，使那个不争气的男人抛妻弃子，投入了她的怀抱。而她则从服务员摇身变成了老板娘。”

罗飞看向郭美然，眼中闪过一丝鄙夷的神色。而郭美然听对方讲起了自己不光彩的往事，显得既害怕又迷茫。

袁志邦的话还没有说完：“如果仅仅是这样也就算了。她嫉恨男人的前妻在离婚时分走了一半的财产——她自己是个无耻的强盗，却反而责怪别人夺走了她的东西。于是她每天打电话，发短信，使出种种手段骚扰对方，说一些下流不堪的话语，她甚至故意将自己和那个男人在床上的行为讲给对方听。可怜那男人的前妻不堪侮辱，因神经衰弱得了抑郁症，最终服药自杀了。”

罗飞瞪着眼睛，目光中的鄙夷变成了愤怒。

“你也很生气，对吗？”袁志邦捕捉到了罗飞的情绪，“可是对于这样的人，法律却没有办法惩罚她。她做尽了恶事，却仍然逍遥自在，享受着本该属于被害人的宠爱，挥霍着本该属于被害人的财产。在这个时候，面对这样的罪恶，你难道不希望Eumenides的出现吗？”

说到这里，袁志邦转过头来看着惊魂不定的郭美然。“把那封信打开。”他命令道。

郭美然不敢违抗，乖乖地拆开了手中的信笺。那是不久前她从袁志邦风衣口袋里掏出来的。信笺中是一张纸条，只见上面写着——

死亡通知单

受刑人：郭美然

罪行：故意杀人

执行日期：十月二十五日

执行人：Eumenides

“不，不要杀我！”郭美然隐约猜到这张通知单所蕴藏的恐怖含义，她哭叫着乞求，“我知道错了，我再也不会这么做了……我求求你，我求求你们……原谅我这一次吧……”

袁志邦拉起郭美然的手，漠然地指了指罗飞：“你问问这位警官，法律会不会原谅一个杀人之后但承诺会改正的凶犯？”

郭美然读懂了对方的潜台词，她已吓得说不出话来，在一阵颤抖之后，她瘫倒在椅子上，一股冒着热气的液体浸湿在她的两腿之间。

袁志邦蔑然摇摇头，目光转向了罗飞。

罗飞深深地吸了口气，凝起自己的思绪，挣脱了袁志邦对他思维的引导。

“Eumenides？站在法律的对面去惩罚罪恶。是的，也许我们每个人都有过这样的幻想……可是——”他摇了摇头，看着袁志邦，“没有哪个疯子会把这种想法真正地付诸实践！即便是我和孟芸创造了这个人物，当年也只不过搞出了一些恶作剧而已，为此而杀人？我们根本想都没想过。”

“你们没想过，是因为你们从来没有遇到过我所面对的选择！”袁志邦提高了语调，声音变得更加刺耳，“是的，每个人都有疯狂的想法，但只有少数人变成了疯子。这不是因为大部分人更加清醒，只是他们缺少能说服自己去发疯的理由！可是我，我却有了足够的理由……”

罗飞的心中怦然一动，他屏住呼吸做好了倾听的准备。

袁志邦的声音由激愤变得深沉，他的两侧眉角也耷拉了下来，然后他开始讲述那些发生在十八年前的，把他从正常人变成了疯子的痛苦往事……

正如袁志邦给慕剑云指点的案情方向，一切的源头都来自于那件曾轰动省内警界的“三一六贩毒案”；同时也正如邓骅向罗飞所暗示过的，很多人永远也不会知道这起案件到底有多“经典”。

邓骅，当时名叫邓玉龙，他刚刚二十来岁的年纪，但已经显示出超出常人的思维和胆略，而这两点正是成大事者必备的素质。在“三一六贩毒案”中，他将这两点素质发挥到了极致，同时也给自己赢得了丰厚的“收获”。

当警方便衣包围了交易现场之后，正是邓玉龙挑起了警方和毒贩之间的枪战，然后他做了两件事情：第一，他从内部突然袭击，将其他涉案毒贩全部击毙；第二，他藏匿起了一半的毒品和毒资。

虽然邓玉龙精心谋划了此事，并自以为操作得滴水不漏，但他的举动却没能瞒过薛大林的眼睛。在案件告破后的第二天，薛大林将邓玉龙叫到办公室中进行责问。然而薛大林并不愿毁掉自己一手培养出的“金牌线人”，更不想让自己的赫然战功蒙上阴影，两人间的交锋也因此走向了一个与预期相反的结果：邓玉龙用自己犀利的口舌说服了薛大林，后者放弃追查并接受了一半的赃款贿赂，同时邓玉龙承诺将私藏的毒品销毁。

可是事情却没有结束。另外一个人的出现让情况变得复杂起来，这个人便是在薛大林身边担任秘书的白霏霏。当时设备处刚刚从国外购买了一批监听设备，薛大林也领到了一台，平时都交给白霏霏保管。身为年轻人，白霏霏对这种新奇的玩意儿当然很感兴趣，便在办公室里试着玩了起来。所以当薛大林与邓玉龙密谈的时候，白霏霏虽然不在场，但她却通过打开的监听设备了解到全部的过程，并且这个过程还被录制了下来。

白霏霏当年还是一个实习生，思想单纯，亦没有什么社会经验。当她发现自己崇拜的领导和英雄即将陷入一场非法的交易之时，她感到深深的焦急和忧虑。几乎未做过多的思考，她随即便面见了薛大林，坦白了自己窃听之事。她苦苦劝说对方悬崖勒马，千万不可与邓玉龙同流合污。

薛大林被吓了一跳，不得不耐下性子与白霏霏周旋，而后者显然不是他的对手。很快，薛大林便摸清了情况，白霏霏只是一个人偷听了这场谈话，同时她也没来得及对其他人透露此事。于是薛大林看似接受了对方的规劝，他表示将把赃款和毒品全部上交，并给邓玉龙最严厉的内部惩罚。白霏霏感到由衷的高兴，她甚至还主动将那卷录音资料交给了薛大林处理。

后来人已很难考证薛大林此刻的心路历程。他是否经历过痛苦的犹豫和挣扎，或者邓玉龙再次巧舌如簧般说服了他？总之，最终他选择了一种令人痛心的方式来化解自己所面对的困境。两天之后的夜里，白霏霏在下班的路上溺死于城郊的一条小河中。

身为白霏霏的领导，薛大林“证实”了事发之前白霏霏因为恋爱挫折，正陷于一种极不稳定的情绪之中，甚至多次出现过“轻生”的苗头。关于恋爱挫折的说法亦得到了白霏霏同学的印证，于是白霏霏的死亡很快有了定性：因情感问题导致的自杀。

世人都把谴责的矛头对准了白霏霏的前男友——袁志邦，只有袁志邦自己清楚，他在这场事件中扮演着一个多么委屈和痛苦的角色。

罗飞说得不错，袁志邦确实是一个很有女人缘的家伙，而他自己也愿意和年轻漂亮的女孩子交往。他的出发点并不下流，他是真的喜欢对方，爱对方，全心全意地投入，全心全意地付出。不过他那时候也只是一个二十出头的小伙子，处理感情还难说成熟，因此便经历了几次分分合合。在如今的社会这也许并不算什么，可是在当年，在八十年代，这却给小伙子带来了非常恶劣的口碑。

袁志邦和白霏霏的交往也经历了从最初的甜蜜到后来的平淡，而性格上的不合此时也显现出来。在几次冲突和摩擦之后，袁志邦提出了分手，虽然白霏霏心有不甘，但最终还是面对了这个现实。不过两人并未因此而成为仇人，他们仍是很好的朋友——不得不承认，袁志邦有着某种独特的魅力，女人即使得不到他，也仍然欣赏他，信任他，甚至感激他，他们仍会保持着很好的交往。

所以，说白霏霏因感情挫折投河自尽，也许可以骗过其他所有人，但绝对骗不过袁志邦。更为关键的是，袁志邦很容易便会想到白霏霏真正的死因。

当白霏霏自以为说服了薛大林之后，她的心里是非常高兴的。她想要找人分享这份快乐，这时她第一个想到的就是袁志邦。当天晚上，她就把这件事从头到尾都告诉了对方，而袁志邦当时也没有多想。要知道，薛大林可是所有警校男生的偶像，白霏霏能在悬崖边上拯救了对方，袁志邦甚至还感到过一丝的荣幸。

可是后来发生的事情却急转直下。白霏霏莫名其妙地“溺水”身亡，而薛大林则有意把责任引到了袁志邦身上。别说袁志邦本人是刑警专业最优秀的学员，就算他是一个傻子，也能窥视到这些事情背后的玄妙。

袁志邦陷入深深的痛苦中，他该如何去处理这突然发生的变故?

虽然白霏霏其时已不再是袁志邦的女友，但他却发誓要为对方讨回公道。这便是袁志邦对待女人的态度与风格，只要他深爱过的女人，即使分手，但那些承诺过的话语却永远不会失效。

袁志邦说过，他会永远保护白霏霏，如果有人欺负了她，他一定会为她出头，为她报仇。

他说过，他就一定要做到!

可是该如何做到?

作为一名即将毕业的警校学员，袁志邦首先想到的当然是正常的法律途径。然而现实是无奈的。唯一的证据，那卷录音带已经落入了对方的手中，而薛大林等人相对于自己又处于绝对的强势地位。袁志邦清楚地知道，在这条正常的途径上，他根本就没有一丝一毫获胜的可能。

袁志邦在痛苦和愤怒中挣扎，未来法律的捍卫者却对法律产生了深深的质疑。他看到了法律制裁不了的对手，也看到了世间仍有许多法律照耀不到的阴暗角落。

袁志邦决不会放弃自己复仇的计划，但他必须考虑其他的方法了。

警校德高望重的刘老先生曾说过这样的名言:“优秀的刑警和优秀的罪犯会具有很多相同的特质，敏锐、缜密、冒险性、求知欲……他们相像得就如同是一个硬币的两面。而窥探对面的状态，永远是他们最想做却又最难做到的事情。”

现在，命运将袁志邦这枚硬币抛了起来，当他再次落下的时候，他在桌面上旋转和犹豫着，然后他终于倒向了另一面。

袁志邦决定用自己的力量去惩罚薛大林和邓玉龙。他深深地知道，这对于自己来说将是一条不归路。

他从此将走上法律的对立面，他将从一名未来的刑警变成一名罪犯，他那与生俱来的惩治罪恶的渴望与梦想难道便要就此破灭吗？

他不甘心如此。他要寻找一种两全其美的方法，就在这个时候，他得到了一个美妙的提示。

这个提示来自于罗飞和孟芸。

Eumenides，这个来自于孟芸头脑中的虚构人物此时正在警校内兴风作浪。罗飞和孟芸的行为瞒得了其他人，却不可能瞒得过同样敏锐且又与罗飞同处一屋的袁志邦。这个名字的含义得到了后者的提炼和升华。Eumenides从一个恶作剧似的人物变成了一个孕育中的真正的罪犯——为了惩治罪恶而存在的罪犯。

至此，袁志邦已经下定决心走上另一条道路。他要杀死薛大林和邓玉龙，这是一个必须开始的起点，正是这个起点使他不得不扭转了自己的前进方向。从此，他将在这条与法律完全背道而驰的路上像法律一样执行着惩治罪恶的使命。

他将成为真正的Eumenides。

这是一个隐藏在很多人心底的疯狂念头。正如袁志邦所说，即便是罗飞和孟芸，也未必不曾有过这样的想法。

但没人会将这个想法变为现实，因为他们没有理由去放弃正常的生活。

可袁志邦有了这个理由，既然他要为白霏霏报仇，那便意味着正常的生活将永远离他而去。

他也有这个能力，警校的学习教会了他侦查、爆破、开锁、格斗、驾驶等诸多的技能，而天赋使他在每项技能的掌握中都成为了出色的佼佼者。

但他也很清楚自己将面对的困难和危险。

最初的起点就不会轻松。

要杀死薛大林还相对简单一点儿，但是要干掉邓玉龙就不是那么容易的事情了。多年的复杂经历已经让后者变得像狐狸一样狡猾和敏锐，他时时刻刻都保持着最强的防范姿态——这已成为他在险恶环境中赖以生存的本能。如果自己一击不中，对方无疑将展开可怕的反扑，而此人的实力已在多年的腥风血雨中得到了充分的印证。

与此同时，袁志邦也清楚，自己掌握的技能固然对行事有益，但也同样会成为最终令自己沦陷的泥潭。警方拥有着太多的分析和侦查高手，自己每一项技能的展示都将成为警方追踪的线索，在这样的天罗地网下，何处能成为自己的容身之地呢?

经过反复的考虑之后，袁志邦有了主意，要解决这个问题，似乎只有一个办法：让自己成为一个并不存在的人。

Eumenides必须是一个从未存在过的人，他没有任何记录，没有任何资料，没有任何已有的踪迹可循。这样，不管是强大的对手，还是无处不在的警方，他们都将因失去目标而对Eumenides无计可施。

所以，袁志邦铁下心来，他要完成的第一件事情，便是制造自己已经死亡的假象。

让自己成为一个不存在的人。

要达成这个目标，他需要其他人的帮助，而他又不能向任何人透露自己的计划。因为他要做到的是一次彻底的“消失”，他要让这个世界不再存有任何与自己有关的联系。

能够帮他完成这个任务的最合适的人选便是罗飞和孟芸。当然，当他选择这两个人来参与自己最初的游戏之时，在他内心深处还有着另外一些潜在的原因。

当目标和人选都确定之后，袁志邦开始谋划并正式展开了自己的一系列行动。

他开始与一个素不相识的“笔友”交流，从而在其他人眼中愈发坐实自己“始乱终弃”的罪名，同时，这个“笔友”也将成为日后警方追踪Eumenides时的一条干扰线索。

一九八四年四月十七日，亦即血案发生的前一天。袁志邦借用了孟芸的对讲机，他在机器内嵌入了一个微型的遥控炸弹并且设置了干扰信号。

四月十八日凌晨，袁志邦潜入薛大林的住处，因为他本身就是一个开锁的高手，所以睡梦中的薛大林没有任何察觉。袁志邦轻松地将对方手刃，然后他找出了薛大林藏匿在家中的赃款，作为自己“消失”之后维持行动的经费。

上午，袁志邦将钱款藏好，同时为告别正常的生活作最后的准备。他斩断了自己在世间的一切情感——当他决定承担起Eumenides的责任之时，这便注定成为他不得不付出的代价。

下午，袁志邦出发去赴与笔友的“约会”。在离开宿舍之前，他将挂钟调快了五分钟，以使自己的计划在时间上不留下任何瑕疵。同时，他将“死亡通知单”留在门口的便笺袋中，任何人在开门的时候都能一眼发现。

然后他出门。在路上，他安排了自己和孟芸的一场“巧遇”，他告诉了孟芸自己将要前往的地点，同时借罗飞之名让孟芸早点儿去宿舍等待，并特意嘱咐对方要带上对讲机。

孟芸来到罗飞的宿舍，很快她就看到了那张“死亡通知单”。孟芸认为那是罗飞的手笔，她不敢怠慢，连忙通过对讲机呼叫罗飞，但袁志邦设置好的干扰使对讲机无法发挥作用。无奈之下，孟芸在屋内留了言，然后立刻出发去寻找袁志邦。因为此前袁志邦曾将“约会地点”告诉过她，所以她便来到了那个废弃的仓库中，她看到袁志邦已经被“铐缚”在现场，并且身上还背负着一枚定时炸弹。

此时袁志邦已经换上了拾荒者的服装，但情急之中的孟芸并未留意。她只是急着要和罗飞取得联系，然而对讲机却始终不通。当时间接近了袁志邦的计划安排之后，他才将对讲机的干扰源关闭，于是罗飞和孟芸之间便有了那场通过电波传递的交谈。

下午十六点十分，当孟芸在罗飞的指点下准备拆弹的时刻，袁志邦按下遥控器，引爆了对讲机中的那枚炸弹。这炸弹的威力很小，但也足够炸毁对讲机，同时让孟芸出现了短暂的晕眩。

电波那头的罗飞听到了爆炸声，而宿舍挂钟此刻显示的时间是下午十六点十五分。

另一边，袁志邦迅速行动，他将拾荒者黄少平从隐匿的角落里拖出来，取代了自己的位置。然后他将孟芸与黄少平铐缚在一起，并对照准确时间，将炸弹的爆炸时间设置在了十六点十五分。这样爆炸发生之后，警方的记录和罗飞的证词间就不会出现时间上的差异。做完这些工作之后，他还有两分多钟的时间离开现场，这已足够他到达安全的区域。当炸弹如期在十六点十五分爆炸之后，袁志邦将从这个世界上消失，而一个没有任何资料记录的Eumenides将横空出世。整个计划是如此的完美，不会有任何的破绽与瑕疵。

是的，这是一个完美的计划。当罗飞听到这里的时候，他也不得不承认这一点。可他又知道，这计划事实上却并未完成，虽然只出现了两分钟的误差，但这两分钟却足以改变太多的事情。

“哪里出了问题？”罗飞忍不住问道，“你的计划出了意外，那个意外到底是什么？”

袁志邦的目光迷离，他的思维仍停留在十八年前的那个场景。罗飞的问话似乎让他想起了什么，他的眼中显示出一些情感的变化，有惋惜也有懊悔。然后他看着罗飞，吐出一个人的名字来：“孟芸。”

罗飞的心颤抖了一下。

“我的计划中低估了孟芸。而她却是最不该被低估的一个人。”袁志邦郑重其事地说道，语气中带有一种佩服与尊敬，“我们俩都和她斗过，最终谁也没能真正赢了她。”

“她……她做了什么？”罗飞的声音也有些发颤，他既想知道当时的情况，可是又害怕听到那悲惨的描述。

袁志邦眯起眼睛再次开始回忆。被他的话语牵引着，两个人的思绪一同回到了十八年前的爆炸案现场。

时间已经接近下午十六点十三分，离袁志邦设定的爆炸仅有短短的两分钟多点儿的时间了。

孟芸从先前的那次爆炸中慢慢清醒过来，她的脸上流着血，听觉也受到了很大的损伤，但是她的思维却在迅速地恢复。

她看到自己和一个陌生的男人铐缚在了一起，那个男人紧闭着双眼一动不动，不知是死了还是昏迷。然后她看到了背负在男人腰间的那枚炸弹，计时器上的时间正在倒计时中流逝。

她挣扎了一下，虽然能够勉力触摸到那枚炸弹，可她不懂拆弹，手中也没有任何可用的工具。而留给她的时间已是如此短促，她该如何求生?

孟芸抬起头四下张望，然后她看到了一个正在快速离去的背影。

那背影给她一种既熟悉又陌生的感觉。

孟芸回想起刚才发生的事情，正是这个人将自己困在了这里！她大叫了一声："袁志邦！"

袁志邦停下脚步，回头与孟芸对视着，他沉默了一两秒钟，愧疚和歉意写在了脸上。

“对不起。”他轻轻地说了一句，然后便转身继续往仓库外走去。

孟芸在瞬间明白了局势，她被袁志邦设计了！从仓库内两个男子衣着的互换，联想到此前发生的事情，孟芸已经猜到了对方的目的。不管对方为何如此，自己竟要成为这个阴谋的牺牲品！

“浑蛋！”孟芸悲愤地呼喊着，“你停下，你看着我！”

她的声音似乎带着种不容抗拒的力量，已经接近仓库门口的袁志邦竟再次鬼使神差地停了下来，然后他看向了孟芸。直到这时，袁志邦仍未想到自己的计划会因这个女人而出现变数。他深信自己已经控制了一切。

还有两分钟设计中的爆炸就会发生，这两分钟足够自己逃生，而孟芸却来不及进行任何形式的自救。即使自己再停留几秒钟，又能有什么意外发生呢?

可是他还是低估了孟芸，后者根本就没有考虑自救。她瞪视着袁志邦，然后直接将手伸向了炸弹的引线，攥住之后狠狠地一扯……

袁志邦愕然惊呆了，此时他才明白过来，对方竟是要和自己同归于尽。他连忙纵身跃起，向着仓库外扑去。可他终究还是未能逃脱，爆炸顷刻间已经发生，炽热的气浪将他狠狠地掀了起来，他随即便失去了所有的意识……

听完那惊心动魄的一幕，罗飞不知该如何描述自己的心情。两行泪水从他的眼角渗落下来，他仰起头长叹一声，似乎有些释然。

“她不是因我而死……”罗飞喃喃地说道。孟芸的死并非出于自己对拆弹的错误判断，在他心头压了十八年的一块沉重的石头似乎可以卸去了。而他也从未想到，孟芸竟死得如此壮烈，正是她亲手引爆了炸弹，用自己提前逝去的生命击碎了袁志邦滴水不漏的计划。

在那样绝望的关头，在那样稍纵即逝的时刻，有几个人能如此坦然地面对死亡，并且还能给对手致命的一击?

所以即便是付出了惨痛代价的袁志邦，在日后回想起这一幕时，仍不免对孟芸产生由衷的敬畏。

片刻后，罗飞擦了擦眼睛，然后他盯住袁志邦，低沉地说道:“这就是她的风格，她永远也不会认输的，没有人能够击败她……她——和我一样！”他似乎带着骄傲的情绪，又似乎像是宣告着什么。

“是的。”袁志邦坦然承受了罗飞的目光，“我没能击败她，也没能击败你。十八年前，她夺去了我的半条命；而十八年后，因为你，我剩下的半条命也将终结。但是……你们同样也没能击败我……你会明白的，我们缠斗了十八年，最终仍是个胜负难分的结果。”

胜负难分？罗飞摇了摇头：“我已经找到了你，你的计划到此为止了。”

袁志邦咧开残破的嘴角笑起来：“你找到了我，并不代表你就找到了Eumenides。”

罗飞心中一凛，他知道对方的意思。

在十八年前的爆炸中，袁志邦已经成为一个废人。他已没有能力再执行自己的计划。所以他只能盗用黄少平的身份蛰伏下来，这一等就是十八年。

但他并不甘心Eumenides就此消失，所以用十八年的时间去培养一个传人，继承自己所有的技能和思想。

最近正是这个传人崭露头角的时候。

这些罗飞都已经想到。

“我也会找到他的。”罗飞用目光表达出坚定的信心。

“你们找不到他。”袁志邦却似一副胸有成竹的样子，“因为他没有记录，没有档案，没有任何资料，对于一个并不存在的人，你们如何去寻找？”

“邓骅！他的目标是邓骅，我会因此而找到他——而且，我已经知道了你们这次计划的关键所在！”罗飞咄咄逼人地说道。

袁志邦忽然不说话了，他看着罗飞，像是在欣赏什么东西，片刻之后，他才又重新开口，而话题却完全岔开了。

“我喜欢你现在的样子。”他没头没脑地来了一句。

罗飞愣住了，不明白对方是什么意思。

而袁志邦又接着说道："在十八年前，在那场爆炸还没有发生的时候，你是否想到过，有一天我们会像这样？我们坐在桌子的两边，代表了两个势如水火的阵营，我们互相争斗，竭尽全力却仍无获胜的把握。"

罗飞沉默了，他似乎在思考着什么。

袁志邦又咧开了嘴："我知道你想过，就像我一样。因为我们的性格中有着本质上相同的东西：冒险性，喜欢刺激与挑战。对于这种性格的人来说，他对一个出色敌人的渴求欲望要远远超过一个出色的朋友。所以你肯定也像我一样，无数次地想象我们出现在不同的阵营中，在生死的搏斗之后，干掉对方，或者被对方干掉。"

罗飞从喉管深处"呵"了一声，不知是反驳还是默认。

"是我让这种想象变成了现实。"袁志邦轻叹一声，显得既满足又遗憾，"刚才我看到你的那种目光，战斗的目光，你知道我有多激动？你该感谢我，我写信把你叫来，让你有机会参加这场游戏——你也没有让我失望；而我该妒忌你，你仍然会和顶尖的对手搏斗下去，我，我却到了退场的时刻……"

罗飞盯着袁志邦看了良久，然后他摇了摇头："你是个疯子。"

"疯子？你鄙视疯子吗？"袁志邦"哧"了一声，"在丑陋的社会中，疯子是个褒义词。我是个疯子，但我是为了惩治罪恶而疯，在本质上我和你们警察在做着同样的工作。"

"可我们决不会杀害无辜！"罗飞激动地驳斥道，"在你杀戮的名单中，有孟芸，有郑郝明，有熊原！他们并没有犯下任何罪行，你为什么要杀害他们？"

"无辜？什么叫无辜？"袁志邦耸了耸肩膀，"我问你，如果我没有杀死孟芸，没有杀死郑郝明，没有杀死熊原，我杀的都是那些罪有应得的人，那你会不会抓我？"

"当然会。"罗飞不假思索地答道，"只要你触犯了法律。"

袁志邦又扯了一下郭美然:“那好，你再看这个女人。假设我一直是个守法的好公民，可是这个女人的恶行让我无法忍受，现在我要杀她，你会为了阻止我而开枪将我打死吗? ”

这次罗飞考虑了一会儿，他的答案仍然是:“会。”

“可是你也恨这个女人，你也希望她去死。你并不讨厌我做的事情，但你却必须杀了我——”袁志邦帮罗飞解释道，“因为你要维护你的规则，你认为这个规则能保护大部分的人。”

罗飞点点头:“是的。”

袁志邦又道:“我做了你想做却又无法做的事，可我却被你打死了，我又算不算无辜? ”

罗飞摇摇头，不知该如何回答。

“你为什么犹豫了? 我来帮你回答，这不算无辜。因为我们已经处于不同阵营，即使互相欣赏，即使我们在追求同样的正义，但为了维护各自的规则，见面后却只能拼个你死我活。你要杀我，我也要杀你——这就是警察和杀手的故事。为了惩治罪恶，我们都已做好了牺牲的准备，这牺牲是为了保护更多人的利益。所以我们之间的杀戮，是没有无辜可言的。”说完这番话之后，袁志邦深深地叹了口气，又道，“我只杀过两种人，有罪的人，或者是警察。而除此之外，我没有杀过任何无辜的平民。即便是我抓来当作替身的黄少平，他也犯下过必死的罪行。”

罗飞的心一阵阵地发凉，可他却又无法推翻对方的逻辑。的确，他们早已不是多年的密友，他们已是无法共存的敌人。他是一个真正的杀手，时刻面对着警方的追捕与缉杀，又有什么理由要求他对警方保持单方面的仁慈呢?

“所以，只要是威胁到你，或者是妨碍你执行计划的警察，你就会杀了他，是吗? ”片刻之后，罗飞冷冷地问道。

袁志邦点点头:“就像战争一样，每一个战士的牺牲都是值得的。”

“嘿。”罗飞冷笑了一声，“那你为什么不杀了我？”

袁志邦用奇怪的目光看着罗飞，忽然冒出两个字来：“鲇鱼。”

“什么？”罗飞怀疑自己没听清楚。

袁志邦咬着字说道：“鲇鱼效应，你应该听说过吧？”

罗飞一愣，所谓“鲇鱼效应”他倒是有所耳闻。这是来自于挪威的一个寓言故事。挪威人爱吃沙丁鱼，渔民在海上捕得沙丁鱼后，往往会在鱼槽中加入一条凶猛的鲇鱼。沙丁鱼见到鲇鱼之后，就会紧张起来，一直高速游动，于是生命力大为增强，抵达港口时的成活率也提高了许多。

“你就是那条鲇鱼。”见罗飞不太明白，袁志邦便又解释道，“因为你的存在，他也将充满活力，永远不敢松懈。所以我不会让你死的……我已经不能再教他了，而你将成为他今后最好的对手，同时也是最好的老师。”

罗飞自然知道袁志邦口中的“他”指的是谁，而在对方眼中，自己竟然成了这样一条“鲇鱼”，真是不知该荣幸还是愠怒。冷冷地瞪了对方一眼后，罗飞斥道：“你也太自以为是了。我很快便会阻止你们的血腥计划，而那条小沙丁鱼，也即将成为渔民盘中的美餐！”

“你真的要阻止我？”袁志邦舔了舔干涩的嘴唇，“阻止我杀死邓骅？”

“当然。”罗飞语气坚决，“你以为我做不到吗？”

“你能做到，我一点儿也不怀疑。可是，你不会这么做——”袁志邦意味深长地看着罗飞，“邓骅是个什么样的人，你已经很清楚，他杀人、贩毒、组织黑社会，犯下的罪行罄竹难书，你真的要去救这样一个人吗？”

“法律会有它的准则。邓骅的罪行是一件事，你们的杀戮又是一回事。要凌驾于法律之上去剥夺他人的生命，这是我绝对不会允许的。”罗飞郑重地表明了自己的态度。

袁志邦咧开嘴，露出白森森的牙齿，而他的眼角也泛起狡黠的笑意，然后他幽幽地说道：“你现在这么想，是因为你尚未面对艰难的选择。”

罗飞看着袁志邦不说话，他不明白对方的意思。

袁志邦继续慢条斯理地说道：“拥有广阔退路的人总是能显得很高尚，所以你不同意我杀邓骅。可是如果没有退路了，你还能坚持所谓的原则吗？那时候你肯定就会理解我了吧？”

罗飞蹙起了眉头：“你到底什么意思？”

袁志邦“嘿嘿”一笑，开始揭开自己的底牌。

“慕剑云离开饭店的时候，手里拿着我刚刚交给她的一样东西。你的观察向来敏锐，应该不会忽略这个细节吧？”

罗飞想起了此前慕剑云的反常举动，不禁心中一凛，立刻追问道：“你给了她什么？”

“我给了她什么并不重要。”袁志邦脸上的肌肉扭曲着，发出一阵嘶哑的怪笑，“重要的是，邓骅已经相信，慕剑云拿走了当年那卷录音的复制带。”

罗飞短怔了一下，随即便意识到这意味着什么，他拍案而起：“浑蛋，你……你这是要害死她！”

“我并不会动她一根汗毛，想她死的人是邓骅。”袁志邦淡淡地说道。

“你……”罗飞的脑子涨乱得厉害，他实在难以抑制心中的愤恨，一把揪住了袁志邦的风衣领口，“你为什么要把她拉进来！”

袁志邦直视着罗飞，然后他一字一句地说道：“为了验证你的选择。”

罗飞的手微微颤抖着，片刻后他才终于控制住自己的情绪，他松开袁志邦，拿出手机急匆匆拨通了慕剑云的号码。

振铃声响起，但却许久无人接听，直到呼叫被系统挂断。

罗飞焦急地把电话砸在了桌子上。

“你该离开了，罗警官。”袁志邦泰然自若地提醒道，“如果太晚的话，恐怕你连选择的权利都会失去。”

罗飞狠狠地瞪了对方一眼，愤怒至极却又无可奈何。然后他拿起手机，转身便往饭店外走去。

“等等。”袁志邦忽然又叫了一声。

罗飞停步回头。

“一句‘再见’也不说吗？”袁志邦的眼神中闪动着什么，似乎那已是他最后的眷念。

罗飞读懂了对方的眼神，他知道，袁志邦已不可能再活着走出这个饭店。

这个背弃了法律的男人，他决不会让自己再接受法律的审判。

所以这一刻已将成为他们之间的永别。

两人便这么对视着，曾经的友情，十八年的思念，以及最终的仇恨与愤怒都凝固在这短短的一瞬中。

“我们不会再见了。因为你的下一站是地狱。”最终，罗飞从牙缝里挤出这句话来，然后他大步而出，再也没有停留。

罗飞的每一步似乎都在带走袁志邦体内的一分气力。他慢慢地靠倒在椅子上，短短几十秒钟的时间竟似要衰竭一般。

他已经做完了要做的所有事情，这个世上已没有什么再让他挂念。作为一个废人，在十八年间他完成了诸多不可能完成的任务。而此刻，他却没有大功告成的喜悦，他只感到深深的孤独。

是的，当他第一步踏上这条道路的时候，便已注定了一生孤独。

开发区分局的陈警官度过了有生以来最郁闷的一天。辖区内的人质事件已足够自己焦头烂额了，更令他上火的是，与绑匪会面的三个人都是出了门就走，没有一个留下来与他交流现场的情况。不过罗飞倒是好歹还吼了一句：“往后撤！”

“后撤，后撤！”陈警官虽然不知详情，但看到罗飞沉若死水的表情，也猜到事情不妙，连忙指挥手下又撤出了一段距离。而片刻之后，随着一声闷响，碧芳园饭店坍塌成一片瓦砾，连带周围几幢建筑的玻璃也都被震得粉碎。

罗飞此刻已来到了警戒线外的街道边，爆炸声让他的心紧缩了一下，他闭上了眼睛，但却没有回头。

现场变得一片混乱，有人惊呼，有人往后躲避，但也有好事者挤得更加靠前。罗飞则来到路口，向着慕剑云此前离去的方向探望，可是此处道路通达，而他又对地形不熟，该往何处去寻找呢？

正在彷徨之时，手机铃声忽然响了起来。看号码竟正是慕剑云的来电，罗飞连忙接听，但对面传来的却是曾日华的声音。

“喂，罗警官？你刚才打电话过来了？”

“曾日华？”罗飞不知是吉是凶，焦急地问道，“你在哪里？慕剑云呢？”

“我们在人民医院。慕老师出了点儿事，妈的，幸亏我及时赶到，没出什么大问题。”曾日华顺口带出一句国骂，听得出来激动的情绪还没完全平复。

罗飞立刻拦下一辆出租车向着人民医院赶去，同时在路上听曾日华讲述了大概的情况。

原来曾日华在通知慕剑云前往碧芳园饭店之后，一直放心不下，于是他就离开了刑警大队，也往兴城路现场赶来。到了警戒线外，正好看见慕剑云上了出租车而去，他便也打了个车在后面跟着。没过多久却见慕剑云下了车，并且进了路边一条偏僻的胡同。曾日华不知道对方要干什么，但看她的样子似乎不想让别人发现，于是他就没有继续跟过去，而是在胡同口等着。没过多久，他看见两个小伙子一路搜寻着进了胡同，曾日华起先倒没在意，但很快胡同内传来慕剑云的一声惊呼，他这才觉得有些不妙，赶紧冲了进去。

这时慕剑云已经被击倒在胡同深处，两个小伙子一个放风，一个正在慕剑云身上搜索着什么。见到曾日华冲过来，放风的小伙子立刻迎上前，两人动起了手。几个回合下来，那小伙子便已抵挡不住，而这时另一个家伙起身打了个呼哨，两人不再恋战，一溜烟地跑了。曾日华关心慕剑云的安危，也没有追赶，他立刻背起昏迷的慕剑云，到胡同口打上出租车直奔医院而去。

好在经大夫检查，慕剑云只是脑部受到突袭，救治之后并无大碍。曾日华和罗飞通话的时候，她已经清醒过来。

罗飞悬着的一颗心终于安定了一些。抵达医院之后，他直奔慕剑云所在的二楼病房，却见慕剑云正躺在病床上休息，她凝视着窗外，似乎在想着什么问题。而曾日华则坐在一边，粗鲁地捋起半边警服，拿着一瓶红花油搽抹胳膊上的几处青肿。

“怎么样了？”罗飞关切地问了一句，屋内两人的目光也同时向他投了过来。

“没事，两个小蟊贼，可能是想抢钱包吧。”曾日华咧着嘴，又来了一句国骂，“妈的，敢跟我动手，还真拿文职人员不当警察了。老子在警校的时候，格斗也是数得上的。”

罗飞此时和慕剑云对视了一眼，他们心里都很清楚，那两个人可不是什么抢钱包的小蟊贼。

“袁志邦给了你什么？”罗飞来到慕剑云面前，单刀直入地问道。

“袁志邦？”慕剑云一时没转过弯来，她一脸狐疑地看着罗飞。

“黄少平就是袁志邦！这个问题我一会儿再跟你解释。你快告诉我，他给了你什么东西？”罗飞一边说，一边急匆匆地来到窗口，贴在窗帘后向楼下看去。

几个年轻人看似不经意地分散在楼前，但却守住了来往的出入口。

罗飞心中“咯噔”一下：事态已经难以收拾了。

而在屋内，慕剑云和曾日华都深深地惊讶于刚刚被罗飞揭开的秘密，罗飞的表情也令慕剑云感觉到了事态的严重性。她从口袋里掏出一张纸来：“就是这个……我也不知道是什么意思。”

罗飞走过来接过那张纸，只见上面只有三个字：“对不起。”

曾日华也凑上前，然后他莫名其妙地摇着头。而罗飞则无奈地闭上眼睛，长叹了一声。

对不起。

十八年前在爆炸现场，袁志邦就曾对孟芸说过这三个字，而后者则为此付出了生命的代价。此刻，同样的三个字又被送给了慕剑云，同时也将这个女人推进了危险的沼泽中。

邓骅绝不会放过慕剑云，他手中那强大的势力机器开动起来，在这座城市中又有谁能够抵挡？慕剑云很难逃脱对方的魔掌。为了逼问出那卷录音带的下落，邓骅必将对慕剑云施以可怕的折磨。

可是那录音带根本就不存在！当然邓骅并不会相信这一点。

罗飞不敢也不忍想象会有怎样的悲惨命运等待着慕剑云。

罗飞也无力去抵挡那部机器，邓骅已经拥有了太大的势力，除非有录音带那样的铁证，谁又能在这个城市中动他分毫？

在痛苦的思索中，罗飞终于明白，要救慕剑云，此时已只有一个办法。

绕开法律的手段，让邓骅成为一个死人。

然而这个方法显然要违背罗飞多年坚守的原则，他又该如何去面对呢？

慕剑云的安危——这就是袁志邦最后打给罗飞的底牌。

一边是慕剑云和正义，另一边则是邓骅和原则。罗飞必须从中作出唯一的选择。

第十一章 最后的交锋

十月二十五日下午，十六点十一分。

龙宇大厦内。

罗飞终于回来了。

此刻刑警和特警两队的参战人员都集中在了一层大厅中，准备听韩灏布置详细的保卫事宜。

柳松一见到罗飞的身影，立刻就迎了上去。

“怎么样？需要我做些什么？”他拉着对方避开人丛，焦急地问道。

罗飞却给了一个出人意料的回答：“不，什么也不用做。”

“什么？”柳松诧异地瞪大了眼睛，“你让我做好准备的，我已经联系了队里的政委，他随时等待着我的汇报。不管多严重的情况，我们都可以告诉他，他肯定能转达给上层的领导！”

罗飞沉默了片刻：“现在还不需要……一切等过了今晚再说。”然后他举目寻找了一番，问道，“尹剑呢？”

“韩灏说他不见了，肯定是跑了！”柳松压低声音，“如果再不行动，以后想抓他可就难了！”

罗飞黯然地看着柳松，有太多的话无法明言，最后他只能拍拍对方的肩膀，诚恳地说道：“相信我吧，对于熊队长的死，我一定会给你一个交代。”

柳松无奈地“嘿”了一声，不明白对方在搞什么玄机。可是他自己并未掌握尹剑通敌的任何证据，面对这样的局面，虽然心有不甘但又无能为力。

“好了，我们到那边去吧。”罗飞往众人聚集的地方指了指，“听韩队长布置今天的作战任务，这才是现在最重要的事情。”

而韩灏此刻也看到了罗飞，他的目光骤然一跳，大声问道：“罗警官，那边什么情况？”

“黄少平就是袁志邦，同时也正是以前的Eumenides。他已经死了，但是罪恶仍在延续。”罗飞来到韩灏身边，把大致情况简单地说了一遍，至于薛大林、邓骅涉黑、慕剑云遇险等不便当众透露的内幕则都作了隐略。

韩灏认真地听完，随着他紧张的思维，血液慢慢地涌上他的头部，凸显出一根根暴起的青筋。然后他沉吟着问道：“这就是说，现在有一个新的Eumenides，近期的一系列血案正是他的所为？”

罗飞点点头：“这是一个没有任何资料，没有任何记录，看似从未存在过的家伙。”

“那就让我们等着他吧。”韩灏咬着牙阴沉地说道，“今天，也将会是他的末日！”

参战的警队战士围拢在韩灏身边，他们心中也早已压抑着复仇的怒火。即便是柳松，在这个要面对最终敌人的时刻，也暂时抛却了对韩灏的芥蒂，等待着对方的命令。

保卫方案是由韩灏和邓骅共同商议制定的。

龙宇大厦内部的保安系统无懈可击，工作的重点在于邓骅离开龙宇大厦后，如何保证他的安全。

在邓骅的坚持下，他的贴身护卫仍由自己的保镖队伍完成。而警方则主要负责对外围的警戒和主要出入口的盘查。邓骅将于晚上六点三十分离开龙宇大厦，前往机场乘坐二十点四十分飞往北京的班机。根据计划，柳松将带领特警队员们先行出发，保证道路的畅通和安全。而邓骅的车队则和韩灏带领的刑警队员们一同行进。当到达机场之后，邓骅会先在自己的避弹车里等待一会儿，由警方人员清理闲人，并办理好相关的登机手续。其后邓骅才会下车，他将直接前往安检口，在团团护卫之下进入候机大厅。

纵观整个路程，与外界接触的机会已经想尽办法减到了最少。邓骅的宾利车会直接开到龙宇大厦门口，他出了旋转门就能够上车。同样，这辆宾利车也会一直开到机场地下车库的电梯门边，邓骅下了车便进入电梯。在这些过程中不仅周围的闲人会被限制靠近，众保镖还会贴身守护，防范措施可谓密不透风。

唯一无法与外界隔断联系的过程就是在候机大厅的等待时间，因为警方也不可能剥夺其他旅客进入大厅候机的权利。可是既然已经经过了安检门，进入候机大厅的旅客是不可能带入任何凶器的，再加上保镖的守卫和警方的监控，Eumenides即便混在旅客中，他又能有什么作为呢？而候机大厅又是个完全封闭的空间，只要有任何风吹草动，Eumenides便会陷于重重围困之中，要想逃脱难于登天。

诸多分析都表明，刺杀邓骅根本就是一个不可能完成的任务。

可是Eumenides此前偏偏又多次证明了，他正是一个能将不可能变为可能的人。

这场被延滞了十八年的交锋，究竟会出现一个怎样的结局？

答案将在接下来的几个小时内揭晓。

任务分配完毕之后，柳松的特警力量首先出发了，而罗飞则与韩灏等人一起，在大厅内继续等待着。他深深知道今晚所有事件的关键点所在，只要守住这个关键点，就有擒获Eumenides的希望。

韩灏同样也在等待着，等待着那个关键点。那将是他翻盘的唯一机会。他已经输了太多，这一战将无任何退路可走。

在强大的压力下，韩灏的双眼布满了血丝，随着时间的临近，他的精神状态更是到了一触即发的崩溃边缘。

警车挡杆上的血痕差点儿泄露了他的秘密，幸亏尹剑帮他遮挡了下来。

“一个小错误，造成了一个大错误，紧接着，又是更大的错误……当你第一步走错了之后，就无法再回头。”

韩灏正是这样一步步走来，从一年之前的那个夜晚开始。

喝酒是第一步。酒精令他麻醉，也大大降低了他的判断力和灵敏度。这使得发生在双鹿山公园的那场枪战出现了令人扼腕的悲剧。

当时周铭和彭广福被逼到了假山群的角落里，而韩灏和邹绪则从两个方向包抄过来。韩灏首先与劫匪们遭遇了，周铭举枪拒捕，子弹击中了韩灏的腿部，韩灏则立刻还击，可他的动作却比平常慢了许多。

这时邹绪从一块山石后迂回而来，正好出现在两名劫匪的侧方。见到周铭开枪，他情急之中未及多想，一个飞身将对方扑倒在地。恰恰在此时，韩灏的枪声响起。

那发子弹没有击中劫匪，却击中了邹绪的心窝。

邹绪倒下了，但他拼着最后一口气，死死地压住了周铭，并夺下了对方的手枪。韩灏亦拖着伤腿挣扎上前。

彭广福见到两人的这种气势，不敢恋战，夺路而逃。

韩灏用枪控制住了周铭，而邹绪因心脏受伤，在咽下一口气之后，很快便停止了呼吸。眼见战友竟惨死在自己的枪下，韩灏悲痛欲绝，他仰天长号起来。周铭则瑟缩在角落里，连连求饶。

然而愤怒和自责已经完全吞没了韩灏，加上酒精的作用，他再也无法控制自己的行为。虽然周铭已经放弃了抵抗，他还是把枪口抵在对方的脑门上，发泄般地扣动了扳机。

周铭的鲜血溅到韩灏的脸上，后者终于清醒了一些。这时他意识到自己已犯下一连串的错误。这些错误已足以毁掉他的刑警生涯。

经历了短暂的挣扎和犹豫之后，他决定将这些错误掩盖起来。

虽然已无人证，但现场一共遗留了三枚子弹。韩灏击出两枚，分别打死了邹绪和周铭。周铭击出的一枚子弹则打伤了韩灏。这些物证足够让警方推断出事实的真相。

他必须做点儿什么。

韩灏扒开邹绪尸体上的创口，从中抠出了来自自己手枪的那枚弹头。然后他又拿起周铭的手枪对着假山石壁打出了第二颗子弹，他捡起这枚弹头，嵌入了邹绪的心胸创口。

接着韩灏又挣扎着来到水池边，将导致邹绪死亡的那枚弹头清洗干净，重新丢弃在枪战现场。老天似乎也有意帮他，让他在当地派出所巡警循枪声赶到之前，顺利地做完了所有的事情。

于是枪战的真实过程被完美地掩盖了。韩灏从误伤战友、私毙嫌犯的罪人变成了载誉而归的英雄。当地报纸连篇累牍报道他的事迹，市民们交口传颂，警界内则授予了他最高的功勋。

但痛苦却在韩灏的内心不断滋生。他忘不了邹绪倒下的那一刻，忘不了周铭的热血飞溅在自己脸上的灼热感觉，忘不了曾亲手将战友尸体上的创口拨开，鲜血顺着指缝流淌……他忘不了那天晚上发生的一切。

可这一切又必须被遗忘。当他迈出了扭曲真相的第一步之后，便注定了从此无法回头。他开始疯狂地寻找彭广福，不是为了将他缉拿归案，而是为了击毙对方，击毙这个除自己之外的唯一知情者。

然而他却一直未能找到彭广福。最终警界领导制止了他近乎疯狂的“寻仇”举动，他也只好将此事暂且放了下来。此后他开始寄望于彭广福永远不要落在警方手里，那个秘密也就能永远被隐藏。

命运却不愿就此放过韩灏。警方没能找到彭广福，而另一个更加疯狂与可怕的人却找到了他。

Eumenides。

前天晚上，在刑警大队的会议室里。当彭广福出现在显示器屏幕上的时候，韩灏的心便深深地沉了下去。Eumenides显然已经掌握了双鹿山案件的真相，这个家伙杀死了其他所有的恶徒，唯独留下了彭广福一个活口，其险恶的用意对韩灏而言已昭然若揭。

在当晚录像的最后，Eumenides割掉了彭广福的舌头，然后他用阴森刺骨的声音说道:“这是我给你的机会，希望你能把握住这次机会。”

所有的人都认为那机会是针对彭广福而言，所有的人也都认为Eumenides割掉彭广福的舌头是为了阻止后者在警方面前泄露自己的特征信息。

只有韩灏能听懂Eumenides的潜台词。

彭广福虽然被割去了舌头，但他还会写字。如果专案组解救了他，将他带回警局，他将毫无疑问供出那场枪战的真相，这样他才能洗脱自己袭警致死的罪名。

所以那个机会，是Eumenides留给韩灏的机会，韩灏知道自己必须把握住这个机会。

要让公园枪战的秘密继续地隐瞒下去，就绝不能让彭广福活着回到警局。

凭韩灏的智商自然很容易想明白其中的利害关系。而Eumenides此后竟又打来电话，特别强调了一些事情，那阴森的语调仍一直在韩灏的耳边回响。

…………

“你应该感激我，没有泄露你的那个小秘密。现在机会在你自己手中，你该知道如何去把握。”

…………

“困难？是的，困难当然存在。但是我会帮你。现场会出现对你有利的局势，而那局势稍纵即逝，你必须下定决心，不能有丝毫的犹豫。”

…………

“你为什么不说话，你还没有下定决心吗？看来我有必要给你描述一下犹豫的后果。你将从英雄变为罪犯，人人都知道是你杀死了邹绪。会有一些卑鄙小人用最阴暗的心理去揣摩你的‘动机’，他们会说你是为了当上大队长故意杀了自己的战友。你将被人唾弃，百口莫辩。同时彭广福罪不至死，他将活下来，并且带着丑陋的笑容旁观你的窘迫处境。是他害死了邹绪，那本不是你的责任，可你愿意让他成为最后的胜利者吗？”

…………

“即使你杀了彭广福，也没有人会怀疑到你。我刚刚杀死了韩少虹，所有的人都知道了我的能力，他们会相信是我所为，你不必有任何顾虑。我已在现场安置好炸弹，等你得手之后，爆炸将毁掉一切的证据。”

…………

“我为什么要这么做？这是一场游戏，你不把它进行下去，又怎能奢望知晓它的结果呢？”

…………

明明知道是对方的阴谋，但韩灏已别无选择。

在矿洞现场，韩灏曾尝试过将熊原支开。但后者却坚定不移地守在彭广福的身边，这是韩灏在设想中会遇到的最糟糕的局面。

不过既然有了设想，那当然也已做好应付这糟糕局面的准备。

这是一个痛苦的决定。但当第一个错误酿成之时，就已注定了日后无法收拾的恶果。

有了第一步，就有第二步。有了第一个，就有第二个。

韩灏再一次杀死了自己的战友。只是误杀变成了谋杀。

熊原毫无防范，韩灏的刀片轻松地划过了他的喉管。鲜血再次喷溅出来，顺着韩灏的手腕流淌。

然后是彭广福。

熊原倒在地上，强壮的身体使他一时未死。但喉部深深的创口已让他说不出一个字来，他只能瞪大了眼睛看着韩灏，愤怒而迷茫。

韩灏没有勇气去补上一刀。他向着矿洞深处狂奔而去，像是在逃离地狱，又像是在冲进地狱。

熊原的眼神让他脑涨欲裂，精神也难免恍惚。所以当尹剑突然出现的时候，他没能立刻分辨出对方。在下意识的交手之中，熊原的鲜血被传到了尹剑的手上——这就是警车挡杆上为何会出现血指痕的原因。

事实上当小分队赶到医院之后，在明亮的环境中尹剑很快便发现了自己手上的鲜血，并由此得出了一些非常可怕的推断：他从未接触过熊原的尸体，这些鲜血只能是韩灏传给他的。尹剑不敢相信自己的推断，同时也无法为那个推断找到一个合理的解释。

尹剑把困惑藏在了心中。在他眼里，韩灏已不仅是领导，更是偶像和导师，他无法承受这样一个形象在自己面前崩塌。所以他宁可去躲避。

不过柳松却把问题挑到了风口浪尖上。当韩灏找了个理由去掩饰此事时，尹剑仍然选择了沉默。

可韩灏已无法再沉默了，他知道已无法瞒过尹剑，所以便安排了两人之间的密谈。

韩灏把一切都告诉了尹剑，由于两人间有着非同一般的情谊，尹剑答应将秘密保守下去。但后者无论如何也不能接受韩灏在错误的道路上走得更远，所以他要求韩灏立刻辞去专案组组长的职务，以避免再次成为Eumenides的工具。

韩灏却无法收手，因为Eumenides不会放过自己。在上午的会议之前，Eumenides便打来了电话，这个电话迫使韩灏继续参与到游戏之中。

…………

“我在矿洞内安了摄像头。爆炸前发生的事情都已被记录下来，并且传输到我的电脑中。所以你必须继续这个游戏。”

…………

“是的，我知道你不可能去杀邓骅。他的身边时刻都有保镖，没有人能够悄无声息地杀了他。难道要让刑警大队长在众目睽睽下充当一个杀手？不，我决不会提出这样无理的要求，我也知道你决不会答应这样的要求。”

…………

“我只需要你帮我——一些很简单的帮助。我会来到候机大厅，当我作准备的时候，我要你调开周围的警力。你可以让他们去别的地方警戒，这对你来说轻而易举，也不会引起任何人的怀疑。”

…………

“就是这么简单，其余的事情我自己能够完成。至于我具体会出现在哪个位置，到时候我会通过短信告诉你。”

…………

“这是最后的游戏。游戏结束后我便会销毁那段视频，我承诺。”

…………

韩灏没有能力拒绝对方的邀请。但他对这个游戏却有着自己的主意。

他不会天真到去相信一个敌人的承诺，他要亲手将这个游戏结束，真正地、彻底地结束。

他已经输到了山穷水尽的地步，但这并不代表他就没有机会翻盘。

所以当尹剑想要阻止自己的时候，韩灏击晕了尹剑。他把对方捆缚好，锁在了办公柜中。

如何处理尹剑，他并不担心。只要打赢了今晚这一战，尹剑仍然会回到自己的阵营中的。韩灏对此深信不疑。

关键便在于今晚的决战时刻，这一战将决定所有的结果。

此时另外一个人同样也处在不安宁的情绪中，这个人便是邓骅。不过让他担忧的并不是来自于Eumenides的死亡威胁。他并不害怕Eumenides。

事实上，邓骅能有今天这样的地位，也许还要感谢Eumenides，感谢对方杀死了薛大林。

薛大林是最了解邓玉龙的人。当他将对方从看守所里保出来的时候，就知道自己在养一只“虎”。

虎会伤人。在“三一六贩毒案”中，这只渐渐长成的虎已经显露出它危险的本性了。

薛大林仍然需要这只虎，所以他放过了那次捕杀的机会。但毫无疑问，在以后的工作中，他会对邓玉龙进行更严格的管教，以限制对方的虎性。

薛大林有能力做到这一点，他是一个驯虎员，在他手里勒着那只虎的颈圈。邓玉龙的本性再野，也无法跳出薛大林的掌心。

Eumenides正是在这个时候杀死了薛大林。从此邓玉龙虎入深山，再也没人能管得住他。于是他改名为邓骅，准备开创一番大事业了。

凭借藏匿在手中的毒品，邓骅迅速控制了刚刚在内地死灰复燃的贩毒产业，在此过程中他积累了巨额的资金。此前多年的线人生涯不仅让他对警方的打击手段了如指掌，而且也给他积累了诸多的人脉关系，这些条件帮助他逃脱了法律的打击。

邓骅的头脑非常清醒，他深知贩毒绝非长久之计。在警方下决心挥出重拳之前，他便退出了这个利益丰厚的市场。这个举动曾让他的亲信非常不解，但后来全国禁毒专项打击，大批毒贩就此落马，众人更加钦佩于邓骅的远见卓识。

这时的邓骅开始投资餐饮、沐浴等休闲消费产业。凭借着黑白两道上的通达关系，他的买卖日益兴旺。很快他兴建起全省最豪华的综合娱乐中心。以这个中心为平台，他结交了更多的高层人脉。

在这个过程中，各种明争暗斗也接踵而来，道上的、商界的，甚至是官场的。在结交时，邓骅的出手比任何人都大方；在争斗时，邓骅的出手则比任何人都狠毒。于是一方面他的势力一路攀升，另一方面，他得罪的人也越来越多。

正如邓骅自己所说，在这个世界上，想要杀他的人不计其数。

所以一封来自于Eumenides的死亡威胁信在邓骅眼中还真的不算什么。他已经在死亡威胁中活了半辈子，这一次又有什么特别的呢？

他有着太多应对刺杀的方法，这些方法都是经过血雨腥风的考验而屡试不爽的。更何况这次还有警方的高调护卫。

当然，最让邓骅放心的，是他身边有一个得力的、值得信赖的人——阿华。

有阿华在，就没有人能近得了自己的身，这一点邓骅深信不疑。看着警方如临大敌的样子，他甚至觉得有些好笑。

现在邓骅操心的是另外一件事情，与“三一六贩毒案”有关的事情。

十八年前的那起案子居然到现在还留着一个棘手的尾巴，这是邓骅万万没有料到的情况。那个残疾的男子到底是谁？当年的“四一八血案”和他又有什么关系？莫非他曾和白霏霏交往密切，因此知晓了“三一六贩毒案”的隐秘？薛大林和袁志邦的死，包括自己收到的死亡通知单，就是为了给白霏霏报仇吗？

这些问题困扰着邓骅，不过从另一个角度来讲，这些问题又不重要了。

因为他知道那个男子已经死了。

事实上，即使那家伙没有引爆炸弹，他也不可能再继续活下去。邓骅已经在现场警力中作了安排，只要男子一露头——不管是投降还是逃跑，都会被狙击手当场击毙。

这就是“邓市长”的力量，在这个城市中，他可以操纵太多的事情。

让他现在踌躇不定的是那个女人：慕剑云。他脑子里转来转去的念头全都和这个女人有关。

“如果她真的拿到了那卷录音带，那的确是件很麻烦的事情。这个问题还是尽快解决掉的好……

…………

“能让阿华去处理就好了，自己会放心很多，只是阿华今天是必须陪自己去北京的……

…………

“任务交给了阿胜，希望他不要让自己失望吧，这也是个很有手腕的年轻人，让他锻炼锻炼也好……

…………

“嘿，不用愁那么多了。这么些大风大浪都闯了过来，难道还会在十八年前的那条小沟里翻了船吗？

“已没有人能扳倒我创立的王国，谁想要阻挡我的势力，那便只有被碾碎的命运！

…………

“只是可惜了那个女人，从许多方面来说，她都是很值得欣赏的呢。”

…………

十月二十五日晚，十八点三十分。

在众人目的不同的等待中，夜晚终于到来了。

邓骅走出了他那间防范严密的办公室，准备按计划前往机场。

大厅内的韩灏已提前得到了消息。刑警队员们立刻行动起来，他们清理了大厦出入口附近的闲杂人员。与此同时，邓骅的司机将那辆宾利车开上了大厦门前的迎宾台，特警队的人马则配合着守在了迎宾台周围。

片刻后，十多个身穿黑衣的保镖陆续走了下来。他们一个个身材高大，黑色的墨镜遮住了小半个脸庞，动作整齐划一，就像是流水线上走下来的人物，外人很难分辨出他们之间的差别。

保镖们呈两列分开，在大厦和车门间形成了一条护卫严密的通道。然后邓骅才出现在了大厅中。在他身边，除了最后两名黑衣保镖之外，当然还少不了最得力的贴身随从——阿华。

阿华紧跟在邓骅身侧，亦步亦趋。当接近宾利车的时候，他抢前一步，打开后侧车门让邓骅上了车。虽然情势紧张，但邓骅仍显得不慌不忙，保持着雍容的大家做派。

罗飞也在现场，他游离在整个防卫系统之外，倒像是个多余的人。

可他却已掌握着太多的秘密。

当Eumenides设置第二场杀戮游戏的时候，罗飞便已感觉到其中蕴藏着更深的阴谋。而这个阴谋极有可能与韩灏和彭广福之间的恩怨有着某种牵连。

所以罗飞才调阅了“双鹿山公园袭警案”的卷宗，而他很快也发现了一些疑点。其中最大的一个就是在致邹绪死亡的那枚子弹上存在着明显的磨损痕迹。

按照案情描述，那枚子弹出自于劫匪周铭的手枪，击中邹绪之后停留在死者体内。可那些磨损痕迹明显是与坚硬的物体碰撞而成，结合现场环境，那坚硬的物体很可能便是四周用来垒砌假山的花岗岩。

一枚击中了邹绪并致其死亡的子弹怎么又会击中过现场的假山呢?

当罗飞抓住这个疑点进行分析时，他作了一些大胆但又合理的猜测，这些猜测已经与真相非常接近了。

但他却无法将这样的猜想说出来。因为他要挑战的不仅是一个刑警大队长、专案组的组长，更是整个省城警界的权威。

罗飞可以想到，不会有人愿意顺着他的思路调查下去。大家没有理由，也不会愿意去质疑韩灏，质疑一个警界一手树立起来的英雄形象。

而调查“双鹿山公园袭警案”的直接负责人更是韩灏最亲信的助手——尹剑。对于罗飞发现的疑点，他或许也曾注意过。可他并不会展开如罗飞一样的推测，他宁愿相信那枚弹头在射出之前就已经因某种缘故而产生过磨损。

所以罗飞有的只是猜想，这个猜想甚至连他自己都没有太多的把握。他无法有任何动作，唯有继续去寻找更多的证据。

后来发生在矿洞内的血案让罗飞疑虑更增。同柳松一样，他也对熊原的实力深信不疑。他实在无法想象在那么短的时间内，特警队长会被人悄无声息地割喉而亡。

唯一合理的解释便是熊原遭到了偷袭，他并未对袭击者进行任何的防范。

柳松把质疑的矛头指向了尹剑，罗飞却知道尹剑毫无作案的动机。他的目标进一步锁定在韩灏身上。因为如果自己此前的猜想属实，那韩灏决不能容忍彭广福继续活下去。而要杀彭广福，韩灏首先要除掉熊原这个障碍。

后来柳松就警车挡杆上的血指痕提出了疑问，这倒给了罗飞一个验证自己猜测的方法。不出罗飞所料，那个血痕果然被人匆匆擦去了，这下罗飞终于可以自信，韩灏对熊原的死绝对脱不了干系，而尹剑在其中则至少扮演着一个知情者的角色。

罗飞决定联系警界的上层领导，立案正式调查这些疑点。他相信这步棋将击中Eumenides的七寸，使其后续的阴谋彻底流产，而警方亦有机会在这场对弈中扭转局势反占先机。

可袁志邦却在此时弈出了后招，他让罗飞面对了一个两难的选择。

如果罗飞阻止了Eumenides的阴谋，邓骅将因此获救，同时，这也意味着慕剑云将深陷于危险的火坑中。

要救慕剑云，唯一的办法就是让邓骅死。

罗飞并不需要为此而做什么，他只要放任Eumenides的行动即可。

虽然过程非常痛苦，但当罗飞离开医院的时候，他终于还是作出了决定。

他知道自己的选择违背了一名警察的职业原则，可除此之外，他已无更好的路可走。虽然他不愿意承认，但是在作出决定的那个瞬间，他还是与另一个世界中的袁志邦产生了某种共鸣。

当一个人做了“坏”事，并不代表他一定是个“坏”人，他做“坏”事的原因也许很简单。

他只有做“坏”事和做“更坏”的事这两种选择。

罗飞嘱咐曾日华守护着慕剑云，千万不要离开。他自己则要前往现场，亲眼验证最后的游戏结果。

此刻，他眼看着邓骅走上宾利车。虽然后者气宇轩昂，但他在罗飞眼中，却更像是一个死人。

罗飞深知Eumenides的计划已经开始执行，只要这个计划的核心不被破坏，就没有人能够阻止他。

罗飞又看向了不远处的韩灏，这人正是Eumenides计划的核心所在。

罗飞并不清楚计划的细节，就像他并不清楚韩灏此时的想法一样。

每个人都有着各自的秘密，每个人都在自己的道路上作出了选择，他们毫无例外都在选择对自己最有利的前进方向。

最终他们将见证同一个终点，这个终点到底是什么？

随着发动机的一声轻响，宾利车启动了。保镖们也各自上车，在宾利车前后形成了护卫的车队。韩灏等人则分乘了两辆警车，守在这个队伍的两端。

车轮滚滚，载着众人向着故事的结果飞驰而去。

此时夜色初上，城市的街道上灯火璀璨，行人如织。车队的行进引起了广泛的关注，不知情者还以为是上面的哪位高官来访，要不怎能调动警车开道?

车队在这一路并未遇到任何阻碍。晚上七点十七分，邓骅顺利抵达了机场。先期到达的柳松等人早已做好了接应的准备。他们专门清出了一个停车场的电梯供邓骅专用，宾利车直接开到了这个电梯的入口处。当保镖们和警方人员都已下车到位之后，阿华从前座走下，帮邓骅拉开了车门。

邓骅并未立即下车，他在车内戴上了礼帽、口罩和墨镜。然后他才从车内走了出来，这时他整个人都已严严实实地包裹在衣物中，以免被闲杂人员认出自己的身份。

看着他的这副派头，罗飞不禁暗暗地摇了摇头。这么多的保镖和警察围绕在身边，要想避开仇家的耳目又谈何容易？即便整个人钻进密不透风的宇航服中也是无济于事的。

阿华贴身守护，黑衣保镖簇拥在周围，警方的力量负责开道和警戒，在这样严密的防范措施中，邓骅沿着机场专门开设的绿色通道直达了安检处，一行人通过安检进入了候机大厅。警方人员则出示了相关证件，在机场警力的配合下从内部通道获准进入。

机场公安分局的骆局长也同样得到了上级的指示，亲临现场协调处理对邓骅的保卫工作。眼见邓骅等人通过了安检处，他笑着对韩灏说道:“韩队长，你们的任务可以算是完成了一大半了。机场的候机大厅算得上是世界上最安全的地点。至今为止，还从未有过在这里发生凶杀案件的报道。”

是的，从理论上来讲，一个刀片都无法被带入到候机大厅中，凶手又凭什么在这个地方杀人？更何况在邓骅身边还有一帮忠心耿耿的保镖与荷枪实弹的警卫呢？

邓骅确实就像是进了保险箱一样安全。

此刻的时间已是晚上的七点三十五分，再过半个小时左右，邓骅便可以登上飞往北京的那趟班机。机场方面早已核实过那趟班机上其他旅客的身份，绝无任何可疑人员。而到达北京之后，那边的重要人物（邓骅此行的拜访对象）将派出专车到机场迎接，以此人的身份和地位，绝对可以保证邓骅在北京的安全。

所以留给Eumenides执行死亡通知单的时间，似乎便只剩下这半个小时了。

邓骅在候机大厅内找了个宽敞的位置坐了下来，他的保镖们则围聚在周围。大厅内的其他旅客见到这个阵势，都纷纷投来好奇的目光。同时不用警方疏散，他们便已自觉地远远避开，以免被牵扯到不必要的麻烦之中。

韩灏指挥着现场的警力，将他们均匀地布置在了整个大厅内。他相信那个家伙一定会到来，他必须控制住整个大厅的局势，让那个家伙没有任何操作的空间。

Eumenides已经有所暗示，他将在大厅内为刺杀邓骅作一些准备，而这时他的身边是不能出现警方人员的。如果韩灏的安排非常严密，那他就不得不求助韩灏调开周围的警方人员。

这正是韩灏想要达到的效果。

罗飞则同时监控着邓骅和韩灏的举动。他深知Eumenides的最终目标便是邓骅，所以盯住邓骅也就意味着盯住了Eumenides。同时他也知道，韩灏是Eumenides手中一枚重要的棋子，所以在Eumenides的刺杀行动中，韩灏必然会有一些不正常的举动，所以罗飞也必须盯紧了韩灏，以掌握对方涉案的确凿证据。

让Eumenides刺杀成功，邓骅死得罪有应得，同时亦可抓住此机会将Eumenides和韩灏绳之以法——这就是罗飞此行想要达到的目的。

韩灏在寻找，罗飞在寻找，甚至邓骅此刻也在寻找，他们都在寻找同一个目标：Eumenides。

可这个家伙到底在哪里呢？

所有的人都还未找到他，可是他却已经看到了这些人。

然后他拿出手机开始编写短信。

“我已经到了，我需要你的帮助。”

信息很快被发送到了韩灏的手机上，后者早已将来电模式调成了震动。他悄悄地拿出手机，看到了上面显示的内容。

韩灏的眼角抽搐了两下，他凝起目光，迅捷无比地在大厅内扫了一圈。那个家伙，Eumenides，他正藏在哪里？

韩灏无法锁定目标。有好几个人似乎都有可能。

那个刚刚从卫生间里走出来的小伙子，他往这边看了好一会儿，这才又找了张空闲的椅子坐下。虽然他展开了一份报纸，但他翻得很快，注意力显然没有完全集中在报纸上。

那个在办公服务区上网的男子，他一身西装革履，看起来像个公务人员，可是在室内，他为什么要一直戴着个大大的墨镜呢？

还有那个站在大厅窗户边的人，他已经盯着厅外扫地的保洁员看了很久。扫地有什么好看的？他会不会是在借助玻璃的反光观察厅内的局面？

…………

韩灏无法组织警力对这些人进行盘查，因为他绝对不能让Eumenides被警方抓住。所以他只能暗自观察着，在大脑中展开紧张的揣摩与分析。那个手机被他紧紧地握在左手中，沁满了汗水。

他完全忽略了另一个人也同时在观察着他。

罗飞！

当罗飞注意到了韩灏微小的动作以及对方的情绪变化，他立刻敏锐地意识到：Eumenides出现了！他追随着韩灏的目光，但同样难以锁定一个非常确切的可疑目标。

韩灏的眼角突然又抽动了一下，因为他握着的那个手机再次震动起来。

手机屏上显示出了短信：“调开在邓骅南侧十米处警戒的那两名警员。”

韩灏深深地吸了口气。他看到了那两名刑警队的队员，他们正处于严阵以待的警戒状态。

Eumenides为什么要调开他们，是因为Eumenides正在这附近，还是说他将从这个方向上展开自己的刺杀行动？

韩灏来不及作过多的考虑，他现在必须对Eumenides的指令显示出百分百的配合。于是他快步走到了那两名队员面前。

“你们俩去查一查那个穿花格毛衣的男子。”韩灏往安检口的方向指了指，一名男子刚刚从那边走过来，离这边尚有七八十米的距离。

两名刑警不疑有异，立刻向着那名男子走了过去。韩灏则理所当然地补在了他们留下来的岗位上。

片刻之后，短信再次发来：“很好。得手之后，我会从你的方向逃走，请不要阻拦我。”

韩灏咬了咬牙：他已经来了吗？他在哪里？

Eumenides似乎对韩灏的配合感到很满意，同时他也察觉到了韩灏的疑问，于是通过短信回答了这个问题：“我正在保镖的队伍中，黑西服里面穿着红色T恤的那个就是我。”

Eumenides居然隐藏在那些保镖中！韩灏的心怦地一跳，产生如醍醐灌顶般的恍然感觉。没错，要想行刺邓骅，还有什么方法比混入他的保镖队伍更加可行呢？那些保镖都穿着统一的制服，戴着大大的墨镜，本来就难以区分。而且他们的注意力全都集中在周围的风吹草动之中，即便其中某个人被偷梁换柱，其他人也不会发觉！

Eumenides已经找机会混迹于其中！他也换上了黑色的制服，戴上了墨镜，可是却还没来得及换掉里面的衣服。所以其他保镖在制服内都穿着白色的衬衫，而他却是穿着红色的T恤！

想通了这个道理，韩灏周身的每一个毛孔都紧张了起来。Eumenides就在自己的眼前！他凝起目光，看向了一帮保镖的黑衣袖口。

保镖们里面穿的衣服在手腕部位露了出来，其他的人全都是白色的衬衫，但其中却偏有一人例外。

这个人正站在阿华身侧距离邓骅不远的地方。而他的姿态亦与其他保镖有所不同。别人都是目光向外，警惕地注视着周围的动静。唯有他却侧着脸，似乎有意要避开其他人的注意。

韩灏的心狂跳了起来。难道那个人就是Eumenides？韩灏竭力稳住心神，现在已经到了胜负反转的关键时刻，他即将弈出一步极险的棋，决不能出一点点的差错！

韩灏决定主动验证一下那个人的身份。

趁着对方没有看着自己，韩灏从手机上调出了刚才的短信，然后悄悄按下了回拨键。

他不能给对方回短信，因为那将给警方后续的追查留下线索。但是通话是没有问题的，现在的技术能力还不可能追听到每次通话的内容。对于留下的通话记录，他可以找到多种借口去解释此事。

只要Eumenides一死，一切问题都可以解决。他是专案组的组长，他有权掌握和处理所有的一手资料，包括Eumenides的手机和电脑。

那些不利于自己的证据都可以被销毁，即使有其他人质疑也无法动摇到他的根基。

Eumenides必须死，他的噩梦才会结束。

所以韩灏假意与Eumenides配合，目的只有一个：要在现场将对方击毙。

现在他终于找到了对方的目标，只需要进行最后的验证了。

他必须有十足的把握才能出手，因为他深知一击不中的可怕后果。

电话很快被拨通，不过韩灏却没有听到手机铃声——很显然，对方也调成了震动模式。

但韩灏却清楚地看到了验证的结果，因为那名男子把手伸到了口袋中，他掏出一部手机看了一眼，然后便迅速掐断，并且把手机放回了口袋。

在韩灏这边，振铃也同时中止，代之以系统的提示音："对不起，您拨打的用户正忙……"

事实已是如此明显，而时机则是稍纵即逝。韩灏再不犹豫，他把右手插进手枪袋，大步向着那名男子走去。

保镖们纷纷看向韩灏，不知发生了什么事情。阿华也转过头来："韩队长，有什么事吗？"

那名男子也被惊动了，他转过脸，正面对向了韩灏。而韩灏的右手此时已抬起，枪口距那男子的脸已仅仅几步之遥。

"砰"！枪声响起，子弹准确地穿入了男子的眉心。那男子的身体晃也没晃，便直接倒了下去。现场所有的人都被这枪声怔住了，在片刻的凝滞之后，他们才纷纷反应过来。

阿华一个猛扑，把韩灏摔在了地上，两手死死地按住对方的手枪。黑衣保镖们有的簇拥到倒地男子的身边，查看他的伤势，有的则围过来帮助阿华攻击韩灏。

警方人员也行动了起来，他们并不明白发生了什么事情，但他们知道一定要控制住这混乱的局势。于是他们纷纷拔出枪，大声呵斥道："都别动，都起来！”

“放开我！”韩灏也吼起来，“那个人就是杀手，我打死了杀手！”

两个刑警抢上前，将正与韩灏以性命相搏的阿华拉到了一边。而这时端坐着的邓骅也站了起来，他摘掉墨镜与口罩，看看韩灏，又看看倒在血泊中的那名男子，脸上的神情茫然而又震愕。

韩灏拨打电话的时候罗飞就已察觉到情况有变。顺着韩灏的视线，他也发现了那名形态异常的保镖，可韩灏突然拔枪射击，这却大大出乎罗飞的意料。而这一连串的事情都只发生在瞬息之间，他即便是反应再敏锐也无力阻止。

当罗飞枪响后冲到近前的时间，他看到了不远处的邓骅正摘掉墨镜与口罩，然后罗飞的心便深深地沉了下去。

因为此人根本就不是邓骅。

随后现场所有人都不愿看到的场面出现了。

保镖们摘掉了中弹男子脸上的墨镜，他们一个个神情沉痛，脸上堆满了大难临头般的惶恐。

中弹的男子已然气绝，他剑眉虎目，脸上的诧异与威严犹存。

他竟然才是邓骅！

阿华悲痛欲绝，他的声音因为绝望和愤怒而变得嘶哑：“浑蛋……你杀了邓总！你杀了邓总！”

虽然被两个强壮的刑警队员死死地压住，但阿华居然还是挣脱了开来，他不顾一切地向着韩灏冲了过去。

罗飞拦在了中间，他一拳击打在阿华的脸颊上，后者突遭重击，疼痛让他略微清醒了一些。

“冷静！”罗飞大声喝道，“你还嫌不够乱吗？”

阿华愣愣地站住，在他面前的这个男人似乎带有令人不可抗拒的威严。

“刑警队的人，把守住出入口，不要让任何人离开！柳松，把韩队长先控制起来！”罗飞又下了一连串的命令。柳松早已按捺不住，立刻便带人向着韩灏走去，而韩灏手下的刑警队员们则有些彷徨，他们看着韩灏，似乎尚在等待对方的指示。

韩灏目光呆滞地看着地上邓骅的尸体，一副失魂落魄的样子。

事实已是如此的清楚：他陷入了Eumenides的阴谋，在对方的操纵下，正是自己举起手枪打死了邓骅，从而帮助对方完成了刺杀的任务。

他还能做什么？在最后的这场战斗中，他已经一败涂地，再无翻盘的可能。

看着走向自己的柳松，韩灏惨笑了一下。然后他把手枪扔到地上，主动将自己的双手负到了背后。

刑警队员们面面相觑，茫然无措。

“还愣着干什么，按罗警官的命令执行！”韩灏突然吼了一声。他已经彻底地败了，但是他也决不能容忍Eumenides全身而退，而此时，他只有把反戈一击的希望寄托在这个来自于龙州的同行身上。

他也相信对方有这个能力。自从在郑郝明家初次相逢之后，韩灏便对此人的实力深信不疑。然而自傲又专断的性格却让他一直在排斥对方的加入。

现在他算是第一次将罗飞真正看作了自己同战壕的队友。

信赖一个出色的家伙，这感觉虽然很好，但却来得太晚了一些。

刑警队员们终于按照罗飞的吩咐分散而去。柳松则带着特警队员将韩灏铐了起来。

罗飞转动着身体，目光在候机大厅内急速转动了两圈。然后他走到韩灏面前，郑重而又焦急地问道：“他在哪里？”

韩灏知道罗飞问的是谁，可他却只能苦笑着摇摇头。

“他在哪里？”罗飞又问了一遍，然后他提高声音强调道，“你刚才还在跟他联系，他一定就在附近，他在哪里？！”

罗飞的最后一句话提醒了韩灏。不错，Eumenides一直在和自己联系，他完全了解现场的情况，他一定就在附近。

韩灏的精神重新振作起来，他瞪大眼睛四下搜索着，很快，他的目光便停在了某处，脸上露出释然而又愤怒的表情。

罗飞、阿华、柳松以及在场的所有人都顺着他的目光看了过去——

大厅高层的窗户上显示出一个人影，他趴伏在玻璃上，从大厅外泰然俯视着室内发生的一切。从他的穿着看来，正是此前一直在大厅外扫地的那个保洁员。

由于背处机场的强逆光之中，室内众人无法看清这个人的面容。但他那高大的身形却被强光突兀地映在玻璃之上，显出一种诡异而又无法抵抗的力量。

“那就是他，那就是他！”韩灏的声音颤抖着，包含着太多的愤怒、痛苦和悔恨。

没有人会留意一个候机大厅外的人，可这个人偏偏就是众人在苦苦寻找的Eumenides。

韩灏的话音未落，罗飞和阿华已同时冲了出来，他们的身手都是矫捷无比。而柳松随即也下达命令，几名特警队员紧紧地跟在了后面。众人全都向着大厅外赶去。

窗外的那名男子却不慌不忙，他又看了片刻之后，才悠悠然地转过了身去。他知道自己不可能被追上。那些想要抓捕他的人必须绕很远才能跑出大厅，等他们赶到窗边的时候，自己早已沿着设计好的撤退路线消失无踪了。

邓骅的尸体静静地躺在候机大厅的地板上，鲜血仍在从枪口中汩汩而出。对他来说，这似乎是个在十八年前便已注定的归宿。

尾声

他走出了机场，漫步在一片荒芜的旷野中。秋风凛冽而过，但他却并不感到冷，因为在他的身体里面，热血尚在沸腾。

他能想到，现在一定有无数人都在追查他的下落，但没有人会知道他是谁。

因为他是一个没有任何档案资料的人，一个在任何记录中都不存在的人。

十八年前，他是一个弱小无依的孤儿，眼看就要被残酷的社会所吞噬。这个时候，他遇到了那个怪物，这个怪物后来被他称为“老师”。

老师帮他完成了一件事情，那件事情是他做梦都想完成却又不可能完成的。从此他对老师充满了敬畏和崇拜。

老师要教给他本领，让他以后去帮助更多的人。于是他成了老师的学生。他有着极高的天赋，他从来没有让老师失望过。

三年前，老师给了他一份清单，那上面全都是罪大恶极却又逃脱了法律惩罚的罪人。他开始寻找这些人，并对他们施以最严厉的惩罚。他完成得很好，那些抢劫、强奸、杀人的凶徒在他手中就像是一只只待宰的羔羊，他发出的死亡通知单从来未曾落空过。

他认为自己可以出师了，但老师却说不行。只有当他杀了那个人之后，他才能够成为一名合格的执刑者。

邓骅。

这是老师必须要杀死的一个人，但要杀死他却是一个不可能完成的任务。

他努力了近三年，但毫无进展，直到一个月之前，他捕获到了清单上的下一个猎物：彭广福。

彭广福吐露了“双鹿山公园袭警案”的实情，这让他终于想出了能够杀死邓骅的计划。

他把这个计划告诉了老师并且获得了老师的认同。但老师给他的第一个指点却是让他杀死昔日的专案组警官郑郝明，以使韩灏卷入到案件中来。

他对此很不理解，因为郑郝明并不是死亡通知单上的人。要让韩灏卷入，本有其他更温和的方法。

“你将成为真正的执刑者。你必须明白，在你面前永远站立着两个敌人，一个是死亡通知单上的罪犯，另一个则是警察。永远不要怀疑你和警察之间的对立关系，只要有一点儿机会，他们会毫不犹豫地将你击毙，所以你必须也做好同样的准备。去杀掉那个警察，这样在日后与他们的遭遇中，你才不会再有任何的迟疑。”

他认同了老师的教诲，于是以郑郝明的死为序幕，整个计划正式开始了。

专案组重建，韩灏成为了组长，计划完成了第一步。

然后是韩少虹，要在警方的严密监控下将她杀死，这的确有些冒险。不过这步棋产生了两个方面的作用：第一，它引导了警方的思维，使得后来彭广福出现时，一般人不会把疑问集中在“双鹿山公园袭警案”上；第二，它证明了Eumenides的可怕实力，从而为韩灏杀彭广福制造了适当的掩护，不会让人首先想到是否内贼所为。

计划顺利地进行下去，韩灏杀死了彭广福，熊原也成为附属的牺牲品。而他则掌握了现场的视频资料，于是韩灏对他又恨又怕，要解决所有的问题，韩灏就必须将他打死。

这正是他想要达到的效果。

几年来他虽然没能找到刺杀邓骅的机会，但却摸清了邓骅的许多情况。这个人平时极少出现在公众场合，万不得已的时候，他除了携带保镖团团护卫之外，还有一个非常隐秘的方法：寻找替身。

邓骅会让替身假冒自己出现在公众的视线中，而自己则化身为保镖隐藏起来。这是他在多年的死亡威胁下养成的一个狡猾的习惯。

这个习惯被他利用了。他让韩灏误认为这个伪装的保镖就是杀手Eumenides，在韩灏打电话验证之前，他早已把自己的电话转移到了邓骅的手机上。

于是韩灏杀死了邓骅，这个不可能完成的任务终于由现场护卫组的组长亲手完成了。

老师的夙愿终于实现，他相信老师会在九泉之下瞑目。

他出师了，从今天开始，他成为了真正的、独立的死刑执行者。

这个世界上没有人会知道他的名字，但他又会让每个人都知道Eumenides。

因为世界上仍有太多的罪恶未被惩罚，他还有太多的事情要做。

他一定能够完成得很好。

他发誓。

罗飞站在候机大厅外的窗户边。几分钟之前，那个人还站在这里，可现在此处已是人去影空。

但罗飞并没有失望，至少他终于见到了那个人，他相信自己总能揪到对方的尾巴。

一定不会让那个家伙逍遥法外的。

他发誓。

阿华奔跑在夜色当中。他感觉自己快跑断气了，但他却不愿停下来。

他要追到那个家伙，虽然他连对方撤退的方向都不知道。

他一定要追到对方，即使跑到天涯海角！

他发誓。

韩灏站在机场大厅中，冰凉的手铐戴在他的双腕上。这是一种从未有过的感觉。

在经历了最初的愤怒、痛苦和沮丧之后，他的思维终于慢慢地冷静了下来。他知道自己将面临什么样的后果，但他不甘心！

他不能就这样被窝囊地击败，他必须在绝望中求得一线的生机。

这生机也许仍然存在……现在他有些庆幸自己没有对尹剑下死手了。

他要翻盘，他要找到那个羞辱他、陷害他的家伙，他要亲手将对方撕得粉碎。

他发誓。

…………

二〇〇八年四月十五日，第一稿于燕郊

（第一部完）

我们不会再见了。
因为你的下一站是地狱。

《侯大利刑侦笔记》

小桥老树 著

一部集侦查学、痕迹学、社会学、尸体解剖学、犯罪心理学之大成的
教科书式破案小说

激发个人成长

多年以来，千千万万有经验的读者，都会定期查看熊猫君家的最新书目，挑选满足自己成长需求的新书。

读客图书以“激发个人成长”为使命，在以下三个方面为您精选优质图书：

1. 精神成长

熊猫君家精彩绝伦的小说文库和人文类图书，帮助你成为永远充满梦想、勇气和爱的人！

2. 知识结构成长

熊猫君家的历史类、社科类图书，帮助你了解从宇宙诞生、文明演变直至今日世界之形成的方方面面。

3. 工作技能成长

熊猫君家的经管类、家教类图书，指引你更好地工作、更有效率地生活，减少人生中的烦恼。

每一本读客图书都轻松好读，精彩绝伦，充满无穷阅读乐趣！